獣医さんのお仕事 in 異世界 9

Main
主な登場人物
Characters
クロエ
ハドリア教の
神官にして、
風見の付き人。
清純で勤勉な乙女
だが、風見を慕う
気持ちが強すぎて、
暴走することも。
リズ
奴隷によって構成される
戦闘集団「隷属騎士団」の
元団長。
皮肉屋でニヤリ笑いが
似合うウェアウルフの少女。
クイナ
ウェアキャットの少女。
風見を第二の父
のように慕い
旅の供をしている。
風《かざ》見《み》心《しん》悟《ご》
ラノベやアニメを嗜《たしな》む、
公務員獣医さん。
ひょんなことから異世界に
召喚され、その世界に
生きるもの達を救うべく奮闘中。

リードベルト
エルフの里の
戦士長。
強面《こわもて》だが心根は
優しい。
ドリアード
ヴィエジャの樹海を治める
魔獣で山岳樹の化身。
穏やかな気性で、
時々お茶目。
ナトゥレル
風見に助けを求めた
魔物娘。少々
コミュニケーションに
難ありな
問題児で……？
クライス
ユーリスの執事
……に見せかけた、
皇族特務騎士。
無表情で、あまり
感情を見せない。
キュウビ
幻術を得意とする、
人間と妖狐のハーフ。
実は二代目猊下の娘。

プロローグ

アウストラ帝国の首都で、魔物娘のナトゥレルに攫《さら》われた、五代目マレビト風見心悟《かざみしんご》。それから二日が過ぎ、風見は今、帝国北部にあるヴィエジャの樹海にいた。目的地は樹海の奥地にあるエルフの里。ナトことナトゥレルに頼まれ、エルフと魔物の争いを仲裁することにしたのだ。

少々強引に連れてこられたものの、ナトは帝都で風見を助けてくれた恩人でもある。エルフとの仲裁は、言わばその恩返しだ。

ちなみに、仲間でついてきたのは、無理をしてナトゥレルを追ってきたクロエ一人。リズ、クイナ、キュウビとアースドラゴンのタマは、風見たちに追いつこうと、どうにか追跡を試みているはずだ。

そんな中、風見は清流に膝まで入り、ばしゃばしゃと水しぶきを上げて走っていた。

クロエやナトと、あははー、待て待てーと追いかけっこをして、甘ったるい楽しみに興じているわけではない。彼は現在、川魚を追い込んでいるのだ。

「ミケ！　ほら、そっちに魚が行ったぞ！」

サケによく似た魚が逃げる先では、グリフォンのミケが行儀よくお座りして待っていた。ナトが移動用に呼んだ魔物である。ちなみに、名付け親は風見だ。

クマのように狙いを定《さだ》めたミケは、風見の声を合図に動く。射程範囲に魚がやってくるたびに、それをべしっと河川敷《かせんじき》に叩き飛ばす。二匹、三匹と叩き飛ばして獲物がいなくなると、ミケは風見を見た。くりくりとした目で、もう終わり？ と言うように問いかけてくる。

「おー、よしよし。どうどう。よくやったなぁ。魚はこれで十分だぞ」

馬にするのと同じく首を抱き撫《な》でてやると、ミケは喉《のど》を鳴らす。

そしてもっとじゃれたい、じゃれさせろっ！ とでも言うように、覆《おお》い被さろうと迫《せま》ってきた。

それを見た風見はミケの口に魚を咥《くわ》えさせて、早々に逃げる。

昨日、石が転がる河川敷《かせんじき》でじゃれつかれて、痛い目に遭《あ》ったからだ。

「もう十分に捕れたし、とりあえずご飯だな、ご飯」

捕まえた数はすでに十。ミケの分も含めても十分な量だ。風見が川から上がると、食事の用意をしてくれていたナトは、茶色くて丸いものを差し出してくる。

「これ、食べればいい」

「ん、なんだこれ？」

「木の実を潰して焼いたもの。焼き団子に似てる」

「おお、ありがとう。これって精霊の伝統料理とかか？」

「違う。エルフの」

ナトはただの魔物ではなく、精霊であるらしい。

クロエによると、『生きる自然現象』の総称を精霊と呼ぶのだそうだ。精霊は体の全ての部位をいくらでも再生させることができ、分類としては魔物の一種となるという。

確認された個体が少ない上、人の生存領域から遠く離れた魔境くらいでしか発見されないため、詳細は不明。火ならサラマンダー、風ならシルフ――木の精霊と目《もく》されるナトはスクーグズヌフラ、別名スクーグスローと呼ばれるらしい。

精霊のナトは、食事を取る必要がない。これまで彼女は風見らの食事風景を見ていることはあっても、一緒に何かを食べたりすることはなかった。だというのに、エルフの伝統料理を知っているなんて、意外だ。

風見が感心していると、彼女は靴を脱いで足を清流に浸《ひた》し、ミケに向けて焼き団子を千切《ちぎ》って投げ始めた。その様子は『水辺の妖精』とでも題して額縁で囲えば、絵になりそうだ。

それをぼんやり眺《なが》めている風見に、クロエが魚の燻製《くんせい》を渡してくれる。

「風見様、こちらもどうぞ。昨日捕った魚を燻製《くんせい》にしたものです。味に深みが出ていると思います。あと蜂《はち》の巣も見つけました。食後に蜂蜜《はちみつ》はいかがですか？　木の実の団子につけても美味《おい》しいかもしれません」

「それもいいな。ありがとう」

荷物を用意する時間もなく帝都を出たため、調味料もない。この旅ではただの焼き魚か森の果実が主食となっている。クロエは今日捕まえた魚も燻製《くんせい》にしてくれるだろう。

風見が魚を頬張ったところで、クロエは蜜がたっぷりと詰まった蜂《はち》の巣を持ってきてくれる。

そうして風見とクロエが食べ物を広げていると、ナトは川から上がり、彼らに近寄ってきた。

「ん、どうした？　ナトも食べるか？」

問いかけてみるが、どうも食事を一緒にしようという気配ではない。何故か彼女は蜂《はち》の巣を睨《にら》んでいる。その意図が読めなかったクロエは、風見に渡そうとしていた蜂《はち》の巣を、ナトに差し出した。

「もしよければあなたもどうぞ。あまり量がないのですが――」

「いらない」

そう言ったナトは、その蜂《はち》の巣を掴むと川へ放り投げてしまった。

突然のその行為に驚いて、クロエは声を上げた。

「あっ!?　な、何をするんですか!?」

「あれはダメ」

「それはどういう――」

クロエの問いかけに答えず、ナトはまた川の方へ戻ってしまった。取り残されたクロエは、無言で耐えている。

「～～っ」

「クロエ。きっとナトにも何か思うところがあったんだ。じゃなきゃ〝あれは〟駄目なんて言い方はしないと思う。……多分」

「は、はい。大丈夫です」

ナトの行動の意図は不明だが、フォローするために風見はいい方向へ話を持っていく。

クロエは多少顔を引きつらせていたが、すぐに元の様子に戻り、食事を始めたのだった。

第一章　魔物の味方をします

風見らは休憩を取りながらも、エルフの里があるヴィエジャの樹海を着実に進んでいた。ここは、魔獣《まじゅう》ドリアードの領域でもある。ドリアードは、山脈に根差す大樹の化身《けしん》。その山岳樹にだんだん近づいてきている。

ヴィエジャの樹海は広大だ。見渡す限りが木々の緑に覆《おお》われ、それを区切るのは幾本かの川のみ。丘や山など、全てが緑に塗りたくられた地である。

美しく、平和そうな風景。だが、ここは異世界である。この地の植物は地球の植物ほど穏やかではない。

例えば、バナナの木に似た巨大な植物があったり、地球最大の花ラフレシアをさらに巨大化させた植物の花畑や、巨大カボチャの群生地があったりする。植物系の魔物が陽属性の律法でも用《もち》いて戦闘をしたのか、巨大なツルや根が森林を荒らした場所も多い。

それに加えて気になるのは、森の木々が動いていることだ。背の高いもの、低いもの。統一性はないが、動かないはずの木々が頭を揺らして移動している。おそらく木の魔物トレントだろう。

中には植生が少ないところもあるものの、ここは植物が支配する領域と言って間違いない。

そんな樹海の上空を、風見とクロエはミケに乗って飛んでいた。ミケを先導するナトは、帝都で見せたのと同じ風の律法を用《もち》い、飛行と見紛《みまが》うほどの跳躍《ちょうやく》で進んでいる。

「まずはあっちに行く」

ナトが跳躍《ちょうやく》の合間に指差したのは岩山だ。エアーズロックの小型版とも言える一枚岩が森の中に置かれている。

大きな植物が生えていないため、ミケが着地するのにもちょうどよかった。岩山に揃って立ったところで、ナトは遠くを流れる川を指差し、その流れに沿って川の上流へと指を動かす。

「エルフの住処《すみか》はあっち。あの、大樹が二本並んだところ」

確かに遥か遠くで、一段と大きな二本の樹が川を挟《はさ》んで立っているようだ。エルフはその二本の大樹に橋を架けて住み着き、周囲の木を伐採して防塁《ぼうるい》を作ったりもしているそうだ。

ナトはエルフたちを、森やそこに住む魔物の敵と称していて、彼らのおこないを改めさせたいらしい。

「あれが目的地か。自然と共存しているように見えるんだけど……」

風見は疑問に思ってナトに視線を向けたが、彼女はすでに岩山を下り始めていた。

この時点で必要な説明は終了したらしい。風見とクロエは慌てながらナトについて行く。

ミケとは別れ、ここからは歩きで樹海の奥に向かうそうだ。

そのまま樹海を三十分ほども歩いただろうか。突然森が開《ひら》け、目の前に数百メートルも続く地割れが現れた。対岸まで二、三十メートルは離れている。深さはそこそこあるらしいが、岩壁に生えた木々が邪魔で底が見えない。少なくとも数十メートルくらいはありそうだ。

「ここを下りる。あなたは私に掴まって」

地割れを示しながら言うナトに、風見は頷《うなず》く。

「さすがにこれは自力じゃ下りられそうもないな……わかった。クロエは大丈夫か？」

「はい。ところどころに生えている植物やでっぱりを足場にできるので、この程度は大丈夫です」

そうしてナトにお姫様抱っこで運ばれながら、風見は「あれ、最近の俺ってどうなんだ……」と、一人ぼやく。攫《さら》われたり、抱っこされたり、完全にヒロインポジションではなかろうか。

風見の呟《つぶや》きを完全に無視したナトは、風の律法でふわりと飛び下り、人が入れるほどの岩壁の亀裂まで案内した。

足元にちょろちょろと水が流れたトンネルだ。導かれるままついて行くと広い空間に出た。

地上につながる縦穴が空《あ》いている。高さは五十メートルほどだ。真上から降り注《そそ》ぐ陽光は、雨上がりに雲の隙間から差してくる光のカーテンのようである。

それを受けるのは、白樺《しらかば》に似た白い樹皮の樹だ。大きなうろを持つが、枝葉《えだは》は洞窟内いっぱいに広がり、元気旺盛《おうせい》である。

うろの中を覗くと、獣《けもの》の毛皮が敷かれ、隅につづらが一つ置いてあった。

「これ、ナトの家か？」

「そんなもの。これは私の宿《やど》り木《ぎ》だった」

若干《じゃっかん》ぼやけた回答だが、そういうことらしい。

そして、さっきの水はこの空間の壁面から流れ出ているようだ。地下水でも漏《も》れているのだろう。

その湧き水は、さっき歩いてきた洞窟に向かって、十センチほどの幅で流れている。

白い樹はこの水と、穴から差し込むわずかな光だけで、命を繋いでいるらしい。なんとも神秘的だ。

風見とクロエが感心していると、ナトは静かに言う。

「適当に着替えて。同じ服だと臭《にお》う」

大概のことは気にしないナトが言った時点で相当だ。風見とクロエは恥じらいながらも、全面的に同意する。何せ二人は、帝都から飛び出した時の服のままだ。

「あまり種類はないけど、少しならある」

ナトはうろに入ると、つづらを開けた。その中には衣服や武器、魔石がいくつか入っていた。ナトがポイポイと服を渡してくる。質素な麻の服もあれば、見慣れない意匠で若草色に染色された服もあった。

その服を手に取ったクロエは、何かに気がついたような顔をする。

「これはエルフの服ですね。交易品として稀《まれ》に見ます。とてもきめ細やかな布で作られた服で、若い貴族の間では、これを着こなすことが美人の証明と言われたりするんですよ」

「ほほう。俺たちの世界で言うチャイナドレスみたいな扱いかな」

クロエはそのエルフの服にするらしい。一方、風見は普通の旅装を見つけたので、それに落ち着いた。こうして服が決まり、各々《おのおの》着替え始めたのだが――

「…………。なあ」

風見はおもむろにナトに声をかける。

「……何？」

「着替えるところをじいっと見られると、さすがに……」

「快感を覚える？」

「誰しもがその扉を開けてると思うなよっ⁉」

うろの中はクロエに譲《ゆず》り、風見は外で着替えることにした。ナトも一緒に外に出てきたのだが、上を脱いでも下を脱いでも、彼女が視線を注《そそ》いでくるのだ。

肩や腕の筋肉のつき方、その細部までをじぃーっと見つめられる。キュウビのように、にまぁっとするでもない。幼子《おさなご》のごとき無垢《むく》な瞳な上に彼女の言葉は、どこでそんな言葉を覚えたと突っ込まずにはいられないもの。だからこそ扱いに困ってしまう。

「人の体は知ってる。でも、マレビトの体は知らない」

――だから知りたくて見ている、というのが、彼女の言い分らしい。いくら興味があっても限度というものがある、と風見は思う。もっともこれをリズが知れば、十中八九《じっちゅうはっく》、お前が言うなと言われていたことだろう。

息を吐いてから、風見はナトの興味に応じる。

「体の臓器とか作りのレベルだったら、この世界の人間と何も変わらない。もっと小さいレベルでは違いもあるみたいだ。どうもそのせいで律法が使えなかったり、マレビトとしての特性もあったりするらしいな」

「それは知らなかった」

ナトはすたすたと歩いてきて着替え中の風見に手を伸ばし、触れてこようとする。どこがどのように違うのか、確かめてみたいのだろう。

——しかし、寸前で横から伸びてきた手がそれを阻《はば》んだ。いつのまにかうろから出てきていたクロエである。ナトは彼女に抗議の声を上げた。

「……知らないことなら調べたい」

「ダメです」

「私、知らない」

「ダメです」

攻防を繰り広げる二人に挟《はさ》まれて、風見は困り顔だ。こういう時、どう言えば最も平和に事が収まるのかわからない。とりあえず反対を向いて着替えを続行する。

見てはいけないものが視界に入ったからだ。

「クロエ、自分も着替えている途中なのを忘れないようにな」

「あっ……!? は、はい……」

下着姿だった彼女は、言われて初めて思い出したようだ。クロエはささっとうろに戻り、着替えを再開する。

そうして二人は着替えを終えると、着ていた服を洗濯し、枝に干しておく。

クロエが選んだ服は基本的に細身なエルフに合わせたものなので、彼女には胸元が窮屈《きゅうくつ》そうだ。だが着られないほどではない。そのはち切れんばかりな様《さま》は眼福《がんぷく》である。

風見はごほんと咳払いをして、ナトに向き直った。

「で、これからどうするんだ？　俺に任《まか》せてもらえるんだったら、エルフの里に行って話をしてみたいんだけど」

「それは無理。私はあなたと行動する。私の敵はエルフ。エルフの敵は私。あなたは私と一緒にいるから信用されない」

事が終わるまで、ナトは風見から離れる気がない。そしてそのナトがいれば、エルフは敵視して風見を村に入れようとはしない、という解釈でいいはずだ。

「あー。じゃあ、何か妙案は？」

「ない」

それもそうだろう。彼女は自分の手に余るからこそ、風見の手を借りに来たのだ。

どうしたものかと風見は顎《あご》を揉《も》んで考え始める。すると先に案を思いついたのはクロエだった。

「キュウビ様たちと合流したら、タマちゃんに同席してもらって話すのはどうでしょう？　排外的なエルフでも、マレビトの伝説は知っているはずです。すぐに協力とまではいかなくても、お話くらいはできるのではないでしょうか」

「なるほど。それから俺が議長になって、魔物もエルフも勢揃いで会議するのもありだよな」

ドラゴンは、水戸黄門《みとこうもん》でいうところの紋所《もんどころ》にでもなるのだろうか。見た目もサイズも随分とインパクトに溢《あふ》れた紋所《もんどころ》である。民衆が控《ひか》えるのも納得だ。

あとはナトがエルフの里に入るのに異論を唱えなければ問題ない。

その時、風見はナトがこちらに視線を向けていたことに気づいた。

「どうした？」

「……守ってくれる？」

「ナトを守れるほど力があるのは、クロエやリズたちだと思うけど」

「違う。守るのはあなた。あなたにしかできないことがあるから、あなたに頼んだ」

だから信じてると言わんばかりの迷いない声だ。他の誰でもなく、風見だけを真っ直ぐに見つめる双眸《そうぼう》はとても綺麗な紅色《べにいろ》で、吸い込まれてしまいそうな気分になる。

風見はふと、ひたりとナイフを首に当てられたかのような悪寒《おかん》を感じた。そちらを向くことはできないが、クロエがこちらを見つめているのはわかる。しばらくしてプレッシャーが薄まり、風見がようやく振り返ると、彼女はむくれた様子でこちらを見つめていた。

風見は気持ちを整え直し、ずっと同じ顔のまま待っていたナトに視線を戻す。

「俺は俺なりに事を荒立てないよう、頑張るつもりだ。それでいいよな？」

「ありがとう」

「それまでにできることをしたい。現状を知るためにも、領域内を案内してもらってもいいか？」

「その程度は構わない。夕食を探すついでもある」

「それなら調味料の類《たぐ》いも探しませんか？　食事らしいものを食べた方が疲れが取れますから」

ナトはきょとんとした様子で首を傾《かし》げる。人間が生きるためには食事が必要ということだけしか頭にないのだろう。彼女は調味料の重要性を全く理解していない顔をしつつも、風見の顔を覗き込んでくる。

「……必要？」

「欲しいなっ！」

「近い。近過ぎですよー？」

風見以外の人間など興味の対象外なのかクロエを無視するナトと、数日ぶりの味がある料理を思い浮かべる風見と、黒い笑みを浮かべたまま威圧を増していくクロエ。いまいち噛《か》み合っていない三人組は、まだ明るいうちに樹海へと出ることにするのだった。


ドリアードの領域はあまりに広大だ。

人が徒歩で挑《いど》むには、魔物が強力すぎる。空から挑《いど》んでも、グリフォンや巨大な飛行型の昆虫が襲ってくるので、前人未踏《ぜんじんみとう》の秘境と言っても過言ではない。

その中で伝説のように語られる存在は二つ。エルフとミスリル鉱山の存在だ。

エルフの居住地区と、ミスリル鉱山の周囲に生息するシルバーゴーレムは異様に目立つ。そのため飛竜乗りが発見して情報を広めたことが一度だけあったのだ。

そんな地を、風見とクロエはナトの先導で歩いていく。風見は、まるで小人になって白神山地《しらかみさんち》や屋久島《やくしま》の散策に挑《いど》んでいる気分だった。

樹高はどれも十メートル以上。枝葉《えだは》に陽が遮《さえぎ》られているため、下草はほとんどない。あっても次世代の小さな木くらいだ。そのため風見らは、腐葉土《ふようど》の間を波打って走る太い根にさえ気をつければ、歩くのには大して苦労しなかった。しかも森には、人を優に踏み潰せるほどの大きさの何かに踏み均《なら》された道がある。

ずぅん、と重い足音が聞こえてくると、ナトは道を空《あ》けるようにと言った。

「静かにした方がいい。気性は穏やかだけど、そこの白いのがいるから」

白いの、とはクロエのことだ。彼女はこの世界の人間なので、魔物に嫌われる体質なのだ。

「……う。私も悪気はないのですが……」

一体何が歩いてくるのかと疑問を抱《いだ》きながらも、近くの樹の傍《そば》に避《よ》ける。その足音はだんだんと近付いてきた。

そこに現れたのは、周囲の樹と同じくらいに巨大なトレント――なのだろうか？

通常のトレントは、人型に近い樹が自力で動けるようになったものだ。しかしこの魔物は、根なのかツルなのかわからないものが絡み合って、巨体を成《な》している。

円筒形の体躯《たいく》に四つの足。その足一本でさえ、大木の幹に匹敵する太さだ。

目らしき部分では、クモのような複眼《ふくがん》が絶《た》えず青い光を漏《も》らしている。まさに触らぬ神に祟《たた》りなしという言葉を体現していた。

その姿に、風見とクロエは息を殺す。

魔物は、風見たちの前に来ると緩やかに動きを止めた。青色の光を放《はな》っていた複眼《ふくがん》は、彼らのいる方向のみに光を残す。そして魔物は小人を覗き込むようにわずかに体を傾ける。

その巨大な一脚が三人を一度に踏み潰せる位置まで寄ってきた。それでも三人は決して動かない。

魔物を構成するツルがぺきぺきとその体躯《たいく》から剥《は》がれ、メデューサの髪やイソギンチャクの触手のように風見らに向かってくる。ツルは、触れるか触れないかという距離で動きを止めた。まるで風見らの様子をうかがっているかのようだ。

無数のツルが、目の前をゆらゆらと動くのだ。正直、生きた心地がしない。生唾《なまつば》さえ呑めない、長い時間が過ぎる。

そして足を形成する根の合間から複眼《ふくがん》と同色の光がじわりと漏《も》れたかと思うと、その魔物はゆっくりとツルを下げてまた行進に戻った。

足音が遠ざかるのを待ってから、風見とクロエは喉《のど》に詰まらせていた息を吐く。

ナトは魔物が去っていった方角を見て口を開いた。

「クーカ・トレント。あれは私もよくわからない」

「ま、まあ、何もしてこなかったから、よしとしようか。なぁ、クロエ」

「そ、そうですね」

その後も、風見とクロエはしばしば冷や汗をかいた。ドリアードの領域はそういった静かな脅威を感じさせる存在が多いせいだ。

体に積年の苔《こけ》を背負ったウワバミ。シカなどの中型草食獣を貪《むさぼ》れるサイズの昆虫。真っ赤に染まった瞳を、じっと向けてくる複数の巨大フクロウ。グリフォン以上に大きく、肉食獣のような体格をした山羊《やぎ》。どれもこれも森に馴染《なじ》む姿ではあったが、風見の知る森や、自然に生きる動物の域をはるかに超えた存在だ。

だが無論、危険なものばかりではない。普通のウサギやシカ、鳥、陸ガメの姿なども確認できる。

それらを見たクロエは心底意外そうに言う。

「魔獣《まじゅう》がいる地はまともな生物が住めないと思っていましたが、違うのですね」

「そうだな。やっぱり数とか逃げ足の速さで有利性を持った生き物は、いなくならないんだろ」

風見らが散策を続けていると、動物が集まる岩塩地帯を見つけた。その他、食用にできそうな巨大カボチャ——近寄った獲物をツルで絡め取る魔物などを見て回る。

樹海は途方もなく広く、半日かけて回っても、見られた場所はごく一部だった。

ナトの住処《すみか》に戻った風見は、くたくたになって座り込んだ。

「もう満足？」

ナトの問いかけに、風見は満足げに頷《うなず》く。

「ああ。どういう生物や植物がいるかわかったし、数もなんとなくわかった」

草食動物に対する肉食動物の数、動物が口にできる木の実や果実、植物の量は大まかに把握できた。食料となる植物はあまり豊富ではなく、エルフが広い範囲で木の実を取ったり狩りをしたりすれば、動物が食料不足で困るのは容易に想像がつく。

「あとは、待ち人が来れば、エルフの里に行ける」

「そうですね。タマちゃんや飛竜の移動速度なら、もう辿《たど》り着いてもおかしくない頃です」

「早く無事を確認したいな。クイナとタマは大丈夫かなぁ……」

虫やらトレントやらに怯《おび》えて、毛を逆立《さかだ》てているクイナの姿が目に浮かぶ。

タマはといえば――お利口にしていればいいが、と逆の方向で心配だ。なんと言うか、大型犬を人に預けた時より数倍は不安だ。リズとキュウビは心配いらないだろう。こういう時はとても頼りになる。

最後にクライスが彼らについてくるかどうか。彼は元々皇太子直属の騎士で、今は任務で風見についている。皇太子の気分次第だろうが、なんとなくついてきそうな気がする。

そんな風に仲間の話をしながら夕食を終えた風見らは、陽が落ちると早々に寝ることにする。

ナトは「寝床はいらない」と言うと、うろの内壁に背を預けて目を閉じてしまった。背が痛くないのかと聞いてみても、「ここで大丈夫」と短く答えるのみ。相変わらずよくわからないナトだが、これは毛皮の敷物を譲《ゆず》ってくれるという厚意だろう。風見らはそれに甘えて就寝する。

しばらくすると、ナトは音を立てずに外へと出ていった。

(どうしたんだ……?)

風見はナトが気になり、意識を向ける。

食事も取らない上に、そこらの植物からいくらでも体を作れるという彼女。そんな彼女がまさかトイレに行ったというのは考えにくい。

悪いとは思いつつも、風見はこっそり彼女の後をつけることにした。

洞窟の外に出た彼女は、地割れの岩壁から生えた木に向けて顔を上げ、何かをしていた。

それはおそらく会話なのだろう。唇が動くのだけは見える。だが声は聞こえない。彼女はしばらくするとその動きもやめ、そのまま地割れの先へ歩いていこうとしていた。

風見はしばし、追うか追うまいか悩む。しかし、ついついその後を追ってしまった。

(あれ、でもこの先って行き止まりじゃないのか?)

上から見た限りでは地割れは数百メートルしかなかった。ナトの住処《すみか》に繋がっていたように、また別の洞窟があるのだろうか。

歩いている姿には、目的らしいものは感じられない。特別だったことといえば、道端に落ちている枝を拾い、すぐ興味がなくなったように捨てたくらいであった。

もうじき行き止まりだろう。これは単なる気分転換の散歩だったのだろうか。

そう思い始めた矢先のこと――

「何か用?」

いきなり彼女の姿が植物に戻って解《ほど》け落ちたかと思えば、背後から声をかけられた。

「うおっ!?」

振り返ると、ナトが間近《まぢか》に立っていた。まるで瞬間移動でもしたかのような早業《はやわざ》である。

「それで、何か用?」

「あー、その、後をつけたりして悪かった。俺としても若干《じゃっかん》やましさはあったんだけど……こんな時間に出歩き始めたことが気になってな」

「私の体にやましい気持ちを抱《いだ》いた?」

ナトの歪《ゆが》んだ解釈に、風見は声を荒らげた。

「それはやましい違いだっ!」

「うん、知ってる」

「いや、だから――って、え？　あ、あー……。くそう、俺はどうツッコめばいいんだ……」

ボケの一辺倒ならまだしも、このように普通に頷《うなず》かれると、どう反応すればいいのかわからない。

彼はリズムすら合わないこの会話に苦悩し、頭に手を当てる。

するとナトは風見の頭を優しく撫《な》で、「痛い？」と素直に体調を心配してくれた。

その思いやりは、やましさを抱える風見の心に多少沁《し》みる。彼は複雑な面持《おもも》ちを彼女に向けた。

誤解を招く余地などないくらい丁寧に説明しないと、話がいくらでも脱線しそうである。

「つまりだな、食事も取らないで済む精霊が、こっそり外に出ていく理由が気になったんだ」

今度は大丈夫だろう。風見はこのまま、真相について話を発展させるつもりでいた。

だがナトは、風見の熱い視線を回れ右して躱《かわ》してしまった。彼女の向かう先は、例の洞窟だ。

どうやら彼女は風見の考えを聞いて満足し、帰るつもりらしい。マイペースが極まっている。

風見は慌ててナトの背に声をかけた。

「ああ、もうっ！　ちょっと待てってて！」

「ん。まだ何か？」

「この際正直に聞くけど、一体何をしてたんだ？」

「私がいない間、森がどうだったか、木に聞いた。あとこれからの予定について伝えた」

「それだけ……なのか？」

「それだけ。嘘をつく理由がない」

「そ、そうか」

機械のように、問えば答えを返す彼女だ。確かに嘘ではなさそうである。

そう思うと、勝手に怪《あや》しんだことにばつが悪くなってしまう。風見はナトに謝ろうとする——が、頭を下げた時には彼女の背しか見えなかった。

彼女は、すたすたと足音だけ残して先に行ってしまう。

「またかっ!? ええい、ナト、待て。ちょっと待ってくれ！」

風見はすぐに追いかけてナトの腕を掴むと、思いの丈《たけ》をぶつけた。

「俺といろいろ話してくれ。ナトがどうして森を守ろうと一人で動いているのかとか、俺が知らないことを教えてほしい」

「必要？」

「必要だ。俺はナトのことが知りたい。今は知らないことが多すぎて、変に疑ったりして気を擦り減らしている。どうせだったら俺はナトを信じて、ナトにも信じてもらって動きたい。それはダメなことか？」

相手の思考を読んで善悪を判断するなんて小難しいことは苦手だ。最初から腹を割って話し合いたい。相手が人外だからと隔《へだ》たりを作っていたら、魔物は害だと決めつける多くの人間と同じだ。

「……ダメじゃない」

ナトは数秒ほど見つめ返してからそう言うと、風見の手を引き、手頃な岩まで連れていった。彼女はちょこんと岩の上に座って、真っ直ぐに見つめてくる。

「何から聞きたい？」

「まず、この森を守ろうとしたきっかけを教えてほしい」

「大したことじゃない。エルフは今まで以上に増えた。増える速度も上がった。だからこれ以上増やさないために、魔物は自分たちの領域に踏み込んでくるエルフをたくさん殺した。その代わり、魔物もたくさん死んだ。結果的に言えば、エルフが増えたせいでたくさんの命が失われてる」

「それはわかる。でもなんでナトだけが動いているんだ？　例えば人で言うなら、自警団に属しているから仲間を守らなきゃいけない、とか役割が行動に繋がっているだろ。精霊は他の魔物をまとめるリーダーなのか？」

彼女は首を横に振った。続いて何かを言おうとしたが、不意に視線を逸《そ》らす。

「……私が生まれ育った場所だから」

ぽつりと、そんな言葉が呟《つぶや》かれる。

会話の際は、こちらが恥ずかしくなるくらい視線を注《そそ》いでくる彼女である。こんな風に恥じらいのような感情を見せるのは、初めてだ。

「もう少し詳しく――」

どこで、何に育ててもらって、このように森のために動くことになったのか。そんな質問を重ねようとしたら、ナトに指で口を塞《ふさ》がれた。

「言わない」

出しかけた言葉を声にできない風見。しばらくして、彼女は指を離す。

唇には未だに指の温かさが残っていた。

「今日はこれまで。もう遅い」

「……そっか。そうだな」

言いたくないという彼女に無理強《じ》いするほど、風見も野暮《やぼ》ではない。いきなり根掘り葉掘り問い質《ただ》そうというのは無理がある。また機会があれば、聞いてみるべきだろう。

すると早々に立ち上がったナトは、先ほどと同じく彼の手を引き、今度こそ寝床に戻ろうとした。風見は頷《うなず》き、彼女について行く。

寝床に戻るまでのわずかな間、ナトはぽつりと口を開いた。

「あなたはいい人。それはわかった」

「それはありがとな。そういえば、ナトは俺に何か聞かなくていいのか？」

「いい。あなたのことは知ってる。今までしたことも、いっぱい知ってる。あなたはいい人。ただの人間とは違う人。この国の魔物なら多分、それを知らない者はいない」

「え。そこまで知れ渡ってるものなのか……!?　内容は!?」

どのような噂が囁《ささや》かれているのか、風見からすれば不安である。

だがナトは「秘密」と言うのみで、もう答えてくれない。

仕方なく諦めた風見は、大人しく彼女の後に続く。すると彼女はふと思い出したように立ち止まり、振り返った。

「これ、持っていて」

ナトから手渡されたのは、白い真珠のような宝石だ。飴玉ほどの大きさしかないが、値段は相当のものかもしれない。風見はそんなものをもらっても困ると表情にした。

「なんだ、これ？　ちょっと高そうだぞ」

「違う、あげない。お守り。持っていて？　そうすればみんなを守ってくれる」

「つまりナトのお守りを預かれと？」

「そう」

よくわからないが、精霊にはそういう習慣でもあるのだろうか。

尾行をした後ろめたさがある風見は、結局は頷《うなず》いてしまうのだった。

†

風見が帝都でナトに攫《さら》われた日から四日。

リズたちは、ヴィエジャの樹海の始まりの場所にある、川沿いにいた。

リズとキュウビ、クイナ、クライス、そしてタマは、風見とクロエを追って帝都を出た後、北方にあるエルフの里を目指していた。

キュウビ曰《いわ》くナトは精霊で、千年前にヴィエジャの樹海で会ったことがある相手だという。その時の経験から、エルフの里に風見を連れていくとあたりをつけたらしい。

案内はキュウビが担《にな》っていて順調なのだが、問題はタマにやる気がないことである。今朝から一歩も動こうとせず、もう昼になっていた。

川辺では、タマから離れたところに飛竜二頭が丸くなっている。タマの巨体の陰で風を避《よ》け、キュウビらは金属カップの中で湯気を立てるお茶を手にたき火を囲い、顔を突き合わせていた。

寒がりなクイナはカップを両手で持ちながら、キュウビに問いかける。

「キツネ様、ここはもう樹海なんですよね？　わたしたちが行こうとしてるエルフの里まで、あとどのくらいですか？」

「飛竜の翼でなら二時間もあれば見えたはずなのですが、今日中にどうにかするのは無理かもしれません。折を見てもうひと踏ん張りだとタマちゃんに語りかけ、走ってくれることに期待しましょう」

そう言って眉根を寄せるキュウビ。リズは軽い調子で言う。

「それがちょうどいいかもね。エルフの里に突然この軍勢で押し寄せると、いらん混乱を招く。このあたりで止まっておけば、勝手に察知して、適度な警戒に落ち着いてくれるんじゃないかな」

そんな風に言っていたが、実際その日は一日動けずじまいだった。翌日にはなんとかタマを説得し、エルフの里まで辿《たど》り着く。そうしてようやくその里を目にしたのだが、リズは怪訝《けげん》そうに眉をひそめた。その理由は里の外観にある。

「なんだこれは。エルフは森の民《たみ》だろう？　それがどうしてこんな要塞《ようさい》じみた集落を作っている？」

案内人のキュウビにちらと視線を向けると、彼女もまた目を丸くしていた。

「ええ、本当に。千年前に来た時には、ちゃんと森の中で暮らしていた種族でしたが……」

川を挟《はさ》んで巨大な二本の樹が生えている。その樹の枝にはいくつも家が作られていて、まるで果実のようだ。その樹と樹の間には、橋が何本も架けられている。

最大の特徴は、森と集落の間に真っ平らな草原ができあがっていることだ。半径五百メートルほどもある。

執事の嗜《たしな》みで草木の手入れに覚えがあるクライスは、それを見てから森の枝葉《えだは》に視線を向けた。

「植物の剪定《せんてい》は、時期と枝の密度に関して配慮が必要です。当然ながら、新芽を育てることも肝要。しかしここではそれが疎《おろそ》かにされていますね。樹海の魔物に襲われるので遠方まで薪や食料調達に出られず、手近な物から根こそぎ伐採した結果でございましょう」

クライスの視線の先、草原に接する森は木々が薄くなっている。彼の意見に頷《うなず》くと、リズは腕を組み集落を見つめた。

「ふむ、なるほどね。まあ、仕方なしにというのもあるかもしれない。だがこれは、防衛の観点からすれば、役立っているみたいだね」

里に踏み込むには、この草原を通り、さらには木々で組まれた門を潜《くぐ》り抜けなければならない。

その門や集落の防塁《ぼうるい》、物見やぐらの上には、武装したエルフがぞろりと並び、こちらに睨《にら》みを利かせていた。大した歓迎だ。空気が緊張している。

それも当然だろう。誰も訪れないはずの樹海に人間がやって来たのだ。しかも飛竜二頭とドラゴンまで引き連れている。こんな状況で警戒されない方がおかしい。

「わたくしが行きますから、皆さんはここでお待ちくださいな」

そう言ったのはキュウビだ。リズとクイナは頷《うなず》く。

「そうしておくよ。矢で射られても敵《かな》わんからね」

「キツネ様、気をつけてくださいね？」

「はいはい、クイナ。優しいのはあなただけですわね。心配してくれてありがとうございます」

ここは最も年長者であり、この森に来たことがあるというキュウビが会話に向かう。彼女は一見、花魁《おいらん》のように肩を出した着物を着ている、か弱い女だ。エルフたちを刺激することはないだろう。この四人では無難な役割分担である。

クイナの頭を撫《な》でたキュウビは、得物である大薙刀《おおなぎなた》を地面に突き立てると、エルフの里に向き直る。

「害意はありません。わたくしはキュウビと申します。族長や長老など、数百ほどお年を召した方はいらっしゃいますか？　もしかすると面識のある方かもしれません。よろしければお声をかけていただけませんか」

すると防塁《ぼうるい》の上から弓を向けていた若い衆の間から、相当年を取っていると思《おぼ》しきよぼよぼな者が出てきた。杖の上で手を組み、しわや皮膚のたるみにより小さく見える目を、さらに細めた老夫だ。彼はキュウビを見つめ、ふうむと唸《うな》る。

「九本の尾。そしてその名。儂《わし》も幼い頃に見たきりで顔などとうに忘れていたが、記憶に当たるのは一人しかおらぬ。よもや未だに老いていないとは驚きだが」

「あら、いやですわ。わたくしが以前ここを訪れたのは、少女と呼べるほど幼い時。女として、今はこれこのとおり成長しています」

しっとりと微笑んだキュウビは、その場でくるりと回ってみせる。その様《さま》には以前の面影《おもかげ》など感じなかったのか、老夫は少々怪訝《けげん》そうに眉をひそめた。

しかし彼女の話を信じたらしく、エルフたちに声をかける。

「皆、弓を下げよ。九尾《ココノビ》の炎狐《えんこ》にはそのようなものは通じぬ」

「懐《なつ》かしい呼び名ですわね。存外、記憶しているではないですか」

若いエルフたちは老夫に疑いの眼差《まなざ》しを向けながらも、弦を絞《しぼ》る腕を次々に下ろした。

キュウビは頬に手を添え、くつくつと笑いながらその様子を見やる。

「して、そのキュウビ殿がドラゴンや飛竜なぞを連れて何用か。魔物混じりの貴女がこのような時分に突然来られては、我々も警戒せざるを得ないのだが」

「そんなところに閉じこもるあなた方にとって、ドラゴンは天敵ですものね」

二人の会話に周囲全体が注目している中、キュウビの言葉の意味が理解できなかったクイナはリズの裾を引いて尋ねた。

「……あの、団長。今のってどういう意味ですか？」

「残念だが、エルフみたいに外界に出ん者のことは知る由《よし》もないね」

リズにも真意が掴めないらしく、首を横に振る。

するとクライスが代わって質問に答えた。

「閉鎖的な生殖の結果なのか、エルフの属性は風、水、特異属性の陰と陽が極端に多いと聞きます。エルフは近しい属性同士で相加術を用《もち》い、集落に結界を築くことがあるとか。しかしその結界も、特殊で強力なドラゴンの律法を使われてしまえば――」

エルフは長命な上、集落には数十、数百年と慣れ親しんだ者しかいない。それ故《ゆえ》に他者と律法を同調させ、強化する相加術も熟達しやすいのだろう。

魔獣《まじゅう》が住み、強力な魔物が跋扈《ばっこ》する森でエルフが生存できる理由はここにあるはずだ。

「なるほど。如何《いか》に強固な壁でもその力ごと食われる。あれの律法は唯一の脅威というわけか」

納得したリズたちは、エルフの若い衆と同じく静観をもって二人の動向を見守ることにする。

キュウビと老夫の会話は未だに続いていた。

「当初申した通り、害意はありませんわ。わたくしは魔物の仲間でもありません。現に後ろには人も連れていますから」

「では、ドラゴンなどを連れてきて、何をする気なのじゃ？　怪《あや》しさが拭《ぬぐ》えぬ限り、儂《わし》は族長として貴女方を受け入れるわけにはいかぬ」

「ドラゴンが好む人間など、世では限られているではありませんか。わたくしはその方の代理です。彼が帝都で木の精霊に攫《さら》われたので、こちらに逃げたものだと思って追ってきたのです」

「またマレビトが召喚されたと？　それにしても奴が猊下《げいか》に手を出すとは……」

ナトの話が出ると、エルフたちはざわめき始めた。

だが、族長を名乗る老夫は静かに見据《みす》えるのみだ。

「しかし、残念ながら猊下《げいか》はここにはおられぬ。我らは元来、他種族と無用な争いを起こさぬために交流を断《た》っている。お引き取り願えまいか」

「彼がいないのなら、私たちの目的は集落に入ることではありません。その代わり、しばらくここで待たせていただけませんか？　精霊が彼を攫《さら》ったということは、きっとここで何かを――」

会話の最中、キュウビの耳は不意に風切り音を捉《とら》えた。

彼女だけではなく、リズやクイナもふと顔を上げる。ふて寝をしていたタマもそれを感じ取ると、ぱっと顔を上げて空を仰《あお》ぎ見た。今までのやる気のなさが嘘のような反応ぶりだ。

空には二体のグリフォンがいた。一体には風見とクロエが跨《また》がっており、もう一方にはナトが跨《また》がっている。それはリズたちとも、エルフたちとも距離を取った位置に着地した。

魔物と、精霊だ。そう認識したエルフは一斉に弓を構え直したのだが――

そんなものは意にも介さず、タマが跳び出した。体をバネのようにして跳び出したその一足が地面につくと、衝撃が走り、地震のように辺りが揺れる。

それは弓を暴発させてしまいそうなほどの揺れで、エルフたちは慌てて弦を緩めた。

たった一歩でこれである。エルフたちの心に走った衝撃は地面の揺れよりも大きいだろう。あの巨体、あの図体でありながら、ここまで動ける魔獣《まじゅう》が目の前にいるのだ。体が強張《こわば》るのも当然である。

そしてそれはナトにとっても同じであった。

「……っ！」

タマに驚いたグリフォンは、小動物のように身を縮めて空へと逃げ出した。一方のナトが迎え撃とうとしたところ、風見が止めに入る。

「待ってくれ、ナト。構えなくていい。それと、ちょっと動かない方がいいぞ」

猛烈な勢いで迫《せま》るあの巨体を見れば、誰だって身構えるだろう。しかし風見はもう慣れている。

待っていると、タマはブレーキをかけ、風見の前に鼻先がつく距離に伏せた。

犬ほどに声帯が発達していないタマは、オアァーとつたない声をしきりに漏《も》らす。

「よしよし、タマ。急に離れちゃったから心配してたけど元気にしてたみたいだな」

会えないのがよほど寂しかったのか、旅行明けに会った犬のように尻尾をぱたぱたとさせ、風見に撫《な》でを催促する。手の動きが止まれば、鼻先で体を押し上げてまた催促した。

あれほどの脅威であるドラゴンがこうしてかしずく相手といえば、マレビトしかいない。

……と、そのくらいで収まれば、伝説上のマレビトと同じく威厳ある姿と言えただろう。

だが、五日も離れていて鬱憤《うっぷん》の溜まっていたタマが、それで終わるはずがなかった。

「ぐ、ぬおっ……!?」

巨体の鼻先を撫《な》でられるだけでは触れ合いが足りないらしく、タマは猛烈な勢いで風見を鼻先で押し上げる。そのせいで風見が足を滑らせると、タマは彼を両前足で挟《はさ》み込み、逃がそうとしない。

そのまま彼に頭を擦りつけたり舐《な》めたりと、全身で愛情を示した。

鋼鉄の鱗《うろこ》による粗いやすりがけと、しなり細やかな目の舌によるやすりがけ。ついでに言えば胴体を挟《はさ》まれ、唾液でどろどろにされるという四重苦である。

「ぐ、痛いっ!?　痛いってば、タマ！　おい、タマ!?　誰か、誰か助けっ……あだっ!?　あだだだだだっ……!?　肌がっ、肌が裂けるっ!!」

いや、ドラゴン相手に手を出すなんて無理でしょう、と誰しもが見て見ぬふりをし、五分ほどが経過した。威厳ある伝説の姿はどこへやら。少々擦り傷がつき、唾液でべとべとになった風見は、よろけながらも立ち上がる。

彼はハンカチで顔を拭くと、「とりあえず、なかったことにしよう……」と意気消沈《いきしょうちん》した様子でぼやく。その場の誰もが、優しく頷《うなず》いてくれるのだった。

†

その後、エルフは風見がマレビトだと信じたらしく、警戒を解いた。その様《さま》を見た風見は、ようやく落ち着いてくれたタマに語りかける。

「さて、タマ。話をつけるためにあっちまで連れていってくれ」

風見がよじ上《のぼ》ろうとすると、タマは素直に頭を下げ、指示通りエルフの老夫の前まで歩いていく。

こうしてたやすくドラゴンに跨《またが》るマレビトとしての姿こそ、重要な信用の材料となってくれることだろう。

人の十倍とも言われる長命なエルフでも、その姿は珍しいらしく、ただ見入るばかりだ。

防塁《ぼうるい》に立つエルフの老夫と、アースドラゴンの上に立つ風見。二人の視線は今、同じ高さにある。

風見は老夫に声をかけた。

「はじめまして。あなたがエルフの族長ですね？　俺は風見心悟と言います。この世界に喚《よ》ばれた者です。ここでは、エルフと魔物の間で争いがあると聞きました。俺としては、しないで済む争いは治めたいと思います。できれば仲裁したいのですが、話を聞かせてもらってもいいですか？」

「確かにドラゴンをそうやすやすと従《したが》える人間など、マレビト以外にないだろう。じゃが、そのように強力な魔物や魔獣《まじゅう》を連れて歩くのは、いかがなものか。口を噤《つぐ》んで話の席につかねば力尽くで這《は》いつくばらせる、と言外に示しているように思えてなりませぬ」

「え？　あー、改めて考えてみれば、確かにこれは怖い面々ですね」

全くその気はなかったのだが、いざ仲間を見れば族長の意見もわからなくはない。

アースドラゴン、飛竜二体、グリフォン二体、キュウビとナトという人外に加えて、この森を進んでこられた人間が四人。そして伝説の存在が一人。それはもう、少数精鋭も極まっている。

軍隊とも正面から渡り合える戦力が、里の前に集まっているのだ。事態を分析できる者からすれば、背筋が凍る光景だろう。

風見は首を振り、そんな気はないと主張する。

「俺は誰も傷付ける気はありません。俺の元の世界での仕事は獣医――動物と人の両方を助ける仕事でした。だから、エルフにも魔物にも、分け隔《へだ》てなく接するつもりです」

「この争いを終わらせるという高貴な志《こころざし》には、感服いたしましょう。けれどそれは、勢力を伸ばし始めた我々が魔物に譲歩せよ、ということであられますか？」

「そうとも限りません。ただ、工夫によってなんとかなることなら、提案させてもらいます。何をどうするかは、話し合ってゆっくりと決めればいいじゃないですか」

「残念じゃが、それはお断りさせていただこう」

エルフの族長は頑《かたく》なだ。拒絶の意思を込めた目で風見を見つめ返してくる。

「あなたはマレビトだ。その言葉は信ずるに値《あたい》する。しかし、森のためなら命などどうとも思わない精霊と共にいる。小心極まるが、我らはその精霊を信ずることができない。故《ゆえ》に、話の席につく気は起きませぬ」

「いや、それでもですね――」

このくらいの反論は予想していた。風見は言葉を尽くし、もう少し歩み寄ろうとしたのだが、そんな矢先に声が差し込まれた。ナトの声である。

「別にいい。それは必然」

決して大きな声ではない。いつもの静かな声だ。しかし数百メートルも離れたところにいるはずの彼女の声は、風に乗ったのか、風見の耳にもはっきりと届いていた。

振り向けば、彼女はぞわりと背筋《せすじ》を凍らせるような視線をこちらに向けている。

それに加え、彼女の後方に位置する森が蠢《うごめ》き、様々な魔物が現れた。数はざっと三十。

戦闘を起こすに十分な戦力を見たエルフは、慌てて弓矢を構え直す。風見も驚いて声を上げる。

「ちょっと待て、ナト！　この話は俺に任《まか》されたはずだろ!?　まだ少しも話していないのにいきなりそんなことはするなっ！」

彼女は後方の森で気を尖《とが》らせる魔物と同調し、瞳に魔力を宿《やど》していた。

強引な暴力行為に走る気がないからこそ、争いの仲裁を依頼してきた――はずである。最初からこうする気なら、わざわざ帝都から風見を連れ去ってくる意味なんてない。

風見は裏切られた気分でナトを睨《にら》み、返答を求めた。すると、彼女は口を開く。

「私は元よりこの争いを治めるつもり。そのためにあなたを選んだ。あなたが必要だった。それと同じ。必要なことはする。手段を問うつもりはない」

「待て、とにかく止まれ。話を――！」

風見は声を張ったが、届かない。彼女が腕を水平に振ったと同時に、魔物が動き始める。

一斉に飛び出した魔物には、草の魔物マンドレイクやキノコの魔物マイコニドから大型のトレントまで混在していた。それらは地面を揺らすほどの怒涛《どとう》の勢いで、エルフの里へ押し寄せようとしている。

風見は歯噛《はが》みして悔しがる。

「……俺を頼ってきたから、こういう手は取らないと思っていたんだけどな」

さっきまでの交渉もこの行為も、時間の無駄になるのか、と悔しさはため息に変わる。

魔物数十体など、ドラゴンにとっては敵にすらならない。こういう時にも場を鎮圧させられるからこそ、仲裁役を任《まか》されたのだ。

風見はタマに指示を出した。それは、たったの一言である。

「――容赦はいらない」

タマは唸《うな》って応《こた》え、四肢で力強く大地を掴んで構えた。勝負ですらない。魔物の群《む》れを蹴散《けち》らすのに何秒かかるか、というだけの問題だ。

そう思っていたのだが、その時、風見の視界に予想外のものが飛び込んできた。

「っ⁉　クロエ、後ろだっ！」

言うが早いか否《いな》か。ナトや魔物に向けて警戒し、構えていたクロエを、複数のツルが死角から狙う。彼女は声に反応して、それらを紙一重《かみひとえ》で避《よ》けた。

次の瞬間、土がぼこりと盛り上がり、クロエの背後に数体の魔物が生えてくる。それらはツルを伸ばし、エルフや他の誰でもなく、クロエのみを追った。

何故クロエを狙うのか、理由は不明だ。しかもどういうわけか、そこには攻撃らしい殺意や鋭《するど》さが感じられない。

クロエはとにもかくにも走った。肉体強化の律法を唱《とな》えたのだろう、白い光をまとっている。その状態の彼女の瞬発力には、特殊な技でもなければ追いつくことはできない。

だが、彼女に追いすがる影があった。ナトである。しかもその速度はクロエを上回り、回り込めるほどだ。吹き荒《すさ》ぶつむじ風に乗り、ナトはクロエの前に立ち塞《ふさ》がる。

「ど、どういうつもりですかっ……⁉」

「必要なことはする。それだけ」

「くっ――⁉」

クロエは構えようとしたが、攻撃する間もなくナトが懐《ふところ》に踏み込んできた。直後、ナトはクロエの腹に掌底《しょうてい》を叩き込む。それに伴《ともな》って生じた突風によって、クロエは森の中に吹き飛ばされた。

彼女はそこで待ち受けていたトレントに捕まえられ、次いでツルで四肢を縛り上げられる。律法を唱《とな》えられぬよう、口まで塞《ふさ》ぐ念の入りようだ。

「タマ、クロエをっ！」

そう叫ぶと同時に風見は背から飛び下りた。呼びかけに応じ猛烈に跳ねたタマは、前足で魔物たちを払い飛ばす。けれども、クロエを捕まえた魔物はすぐに森の奥へ消えてしまった。

タマは森に飛び込み、目の前に群《む》れる敵をまとめて蹴散《けち》らしていく。木ほどの大きさの敵が群《む》れていても、ドラゴンの力の前には無意味だ。虫のように宙へと散らされる。

けれど森の魔物は次々に身を盾にして道を塞《ふさ》いだ。タマがいくら鉤爪《かぎづめ》で蹂躙《じゅうりん》し、炎の息吹《いぶき》で森を薙《な》ぎ払っても、クロエを捕らえた魔物は炙《あぶ》り出されない。おそらく、森の奥に入り込んだのだろう。

風見はタマにその場を任《まか》せると、草原で立ったまま逃げもしないナトに駆け寄った。

「どういうことだっ、なんでクロエを襲った⁉」

ナトの肩を掴み揺さぶりながら、きつく問いつめる。しかし彼女は何も弁明しない。くっと歯噛《はが》みした彼は、ひとまずその手を止める。

すると、ナトは口を開いた。

「エルフとの話は、あのままだと堂々巡《どうどうめぐ》りだった。けれどもう時間がない。だから、話を円滑に進めるために必要なことをしただけ。仲間を奪われれば、あなたも本気になる。——私はもう、あなたのために頼まれたことをした。今度はあなたが私の願いを叶えてくれる番」

「……クロエは無事に返してくれるんだろうな？」

「必要のないことはしない。あなたが仲介に本気を出す理由を作りたかっただけ。エルフとの交渉に必要なら、今ここで私と決別してくれてもいい」

「……そこまではいらない」

文句を言っても無駄だと悟《さと》った風見は言葉を呑み下し、拳《こぶし》を握《にぎ》り締めた。

会話が終わる頃には、タマはあらかたの魔物を引き裂いていた。その中にクロエを連れ去ったトレントの姿はない。

風見はタマを呼び寄せる。期待に応《こた》えられなかった、としょげて帰ってくるタマを撫《な》でて労《ねぎら》った。

仕方がない。身を盾にした彼らには、強い覚悟があったのだ。ドラゴンでも出し抜かれることはある。一念岩《いちねん》をも通すという言葉通り、いい教訓になった。

そんな時、風見はふと視界に入った魔物に疑問を覚える。

「……？　なんでこいつら、こんな顔を……？」

まだ息のある魔物は早々に退《しりぞ》き、残されたのは虫の息となったトレントなどだ。

彼らは何かを成《な》し遂《と》げたかのような満足げな表情を浮かべ、事切れていく。ナトはそんな彼らに歩み寄り、頷《うなず》きを一つ返していた。その意図は読めない。こんな時にも彼女の表情は変わらない。

そちらはひとまず置いておき、風見はエルフとの交渉を再開するため、タマの背に乗って村の前に戻った。

「すみません、事情が変わりました。多少無理やりにでも付き合ってもらわなければなりません」

エルフの族長が顔をしかめる。

「脅すと申されるか、マレビトよ」

「このまま魔物と争いを続けても血は流れます。血を流さないで済ますための協議の場にエルフがつかないというなら、俺は仲間を助けるために別の手段を講じないといけません」

心にもないが、風見は最悪の場合を匂わせる。

エルフたちは魔境の中、こんな狭い安全地帯に縋《すが》りついているのだ。元より、意固地でいられるほどの地力がないことは、理解しているのだろう。族長は悔しがりもせずに息を吐き、頷《うなず》いた。

「……よかろう。猊下《げいか》ご一行との話し合いの場を設《もう》ける。しかし、そこな精霊は里に入れられぬし、ドラゴンも外で待たせていただきたい。よろしいか?」

族長の確認に、風見は頷《うなず》く。タマにここで待っているように頼むと、リズたちを呼び寄せ、集落の結界内に入れてもらうのだった。

†

里の生活方針を決める、族長と呼ばれる高齢の統率者と、里を守るために若い者を統率する戦士長。この二人が、協力して樹海のエルフ社会を束ねている。

千人に満たないので、人間社会のような明確な権力関係や身分制度はないものの、彼らが共同体の中心なのは間違いない。序列としては、経験が勝《まさ》る族長が上。戦士長の仕事は、族長の命《めい》や規律に従《したが》い、集落を守ることだ。

しかし近年は、血気盛んで伝統や規律を重んじる戦士の発言力が上がり、口答えをすることが増えてきていた。もちろん、悪意があるわけではない。同族のエルフを守ろうとする高潔精神の表れである。私欲に走る者はこれまで一人としておらず、それが彼らにとっての誇りだ。

狩猟の時はいつだって殿《しんがり》を務め、住民の盾となる戦士の姿は、里の全員が知っていた。彼らが言うのは、いつも「仲間のため」「家族のため」と正論ばかりである。

しかしヴィエジャの樹海に跋扈《ばっこ》する魔物は強い。いたずらに争えば消耗《しょうもう》する一方なのは明白で、大を守るために小を犠牲にする判断も、時には必要となる。戦士に不足しがちなそれを補うのが、族長の責務であった。

それに対して時折返ってくる反発が、族長にとっての悩みのタネとなっている。

「族長、此度《こたび》のことはどういう了見か。この集落に他種族を――ことあろうに魔物と通ずる者を迎え入れるなど、正気の沙汰《さた》とは思えない」

やはり言ってきたか、と族長は苦労がにじむ顔となる。

執務机越しに険《けわ》しい剣幕を向けて、先ほどの言葉を放《はな》ったのは、戦士長のリードベルトだ。

遺伝的に骨も体も細く、筋肉がつきにくいエルフでありながらも、彼は鍛錬《たんれん》を重ねており、引き締まった筋肉をつけている。その厳格さは彼の顔にも表れ、凝《こ》り固まっていた。常に眉をひそめている鋭《するど》い目元は、幼子《おさなご》が見たら泣き出すであろう険《けわ》しさだ。

無論、それは老骨にとっても多少厳しい。できることなら向かい合うことは御免《ごめん》こうむりたい族長だったが、視線は頑として動かない。避けては通れない道らしかった。

「魔物に通ずる者ではない。マレビトであろうよ」

「マレビトである証拠がどこにあると申されるか」

「ドラゴンに跨《また》がれる者などそれ以外におらぬ。二代様の時代から世を見続けてきた儂《わし》が証人じゃ」

二代様とは、二代目のマレビトのことで、彼がいたのは千年も前だ。

「だがそのマレビトが我らの敵でない保証がどこにあろう。邪悪な魔物から同胞を守りきれるか疑わしい」

「あのマレビトが我らの敵ということはあり得ぬよ」

リードベルトの遠慮ない物言いに憤慨《ふんがい》するでもなく、族長は冷静に首を横に振る。

「彼が真にエルフの敵なら、すでに我らをドラゴンの律法で滅《ほろ》ぼしている。我らには誇る財宝もあるわけではなし、ドラゴンから離れて里に踏み入る理由はなかろうよ。よって魔物に仲裁役として使われているだけ、と判断した。魔物を贔屓《ひいき》しないとは言い切れぬが、それは今後見極めれば良かろう」

弱腰になったのではない、と族長は威厳をもってリードベルトに返す。

すると今までのように間も置かずに返ってくる言葉はなかった。ひとまず矛《ほこ》を収める気にはなったらしい。しかし、リードベルトの表情は厳しいままだ。

「なるほど、族長のお言葉も一理ある。だが魔物との問題は、生活の根幹に根差すもの。魔物と馴《な》れ合うために我らの暮らしや伝統を踏みにじられてもよろしいのか？」

「争いで命が失われるよりは良かろう。そこはおぬしも望むことのはずじゃ。我らは良くも悪くも増えすぎた。どの道、同じままではいられぬよ」

リードベルトは族長の言葉にいくらか頷《うなず》いていた。しかし、族長の言い分を最後まで聞いた彼は、その感想とでも言うように、はあと大きなため息をつく。

その失礼な態度に族長は睨《にら》みを利かせるが、リードベルトから返される視線はさらに鋭《するど》い。叱責するつもりであったのに、逆にぞくりと背に悪寒《おかん》を感じてしまう。

族長が怯《ひる》んだところに、リードベルトは重苦しい声を向けてきた。

「百歩譲《ゆず》って、マレビトは伝説通りのお方としよう。けれど魔物が馴《な》れ合ったふりをして、後で手のひらを返してきたら、どうなる？　私が危惧《きぐ》するのはそこだ、族長よ」

「森の魔物は生来、危害を加えなければ大人しいものじゃ。それが何十年、何百年と続いてきたのだから、今さら変わるとは思えぬ」

「族長は何を根拠にそのようなことをおっしゃる？　まさか森の魔物と心が通じる、とでも言うおつもりか。そのような思い込みは甘いと、毎度ご忠告申している」

言葉を詰まらせた族長だったが、首を振って思い直すと正論を返した。

「それは……ドリアードをはじめとして、魔物を見ていればわかることじゃ。彼らは一定の限度さえ超えなければ、攻撃してこない。そもそもおぬしは何を考えている？　いくら正しくとも、波風を立てるのでは、平穏は遠ざかるばかりじゃぞ」

族長の釘を刺す言葉にリードベルトはしばし黙り、「ごもっともだ」と頷《うなず》く。けれどその瞳の色は全く変わっていない。形式上、同意の言葉を口にしただけなのだろう。

「だが、族長の言う平穏とは仮初《かりそ》めだ。あやふやで、いつ崩れるともしれない。あの強大な魔獣《まじゅう》がいる上に、魔物が溢《あふ》れるこの地で、何故そうと言い切れる？　仲間と共に生きるため、変化は受け入れよう。けれど、我らは一時《いっとき》も気を抜いてはいけない。ましてやあの精霊は、悪知恵で我らを陥《おとしい》れるだけでなく、他の魔物を先導して我らを脅《おびや》かすではないか」

リードベルトは自分が危惧《きぐ》するところを、穏やかに語り終える。すると彼はこれまでの無礼を詫《わ》びるように頭を下げた。

「申し訳ない、族長よ。今のは打開策もない脅威論だ。領域の調停者たる魔獣《まじゅう》、本能で生きる魔物に関しては、受け入れるしかないだろう。好戦的な魔物でも、徒党を組まぬ限り、我らが術にかかれば問題ありませぬ。しかし、あの精霊だけは討《う》つべきだ。現状を打破するならば、それだけは達成すべきだ」

言葉は静かでも、力のある視線に族長は貫《つらぬ》かれる。ここまで言い切られてしまうと、彼の方が正しいのではと思えてしまう。事実、この力強さがエルフを守ることも多いために、最近はリードベルトを支持する者が増えていた。

しかし彼はエルフのためと数々口にするが、そのやり方は伝統的なものというより人のものに似ていた。本来は自然と折り合いをつけ、苦しくとも森と生きるのがエルフである。

勇《いさ》ましいリードベルトは、族長が返す言葉を用意できないうちに宣言した。

「マレビトのお言葉には耳を傾けよう。そして隙あらば仇敵《きゅうてき》を葬《ほうむ》る。その方向ならば、族長としても合意できましょう？　私はその旨《むね》をドリアードに伝えるべきと考える。幸い、マレビト側も攫《さら》われた女性を探すためにそこへ向かうとのこと。それに同行して、森の統治者に我らの総意を伝えてきましょう。いかがか？」

彼の視線に宿《やど》る何かに惑《まど》わされ、族長は「う、うむ……」と頷《うなず》くしかなかった。

これも間違った選択ではない。エルフのためになるのは確かだと、言い負かされてしまう。

意は得たとこの場を去ろうとしていたリードベルトの背に、族長は独り言のような声をかける。

「……おぬしはあの精霊が憎《にく》かろうな」

はたと足を止めたリードベルトは振り返ると、こう言った。

「何をわかりきったことを。奴は悪。慣れ親しんだ家族を害す敵。憎《にく》くないはずがありましょうや。

我ら戦士は、奴のような存在から同胞を守るための刃《やいば》だ」

「そうか。愚問《ぐもん》じゃったな」

野暮《やぼ》なことを言った、と族長が目を伏せると、リードベルトは部屋を出る。

「エルフの戦士はエルフを守る。儂《わし》が童《わらべ》の時から変わらないことであったよ」

バタンとドアが閉まった後、族長は一人嘆息するのであった。

†

エルフの里に入れば刺々《とげとげ》しく警戒されるもの——と思いきや、風見らを出迎えたのは興味半分、歓待半分という好ましいムードだった。特にエルフの若者は目を輝かせて見つめてくる。

風見らが結界を越えて里に入ると、若い男女のエルフがいち早く駆けつけてきた。二人は我先にと風見に両手で握手を求め、握《にぎ》った手をぶんぶんと上下に大きく揺らすほど友好を示してくる。

若い二人は案内と小間使い役だという。そして女性の方は、尖《とが》った耳を興奮でぴこぴこと動かしながら、風見を見つめてきた。

「わぁ、人間！　それもマレビトでも、見かけはエルフとそんなに変わらないんですね。ちょいと肌が黄色くて耳が丸いくらい？　あのう、触ってもいいですか？　ほんの少しでいいのでっ」

「あ、ああ、好きにしてくれ。その代わり、俺もトンガリ耳を触らせてもらってもいいか？」

風見は苦笑しながらも、彼女の耳に手を伸ばす。

「ハイ、どーぞどーぞ。でもこんな耳なんて珍しいものじゃ――きゃんっ、くすぐったいですよー」

むずむずとしながらも我慢していた彼女は、堪《こら》えきれなくなると細い指で風見の手を引き下げ、逆襲と言わんばかりに触ってきた。

「すいませんっ、自分も触らせていただいてもっ!?」

どことなく彼女と顔立ちの似た男性のエルフも、元気よく手を上げて主張してくる。

二人が友好的なのは、里の外の世界に興味を抱《いだ》いているかららしい。彼らだけでは務まらないものもあると見たのか、人間だと四十代くらいに見える男がお目付け役として後ろについてきていた。

触れ合いが一段落すると、女性のエルフが元気に声を上げげた。

「はいはーいっ、それでは自己紹介を！　私はフラム。年齢は秘密でっす。でも、長生きだからってておばあちゃんというわけではないですよ？　過疎《かそ》ってて同年代の男の人もいないから、異性を知らない一番の乙女盛りなんです。なのでいやらしいことは程々にしてくださいね？」

続いて若い男のエルフが自己紹介する。

「自分はフラムの双子の兄で、バルドと言います。年齢は三十二です。妹と一緒に戦士団に所属していて、ここでの案内と小間使いと若干《じゃっかん》の監視を仰《おお》せつかっています」

「ちょっと兄《にい》、年齢ばれてる！　隠した意味ないっ⁉」

「そ、そんな。別に年くらい、いいじゃないか。気にすることじゃないって」

「人が気にするっ！　三十代といえば三十路《みそじ》よ、み・そ・じ！　人間視点だと行き遅れて飢《う》えてるように見えちゃう！」

「人じゃなくて、フラムが焦っているんじゃゃ――」

「うっさい！」

フラムはぎゃあと叫んでバルドを張り倒す。

こんな口論は見ない振りをしてあげるのが風見の優しさだ。

彼らより年齢が下で相手がいない若者は、五歳前後の子供二人だけらしい。この里は外部からの流入がないらしく、フラムが焦っている理由も十分に納得できた。

フラムは兄の首を絞めて「あの子たちが育つまで最低でもあと十数年、そんな長い期間、処女でいられるかっ！」と叫んでいたが、風見は大人としてこれも聞かなかったことにした。

それにしてもエルフというのは本当に長命らしい。見目《みめ》も高校生と変わらず、モデルやダンサーのような整った容姿のフラムなら、年なんて気にすることでもないだろう。そんな彼女は、兄を放ると風見の手を握《にぎ》り直す。バルドは咳をしながら乱れた服装を整えて、風見に頭を下げた。

「す、すみません。猊下《げいか》、お見苦しいところを……」

「気にしないでくれ。それより、これから二人のお世話になるんだよな？　しばらくの間、よろしく頼む」

「いえ、こちらこそ！」

バルドはきりりと背を伸ばして敬礼する。砕《くだ》けた妹とは違い、生真面目そうな青年だ。

彼らは共に若緑色の服と、肩まで帯が下がるバンダナを身に着けていた。里にはこのような姿をしているエルフが多い。これが民族衣装としての正式な形なのだろう。

バルドは短い髪をした朗《ほが》らかな少年で、帯剣をしている。リズが遠くから彼の姿をふむと見据《みす》えたくらいなので、ある程度の腕を持っていそうだ。

一方のフラムは肩を過ぎるくらいの髪に、すらっとしなやかな体と、羨《うらや》まれる見目《みめ》をしている。こちらも短刀を腰につけていて、身なりは動きやすさを求めた印象だ。

そんな二人は、風見が集落に入ってからというもの、ご主人に取りつく子犬のように傍《そば》を離れなかった。案内中も、揃って風見の周りをぐるぐるし、リズたちを蚊帳《かや》の外にしているくらいである。

しかも彼らは、邪魔くさいと苛立《いらだ》ちを込めたリズの視線を背に受けても、全く反応しない。興奮に身を任《まか》せるばかりだ。歩きながら風見に次々質問してくる。

「あのあのっ、ドラゴンは本当に言うことを聞くんですか？　人は食べちゃわないんですか？」

「とりあえず人並みに頭はいいから、大抵のことは理解してくれるし、人は食べないよ。食べさせるとしたら、討伐《とうばつ》依頼がかかっている大型の魔物かな。困りごとは、あんなにおっきくてパワーもあるから、じゃれられると死にそうになること……って、さっき実際に見たよな」

頬を掻く風見に、今度はバルドが問いかける。

「これからの旅、エルフの戦士をお供にする気はありませんか!?」

「え？　いや、特に何も考えてなかったけど……」

「是非自分を連れてってくれませんか！」

「あぁっ。兄《にい》ずるい、私もっ！」

そんなやりとりをしているところに、じとりと視線が突き刺さる。風見がしょっちゅうリズから向けられているのと同じものだ。見れば、中年のエルフが若い二人を睨《にら》んでいた。

「やめないか、お前たち。エルフの戦士とは聡明でいて、謹厳《きんげん》な者のこと。未熟な者など求められないし、恥ずかしくて出せるものではない。口より働きで自分の価値を見せなさい」

お目付け役らしい言葉である。沸き立っていたフラムとバルドは、水を差されたことで言葉を続けにくくなってしまったらしい。仕方なく黙り込み、静かに案内が再開される。

ようやく訪れた静けさに、風見は苦笑気味で歩いていた。すると風見の隣が空《あ》いたことで、リズが彼に寄りつく。

「シンゴ、あまり気を詰め過ぎるな」

ぼそりと、周囲には意識されないほどの小さな声で彼女は言う。

ふと風見が視線を向けても、彼女は横目でちらりと確認しただけだ。クイナやクライスなど、他が会話に入り込んでこないように、わざと小声にしているのだろう。

「こんなところにいて、お前がはしゃがない方がおかしい。お前が興奮しないのは、考えているか悩んでいる時だけだ。だがね、今はクロエのことを心配しても、何も始まらんよ」

風見の表情はところどころぎこちなくなっているのだろう。風見としてはナトの言葉を信じ、ひとまずはこちらに集中しようとしていたのだが、隠しきれないものがあったらしい。

「そっか。……そうだな。キュウビがクロエを探してくれているし、俺は俺でやることをやる。ナトは目的に必要だったからこうしただけだ。俺がちゃんとすれば上手くいくよな。それで、クロエを早く迎えに行ってやらないと」

「ばかシンゴめ。……はぁ。まったく、どう言ってもお前は変わらんね」

「な、なんだよ。そういうことで合ってる……だろ？」

「そーだね、合っているんじゃないかな」

いかにも物言いたげなジト目で風見を見たリズは、ため息をつく。

キュウビは飛竜に跨《また》がり、先ほど里を発《た》った。彼女はクロエを連れ去った魔物の行き先に心当たりがあるそうだ。彼女なら一人でも戦力的には十分であるし、飛竜も操《あやつ》れる。滅多《めった》なことは起こらないだろう。

それに彼女には、グリフォンに乗ったエルフの戦士が二人同行した。戦士長とその右腕という精鋭だそうで、心配すべき要素は見当たらない。

そしてナトは、森との緩衝《かんしょう》地帯に残り、こちらに睨《にら》みを利かしたままだ。防塁《ぼうるい》上に集まったエルフの戦士が、現在も彼女の一挙手一投足《いっきょしゅいっそくとう》に警戒しているらしい。

一方の風見らは、お世話になる家に向かっていた。バルドとフラムたっての希望と、広さに余裕があるということで、風見らの宿泊先は彼らの家である。

二人の家に到着し、不安そうな面持《おもも》ちだったお目付け役と別れる。

バルドはリズ、クイナ、クライスの三人にどこで休めばいいかの説明を始めた。

それを見たフラムは、ぱっと笑みを浮かべて風見に質問を向けてくる。

「えーと、それで猊下《げいか》がご覧になりたいのは、私たちの生活ぶりですよね？」

「ああ、まずはそこを頼む」

「と言っても、世間様で言うエルフの生活と代わり映《ば》えしないですよ。木の実を取って、狩りをして、薪を集めてスープなりを作り、日々の糧《かて》とする。それが終わる頃には一日も終わります。雨の日は、ハープや弦楽器を演奏してますねー」

それのみなのでつまらない。フラムはそんな表情だ。彼女は苦笑もそこそこに、「今夜二人っきりで弾き語りでもご披露《ひろう》しましょうか？」とアピールしながら、家の中を紹介してくれる。

家は木造の平屋で、土間にはかまどと水がめ、少量の薪が置いてある。その奥は板張りの居間と双子それぞれの部屋だ。この里ではこんな造りが一般的らしい。

風見は早速目を凝《こ》らし、日常生活の問題点を探す。魔物とのトラブルに関係するものがあるかもしれない。

「調理はかまどでするんだな？」

風見の質問にフラムが答える。

「そうですね。でも、遠方で切っても大丈夫そうな大きな樹を探そうにも、魔物が邪魔するんです。

そのせいで近場の小枝しか利用できないんですよ。小枝は燃やすとすっごく煙たくて、私も兄《にい》も目がシパシパして……」

「しっかりした薪じゃないと、煙が出るばっかりで火力も弱いし、難点が多いよな」

「そうなんですよ。狩りも薪集めも楽じゃなくて、困ったものです」

ぶうと膨《ふく》れっ面《つら》をして、フラムは腰に手を当てた。

小枝を使った焚《た》き火の白い煙を思うと風見も同情する。あれはつんと目も鼻も突くので耐え難《がた》い。

こういうことは乾燥地帯でよくあると聞く。葉や細木は火持ちが悪く、火力も出ないし、煙が多い。そのため、染みる煙に長時間燻《いぶ》されながら食事作りをしなければならず、大変苦労するそうだ。

これが問題点一。このせいでちゃんとした燃料を確保できず、集落の周囲で伐採を繰り返すことになる。すると、だんだんと森が食い潰されてしまう。

（なるほど。でもこれだけだったら、魔物に協力してもらったり、アフリカと似た解決法を用《もち》いたりすれば大丈夫だよな？）

風見の頭にはすでに方策がいくつか浮かんでいた。敢えて言うなら、それに伴《ともな》う変化に魔物やエルフが理解を示してくれるかどうかが、唯一の問題だろう。

「これについては、後でナトとも相談だな」

うんうんと風見が頷《うなず》いていたところ、今度はフラムの方が風見に問いかけてくる。

「あのー、さっきドラゴンとも仲良くしていると言いましたよね。ということは、精霊ともちゃんと話せちゃうんですか？」

「ナトは言葉が話せないわけじゃないからな。そもそも、俺をここに連れてきて仲裁させようとしたのは、あいつだ。できるだけ穏便に済ませたいって思っているのは、確かじゃないのかな」

「うーん、相手が違えばそうなるものなんですかね？　私たちの場合、あの精霊は無言で攻撃してきますから、なんだか信じられないです。確かに深追いはしてこないけど、容赦なく一撃で殺されたエルフは何人もいました」

　あまり思い出したいことではないらしく、フラムの表情は曇《くも》っている。風見が言うことを疑っているのではなさそうだが、やはりそう簡単には納得できないらしい。

「それに正直なところ、いくら猊下《げいか》が仲裁を買って出てくれたからといって、魔物とわかり合おうと考えるエルフは少ないかもですね」

「それは何か理由があるのか？」

「はい。正直なところ、エルフと魔物は互いに殺し、殺されているので、その点では捻《ね》じ曲がった恨《うら》みは抱《いだ》いていないんですよ。魔物とは元々そういう関係で、それも自然の摂理です。けれど……」

　フラムはそう言って言葉を濁《にご》す。

　よほどの何かがあったのかと風見が見つめていると、彼女は口にしづらそうに言った。――あの精霊は毒を使ったんですよ、と。

「詳しく語る前に一つ聞いてみます。エルフはあまり繁栄していない種族ですが、何故か知っていますか？」

「そういえばよく知らないな」

エルフといえば、森で静かに暮らす少数民族とのみ捉《とら》えていた。しかし、もしエルフが人間よりただ長命なだけの種族だとしたら、混血なり純血なり、もっと世界に溢《あふ》れていなければおかしいだろう。エルフの希少性に、それなりの理由があってもおかしくはない。

風見が思案顔をしていると、フラムは答えた。

「樹海のエルフは千年前にこの里で集団生活をはじめて以来、これまで順調に人口を増やしてきました。けれど、エルフは元々増えにくいんですよ。普通にエッチもしますし、子供も産みます。ただ、双子の小さい子供が生まれやすいからか、虚弱で大きくなる前に死ぬ子供が多いんです」

「だから人数があまり増えないし、森の中で狩猟民族として暮らせるってわけか」

「はい。あと伝統を重んじているため厳格な一夫一妻制だし、離婚や不倫も許されないから相手が少ないんですよね。ほんとにもう、猊下《げいか》みたいな年頃で有望な人とか稀《まれ》だし。周囲には行き遅れみたいな目で見られるし。私も、相手が欲しいなーって。一人寝が寂しいなーって」

説明をしながら、フラムは風見に体を擦りつけ、手を彼の太ももに這《は》わせてくる。しかし彼はそのアプローチに動じもしない。

「ふーむ」

「あの、聞いてます？」

上目遣いで問いかけてくる彼女に対し、風見ははっきりと頷《うなず》いた。

「なるほど。クマ科の動物とかはそういう感じだったっけ。人間でも双子が産まれやすい家系なんていうのもあったし、昔は双子の出産はリスクが高かったって言うもんな。あとは……ふむ」

要するにエルフは、双子を未熟児として生む傾向が強いらしい。

現代でこそ人工保育器など設備が整っているので、未熟児でも育てられる。しかし医療が整っていなかった頃は、未熟児は感染症への抵抗力も少ないし、体温調節も難しいなどの理由で、助けられなかったものだ。よく育った子供や双子の出産では、母体に負担がかかって母親にまでリスクが及ぶことだってある。長命イコール何度も子供を産めるとは、ならなかったのだろう。

そんな風に解釈を進めて風見が頷《うなず》いていると、フラムはやきもきした様子で身を乗り出してきた。

「あのですね、実は嫁《とつ》いでしまった友人の空《あ》き家《や》がもう一つあるんです。ここのベッドも足りないし、よかったらですね、親交を深めるお話ついでに今夜私の弾き語りでも聞きながら……」

フラムが女豹《めひょう》のように迫ろうとしたところ、しゅっと飛び出したクイナが風見の前に陣取った。

「シンゴ、見て見てっ。バンダナをつけてもらったのー！」

それは予想外の方向からの、あまりにも速い行動であったため、フラムは対応できなかった。

さすがにここまでの主張が来ると、風見も思考の世界から帰ってくる。

「ん？　ああ、可愛いなクイナ。それにこのバンダナ、何かの繊維なのか？」

「何かの葉っぱの繊維を解《ほぐ》してから、編《あ》み直すんだって言ってた」

「へえ、そんなのもあるのか。その葉っぱがある場所も教えてもらったのか？」

「うんっ！」

くしゃくしゃと猫耳を撫《な》でられ、まさに猫可愛がりを受けるクイナ。フラムは相手に飢《う》えている自分が恥ずかしいやら、やっぱり若い子がいいのかと嫉妬心《しっとしん》を抱《いだ》くやらで、プルプルと震えるのだった。

――その後、長い話になりそうだから居間にあるテーブルに移動したのだが、クイナは一緒について来て風見の膝の上にちょこんと座った。彼女は話の邪魔もしないため、追い返すわけにもいかない。風見と二人きりになるのを諦めたフラムは、仕方なく元の話に戻す。

「ええとですねー……、そーいうわけで私たちは、生まれた子供を特に大切に育てようとします。食料もあまり多くは取れないのですが、子供に優先的に分配するようにしているんですよ。ただ以前、精霊はその限られた食料に毒を盛ってきたんです」

「それは、元から毒のあったものを食べたとか、体質に合わなかったとかじゃなく？」

「そんなはずはありません。私たちはその食料――蜂蜜《はちみつ》を、甘味として古くから愛好していました。それに、数百年前、この樹に移り住んだ当時はなかったし、近隣の蜂蜜《はちみつ》だけ害があるんですよ？毒を仕込まれたに決まってます。だから蜂蜜《はちみつ》が悪いということはありません」

毒のせいで、子供が何人も死んだ。だからエルフは、魔物の中でそのようなことを考えつくことが唯一できる精霊のナトを、特に恨《うら》んでいるのだと言う。

「一つ聞くけど、毒を入れられたのは蜂蜜《はちみつ》だけか？」

ふむと頷《うなず》きながら風見は問いかける。すると彼女は「いいえ」と首を振った。

「蜂蜜《はちみつ》の次は、ソーセージとして保存していた肉でも同じような症状が出て、今度は大人までその被害に遭《あ》いました。その他には、警戒が行き届かなくなる嵐の時に限って、どこかに毒を仕込んでくるんです。嵐の数日後に、全身から血をにじませて死んだエルフだっているんですよ！」

蜂蜜《はちみつ》と肉類。確かに全く接点がない食料で似た中毒症状が出たら、毒の混入を疑うというのもわかる。それに、全身から血をにじませる症状で仲間が死んだら、相当心に来るものだろう。毒という卑劣な方法を使われたという意識だけでなく、仲間を惨《むご》たらしく殺された恨《うら》みもあるわけだ。

「なるほど、嵐の後に発生するわけか」

「そうです。嵐なんてどうしようもない隙を狙うんだから、卑怯《ひきょう》だと思いませんか!?」

「その時、粘膜からの出血、黄疸《おうだん》、膀胱炎《ぼうこうえん》なんかの症状が出ることもあったんだな？　あ、黄疸《おうだん》は肌や目が黄色くなることで、膀胱炎《ぼうこうえん》は頻尿だったり尿が出にくくなったりすることなんだけど」

「そう、そんな症状が――って、あれ？　私、その程度で治まる時もあるって、言いましたっけ？」

「いいや。でもこういう土地柄だし、なんとなくわかった」

フラムの言葉は十分なヒントになった。それに加えて風見としては気がかりが一つある。

それはつい先日、クロエが取ってきた蜂蜜《はちみつ》をナトが投げて捨てたことだ。そのことが関係ないとは思えず、彼は改めて心に留めておいた。

「ところで、この里では畜舎とか畑らしい畑は見えなかったけど、どうしてだ？」

「満足にエサをあげられないので、数頭のグリフォンを飼っているだけですね。果物の木くらいは何ヶ所かに植えてあります。畑は何度か挑戦して、その度に不作に悩まされたから、労力に見合わないってことで諦めちゃいました」

「限られた土地じゃそうなるか。川が氾濫《はんらん》して上流から土が運ばれてくることもなさそうだしなぁ」

大河川がある場所は、雨季の氾濫《はんらん》で川の上流にある森林などから肥沃《ひよく》な土が流れてくるため、土の栄養も一新されて植物がよく育つ。

しかし、この集落が面している川はそれほど大きくない。川幅がせいぜい十数メートルの川なので生活用水と川魚を得ることに使えるのみだ。畑を作るための広い土地と、肥料でも作らなければ、ここの食料事情は改善しないだろう。

エルフの求める食料が森の生物と重ならない形にしなければ、共存はできない。

そこまで考えて、風見は首を傾《かし》げる。

「あれ？　でもそれならなんで、周囲の草原になった部分に集落を拡大していかないんだ？　どんどん拡大すれば、畑でも果樹園でも作れるじゃないか。なんなら植林してもいいし」

「それがダメなんですよ。私たちの結界は今里を囲っているのが精一杯の範囲です。広くするにはもっと人口が要るし、かといってそうなると食料が逼迫《ひっぱく》してもっと状況が悪くなっちゃいます」

「なるほどな。ようやく納得がいった。それでこういう状況なわけか」

生活を変えようと思っても変えられない状況で、仕方なく――。そうは言っても、森の民《たみ》と呼ばれるエルフがこんな調子ではやはり情けない。

「エルフの力だけで独立しようと思うと、やっぱりフレイムスライムでも持ってきて、肥料作りと畑作り。それから余った草なんかで家畜を育てる、ってとこか……？」

フレイムスライムは熱を発する性質を持つ魔物で、風見は堆肥《たいひ》作りに活用している。

「明らかに無理だね。そんな広さはないだろう？」

不意に横からリズの声が割って入った。ひととおりの説明をバルドから聞いた彼女も、暇になって話に耳を傾けていたのだろう。

このエルフの里は、もう住宅と通路だけできつつきつだ。大人一人が野菜や穀物だけで生活するとしても、自給自足には四、五十メートル四方は必要と言われる。それを考えれば、結界内で食料をまかなうなんて到底不可能だろう。

「だからエルフと魔物が争うことになっている――と。よし、わかった。ならまずは一番簡単なところから始めよう。お互いに協力したり、譲歩したりできる点を探《さぐ》るしかないな」

「魔物と、ですか？」

「ああ、もちろん」

「あの精霊とも……？」

「できるに越したことはないと思ってる」

それだけはありえないという顔をされるのだが、風見は全く疑いを持っていない。何故なら、彼が作ったハイドラ周囲の環境は、人と魔物が共存していると言えるからだ。そこで上手くいっているのだから、ここでも改善のしようはある。

方向性が定まった風見は、今後の算段を立てようとまた考え顔に戻った。

けれどリズはそんな彼の髪を引き、邪魔をしてくる。

「それもいいがね、もう夜も近い。まずはご飯でも食べて休むべきだよ。働くのは明日からだ」

「え、もうそんな時間か？」

「そんな時間だよ」

リズに言われて窓の外を見れば、夕刻くらいの日差しだ。ヴィエジャの樹海は木々が深く生い茂っているこどもあり、暗くなるのが早いのかもしれない。

「世話になるばかりではいかんから、魚でも獲るよ。ほらシンゴ、立て」

「ちょ、おわっ⁉　どうせ俺は魚獲りなんて下手なんだから、リズが頑張ってくれよ⁉」

「働かざる者は食うべからずというのが、お前の国の言葉なんだろう？　自分だけ都合のいいことは許さんよ」

「ちょ、ちょっと待て。クイナが膝に乗ったままで引っ張る――のあっ⁉」

彼女は風見が文句を言うのも構わず、彼の後ろ襟《えり》を引いて川に向かうのだった。


地球の暦《こよみ》に当てはめるとしたら、もう十二月の後半。吐いた息が白くなるほど冷えていた。しかし薪が少ないエルフの家では、厚着で我慢するのが基本だそうだ。

夕食を作った時に出た熱い灰を金属筒の中に入れたものが唯一の熱源で、その用途は掘りごたつと同じ。金属筒を全員が毛布で囲うという、日本人には馴染《なじ》みの深いものとなっている。

そんな中、夕食から腹が落ち着くまですることといえば、会話しかない。

旅の先々で会う人々と同じく、フラムとバルドにも冒険譚《ぼうけんたん》を話すことになった。竜種のヒュドラと戦った話や竜の巣での話には、手に汗を握《にぎ》りごくりと生唾《なまつば》を呑む様子である。二人はテレビにかじりつく子供のように、話に聞き入っていた。

「――と、もう遅いから続きは明日にしよう。俺も明日や明後日《あさって》に発《た》つわけじゃないし」

そう言ってお開きにしようとすると「えーっ！」とごねられたが、一応は理解してくれたらしい。

解散前、フラムがすり寄ってきて、自分の部屋で続きを話してくれませんかと誘いをかけてきたのも、風見は苦笑気味に断った。

夜が更けきっていたわけではない。彼にはまだ一つ用事が残っているのだ。

「ちょっとランタンを一つ借りていってもいいか？」

バルドにそう聞くと、彼は不思議そうに尋ねてくる。

「それは大丈夫なのですが、どこかへ？　こんな時間だと、みんな寝静まってしまっているかと」

「集落の外だよ。タマを外に座らせたままだし、ナトとも多少話があるから、行ってくる。もしかしたら朝まで帰ってこないかもしれないけど、気にしないでくれ」

「それなら自分もお供しますよ。あなたに何かあったら申し訳が立たない。それに、まだお話も終わってないですから」

そう言ったバルドだけでなくフラムも元気に手を上げるし、リズも視線を向けてくれている。

けれど風見は丁重に断った。

「ありがとう。でもタマは人間が嫌いだから、俺一人の方が気楽だと思うんだよ」

「で、でも精霊にまた連れ去られたりとか、夜の魔物とかが……」

食い下がるバルドに、リズがため息をつく。

「これは基本的に魔物には襲われんし、ドラゴンが傍《そば》にいるなら下手な魔物は寄りつかんよ。それに精霊が今更シンゴを連れていくなんていうのも、おかしな話だ。「心配はいらないんじゃないかな」

風見が来なくともいいと言うのなら、ついてくる気はないらしい。リズは、毛布に包《くる》まってうとうとしていたクイナを背負うと、貸してもらった部屋に向かおうとしていた。

揺れでボケっと目を開けたクイナは、眠そうに目蓋《まぶた》をこすり、風見を見つめる。

「シンゴ、どこかに行く……？」

「ああ。でもクイナは寝てていいぞ」

「ではワタクシがせめてお見送りを。監視の門番から通達があれば、即座に駆けつけましょう」

そう立ち上がったクライスに、バルドも続く。

「あ、待ってください。そこまでは自分もついて行きますので！」

「わかった。じゃあそういうことで」

寒さも眠気も全く顔に出ていないクライスは、バルドからランタンを借りると、風見を先導して歩こうとする。

夜の集落を歩くと、外に出ているエルフは誰もいなかった。花壇に植えられた何らかの花が、月光をため込むように淡い光で軒先《のきさき》を照らすのみである。それより強い明かりは、空に浮かぶ二つの月や、オーロラのごとく波を作って光る虫の群《む》れだった。

風見らは、うねる幹と根が作る天然の階段を下っていく。

「では、お気をつけて」

「わかってる。案内ありがとう」

門まで来ると、クライスがランタンを手渡してくる。風見はそれを受け取ると、門番にも事情を説明した。

門には扉に当たるものはない。エルフの相加術によって結界が作られているため、必要ないのだ。

門番が数節の呪文《スペル》を唱《とな》えると、門にあった薄い皮膜がぐにょんと曲がり、穴ができた。

風見がそこを潜《くぐ》れば、穴はすぐに塞《ふさ》がってしまう。

ちなみにこの結界に触れると、風やら衝撃やら、その部位を担当する者の律法が発動して弾《はじ》かれるらしい。つまりはいろいろな属性で作られた地雷に触れるようなものだ。

里と森との中間地点では、タマが伏せて静かに寝ていた。そこらに穴ができているのを見る限り、タマが掘って遊んだようだが、特に暴れた様子はない。

「いい子だったみたいだな。このまま寝てていいぞ」

タマは風見に気付いたが、鼻先を撫《な》でられると、安心してもう一度寝付いてしまった。

そしてナトも、ずっと同じ場所から里を見つめていたようだ。さすがに立ち続けるのは疲れるのか、足を抱えて可愛らしくしている。彼女は感情の起伏に乏《とぼ》しい半目で風見を見つめてきた。

「深夜徘徊《はいかい》……老人？」

さて、一体どういう思考回路なのか、くにくにと頬を摘《つま》まれる。

もう何に突っ込み、正せばいいのかわからない。風見はとりあえず否定しておいた。

「違います。タマが気になったし、ナトと少し話がしたかったんだ」

「何を話すの？」

「エルフのことだ。話を聞いてきたけど、やっぱりエルフだけで改善するのは大変だ。魔物側と協力するか、せめて不可侵でいるっていう約束事くらいは決めたい。そうするだけでも、今よりはずっと上手くいくと思うんだ」

言ってみたが、彼女は「そう」と短く答えただけだった。彼女はそのまま風見の瞳を見つめ続け、何も言ってこない。まるで話に聞き入っているかのように視線は逸《そ》らさないままだ。

なんとなくだが、彼女は風見の言葉や指示を待っているから黙っているのでは、という気がする。例えばオジギソウは触られて初めて反応を示す。

彼女はそんな植物の精霊であり、しかも育ったのがこのような環境だ。彼女には詳細な説明――カギ刺激が必要なのかもしれない。

「一つ聞いてみたいんだけど、ナトはエルフと協力するのはどう思う？」

「あなたの言葉通りになるのなら喜ばしい。でもそれを利用する輩《やから》がいるのなら排除する」

「そうだな。そこはきっとエルフ側も同じだ」

ナトの言うことは殺伐《さつばつ》としている。けれども人間だってうわべを剥《は》いでしまえばこんなものだ。

この森に住み続け、誰かと会話しなくても生きていけた彼女は、嘘をつく必要も本心を隠す必要もなかった。だから裏表もなく、素直なだけなのだろう。それも、病的なほどに。

それこそ必要があれば、なんでもおこなうし、受け入れる気なのだろう。

風見としては見かけや能力より、そんな考えができることが、彼女を人外たらしめているように思えた。人はそんな風に割り切った考えはできない。

「じゃあ逆に、魔物はエルフと上手くやれると思うか？」

「人のように恨《うら》みを持つ者はほとんどいない。言葉が通じる者なら平気だと思う」

「そうか。じゃあ明日から頑張って、みんなを説得して回るしかないな」

「案内くらいならできる」

「頼りにしてる。問題は、説得する相手と言葉が通じるかどうかだけだな」

少々不安もあるが、彼女との話し合いは何の問題もなく終わった。

あと気掛かりなのは一つだけである。彼女が本当に素直というのなら、答えてほしいことだ。

「なあ、ナト。最後に一番聞きたいことだ。クロエを連れていったのはなんでだったんだ？」

「必要だったから」

「その理由を聞かせてくれ」

簡素に答える彼女に風見はもう一歩踏み込む。彼女を本当に信じられるかどうかは、この返答次第だ。疑いを込めるように深く見つめる。すると彼女は口を開いてくれた。

「エルフはきっと聞く耳を持ってくれない。それにあなたが本気になる理由も必要だった」

「本当にそれだけか？」

問いかけると彼女は首を振り、「もう一つ」と言う。

「ドリアードが彼女を呼んでいたから。そのついでもある」

「へ？　ドリアードが用があるのは、俺の方じゃないのか？　ほら、この腕輪はドリアードがくれたものだし」

腕輪をナトに見せながら、風見は不思議そうにする。

「違う。彼女が呼んだのはその従者」

「なんでまた……？」

彼女の答えは、知らない、の一言であった。

「まあ、仕方ない。わかった、信じよう。ナト、悪かった。クロエを連れていかれたから、俺はナトのことを信用できなくなってた」

「それは別にいい。私はそういう魔物。人とは違う」

そんな寂しい言葉で彼女は会話を締め括《くく》った。

ドリアードも絡んでいることなら、そう滅多《めった》なことではクロエに危険は及ばないだろう。

少しばかり安心した風見は、急に寒さを覚え始めた。北風にぶるりと身を震わせ、「さて」と息を吐いて帰ろうとする。――とその矢先、服をくいと引かれた。ナトが風見の服の裾を摘《つま》んだのだ。

彼女は感情の浮かばない表情のまま、じぃっと見つめてくる。

「今夜は帰さない」

向けられた一言は情熱的だ。しかし、寒風が吹き抜ける空の下ではご遠慮願いたいセリフである。

「いや、帰してもらえないと、俺、朝までに凍死しそうなんだけど」

「大丈夫。今夜は寝かさない」

「寝るかどうかは凍死に関係ないからな!?」

ナトは無表情な癖《くせ》に『上手いことを言ったね、これ』と言わんばかりに、目を輝かせている。だが、むふんと得意げに息を吐かれても無理なものは無理だ。

風見は強引に退《ひ》こうとする。けれども、服の裾を掴んだ指は一向に離れなかった。

「不公平。エルフはもうあなた側を陣営に入れている。私だけ何もない。だから帰さない」

ナトは不満を感じていたらしい。変化は少ないが、むっとした気配がある。

「俺は逃げるつもりなんてないから許してください。じゃないと死ぬ」

「許容できない」

「いや、あのな。俺はそんなに丈夫じゃ……」

彼女の手は、風見の服の裾を巻き込んで深く握《にぎ》り込んでいる。

ナトの指をなんとか外そうと力を入れてみたが、それは万力《まんりき》のように力強い。解くよりも服が破れる方がずっと早そうだ。

しかし、人と違って過酷な環境もなんのそのである魔物や精霊と同じことをしていたら、軽く死んでしまいそうだ。今だってナトは、春や秋着くらいの服装だというのに震えてすらいない。きっと寒暖なんてほぼ感じないのだろう。

風見は恐怖を抱《いだ》いた。このあたりの自己弁護はかなり重要である。

「俺が凍えて調子を崩したら、明日も行動できなくなるだろ？　タマもここに置いているんだから、どこかに行く心配はないし――」

「帰さない」

風見の話を一言で切ったナトは、抱きしめて逃がすまいとしてくる。

弁が立たない彼女は、なんとか行動にして気持ちを表そうとしたのだろう。その心意気は風見も認める。認めるのだが――メキメキ、と思考を遮《さえぎ》る異音が聞こえてきて、抗議の声を上げた。

「痛い、痛いって⁉　これサバ折りになってるからっ！」

人外の美しさを持った少女と触れ合える、なんて嬉しい事態では、決してない。

彼女はその力加減を間違えており、内臓や背骨を圧迫してくるので、とんでもなかった。

足が宙に浮いただけでなく、風見の体はどんどんエビ反《ぞ》りとなっていく。

「わかった！　わかりましたぁっ！　俺はもう逃げない。逃げなきゃいいんだろっ⁉」

「わかってくれて私も嬉しい」

もう降参と彼女をタップし、なんとか力を緩めてもらい、風見は観念した。戻ろうとすればまた締められてしまいそうである。

この寒空の下、どうやって過ごしたものか……。項垂《うなだ》れてそんなことを考えていた彼であったが、ナトは一向に離れない。そんな事態に、また頭を抱えたくなってしまった。

「なあ、ナトさんや。なんで離れないんだ……？」

「逃がさないし、温かい。これならあなたも私も満足」

「もう逃げない。何度も言ってるけど、もう逃げないから。キリキリと体を締め上げるのをやめてくれないかなぁっ⁉」

話している最中にもそれなので、風見は語尾を吊り上げてしまった。

両者に要求があるからといって同時に満たさないでほしい。彼女が力を加減してくれたのはその数分後だった。

だが、ナトは何も言ってこなくなったというだけである。状況的には今も立ちっぱなしで、がっちりと抱擁《ほうよう》されたままだった。

まさか木のようにずっとこのままでいる気なのだろうか、と風見の胸に次の心配がこみ上げてくる。そんな時、月明かりを遮《さえぎ》る大きな影が近付いてきた。

「くるるる……」

「タマ、起こしちゃったか？」

騒いでいたせいだろう。そばに寄ってきたタマは、前足をぐぐっと伸ばして欠伸《あくび》を二、三度噛《か》み殺した後、風見の前でぺたっと伏せた。言葉がないタマはただじぃっと見つめるばかりだ。子供にやましいシーンを見られているような心苦しさがある。

ごほんと咳払いをした風見は、別の話題を切り出して雰囲気を変えようとする。

「タマ、みんなで寝よう。丸くなって引っ付いて寝たら、温かいだろ？」

「乱交？」

「うん、違うから、とりあえず座ろうか」

首を傾《かし》げるナトには流れ作業でツッコミを入れる。見目麗《みめうるわ》しい女性だとしても、平然とした顔で言われては動じる要素がない。

タマは風見の言葉をしっかりと理解してくれたらしく、犬猫のように体を丸め、彼らを包み込んでくれた。

レッドドラゴンの体は強い熱を感じたが、タマは程よい温かさだ。大きく包み込んでくれるため、冷気が入り込むこともない。欠点は、枕にする竜鱗《りゅうりん》だろう。岩壁に体を預けるようで微妙に痛いし、相変わらず体をホールドしてくるナトのおかげで、風見は身じろぎすらできない。

（明日は疲れが残りそうだなぁ……）

十代とは体力が違うのに、と風見は苦労気味に息を吐くのであった。

†

一方、その頃――

「とうさまぁ、なでなでぇー……」

「緩みきった顔をしているね、お前は」

「むふー、んぅぅぅん。すー……」

リズはクイナを胸に抱き、寝こける彼女の頭を猫耳ごと撫《な》でてあやしていた。

リズが寝付けない理由は三つある。まず、クイナがこうやって寝ぼけて頭を押しつけてくることが一つ。次に、貸してもらった寝室では、他人の匂いがするので落ち着かないこと。それに、得体の知れないエルフに囲まれた現状では、リズの性分からして警戒を解けないこと。そんなわけで眠れないが、クイナと一緒に寝転がって体だけは休めていたのだ。

窓から覗く月が随分と高くなったところを見て、ため息をつく。

「あれは案の定、帰ってこなかったか」

今までの経験から言って、風見はどうせ何かしらの理由で帰ってこないだろうと踏んでいたが、やはり的中である。目を光らせている門番のエルフが何も言ってこないので心配はいらないだろう。……しかしながら、どうにも寝付けないので、リズはしぶしぶ体を起こす。

するとクイナは「うあーん」と抱き着くものを求めて手を伸ばしてくる。枕を彼女の体に押しつけると、また電池が切れたように静かになったから、これで問題なかろう。寒くないようにクイナに毛布をかけ直してやり、リズはベッドから出る。枕元に立てかけていた太刀《たち》の蛍丸《ほたるまる》と外套《がいとう》を手に取り、部屋を出たのだが――

「外にお出かけでしたら、これらをお持ちになってはいかがでございますか？」

「……っ！」

ドアを開けて間もなく、暗がりからぬっと現れたのは、クライスであった。

彼は音や気配を消すのが上手な上に、元から幽霊のような見かけなので、つい過剰に驚いてしまう。危《あや》うく刀を抜きそうになったリズは胸を落ち着かせると、彼の言う『これら』を見た。

それは水筒と毛布である。視線を戻すと、クライスの能面がにこりと笑みじみたものを浮かべた気がした。

「毛布とつい先ほど淹《い》れたお茶でございます。寒空なので喜ばれるかと」

「誰もあそこに行くなんて言っていない」

「厠《かわや》に外套《がいとう》を羽織《はお》っていかれる方はいないものと存じますが」

正直に認めたくはなかったが、こう言われると否定のしようはない。リズは乱暴にそれらを受け取ると、外に出た。家の外は一層寒く、吸い込んだ空気はきんと喉《のど》を冷やす。鞘《さや》を持つ手先が痺《しび》れるし、武器を扱う者としては嬉しくない気温だ。

「まったく、こんな夜に物好きなものだよ、シンゴは」

リズは外套《がいとう》の襟《えり》を高くし、首をできるだけ埋めて、北風を受けないようにする。

門でエルフに結界を解いてもらい、外へ出ると、視界が開《ひら》けた。集落の周囲は家も木々もない円状の平原となっているため、空が大きく見える。暗い空に点々と浮かぶ星。雲はほとんどない。

「魔物も近くにはおらんようだね。まあ、あれがいれば当然か」

くんくんと鼻を鳴らしても、魔物の臭いはほとんど捉《とら》えられない。

この平原には身を隠す場所がないし、アースドラゴンが身を置いているので、近づきたがる魔物などいないのだろう。草食獣が自分から猛獣に近付かないのと同じだ。

リズはタマのもとへと歩いていく。タマは犬や猫のように体を丸めて寝ていたが、リズが近付いてくると察知してぱちりと目を開け、頭を向けてきた。

「……ぐるる」

いかにも機嫌の悪そうな声を上げ、こちらを見下ろしてくる。

「すまんね。シンゴがここにいるんだ。できれば勘弁してくれないかな」

風見以外にはクロエくらいにしか気を許さないドラゴンだ。鋭《するど》い獣《けもの》の瞳孔《どうこう》は絶《た》えず威圧を飛ばしている。だが、下手なことをしなければ襲いかかってこないと、リズはよく知っている。風見が傍《そば》にいる状況ならばなおさらだ。

タマはため息のようなものをついて、リズの長髪を揺らす。そしてそのまま頭を元の位置に戻すと、寝入ってしまった。不満はあるものの、許容してくれたらしい。

「恩に着るよ」

穏やかにそう言うと、リズはタマの懐《ふところ》に歩みを向けた。

そこには案の定、風見がいる。ついでに言えば、そこにナトがいるのも予想していたことではあった。しかし風見を抱きしめた状態でいることまでは、想像していなかった。

とはいえ、リズには浮気現場を見たという感じはない。それもこれも、風見が寒そうに体を震わせているからだろう。ナトは彼に抱きついたまま、いつもの無表情で視線を飛ばしてきている。

ここにやましいことなんて感じ取れるはずもない。むしろ同情してしまう。リズならば、このように面倒な魔物たちと馴《な》れ合うなんて御免《ごめん》だった。

「魔物、そこを離れろ」

太刀《たち》を鞘《さや》から抜いたリズは、ナトに向けて粗雑に振るう。もちろん殺気のないひと振りであり、避《よ》けるのは造作もない。ナトはさっと飛び退《の》いて、綺麗に躱《かわ》してしまった。

ナトから解放された風見が、今気づいたとばかりにリズを見る。

「お、おう、リズか……」

「そういうお前は本当にシンゴかな？　青い顔をしているから見紛《みまが》うね」

風見の前で膝を折ったリズは、彼の頬に手を添えた。すっかり冷え切っている。自分の手まで冷えるのを嫌ったリズは、早々に手を離すと、腕を組んで彼を見下した。

「お前はもう少し先々を考えて準備をしたらどうなんだ。寒空の下、そんな装備で長時間いるなんて、バカのすることだよ？　調子でも崩されたら、私が看病しなければならなくなるじゃないか」

「うう、面目《めんぼく》ない……」

「そう思っていてもまた繰り返すから、余計に性質《たち》が悪いね」

「俺的には避けようとしているんだけどなぁ……」

よぼよぼな彼に、ほらと素っ気なく水筒のお茶を投げ渡す。

水筒は厚い布のカバーがかけられていて、湯たんぽのようなものになっている。それでかじかんだ指先を温めた風見は、水筒のお茶を飲むとほっと息をついた。

「なんだかこういうことをしていると、グール事件の時に二人で塔に閉じ込められたことを思い出すな。……立場が逆だけど」

以前、低体温症になったリズを、風見が看病して温めてくれたことがあった。

まったく面倒がかかると言いたげに腕を組んでいたリズであったが、風見のセリフに犬耳をぴくりと反応させ、気まずそうな表情になった。

自分もまた同じことを考えていたとは口が裂けても言えない。そんな彼女の様子を見て、風見は口元を緩めた。ばつが悪くて口を結んでいたが、我慢にも限度がある。リズはついに風見の顔面に毛布を投げつけた。

「見るなっ、同じバカというだけじゃないか！」

「どわっ⁉」

お茶のフタが開いたままの状態で毛布を投げつけられた風見は、危《あや》うくこぼしてしまいそうになるが、なんとかバランスを保っている。

「お前なぁ。別に俺は悪く言ったわけじゃ――」

「知らんっ。……もうこれでいいだろうが」

風見が毛布から顔を出すと同時に、リズは彼の足の上にどさりと乗った。

「いつかはシンゴがそうしただろうが。恩を返せる機会もそうそうないだろうから、今しておくだけだよ。これでお相子《あいこ》だからもう言うな。……迷惑なら退《ど》く」

むすっと逆ギレしたような声で、尻すぼみになってしまう。

なんというか、非常に無理がある。ノロけた男女の真似事のようで、死にたくなるほどだ。しかし、一度されたことを返せないままというのはしゃくなので、なんとか耐える。

相変わらず背中を向けたまま、風見の胡坐《あぐら》の上でお座りをしていた。

風見はとりあえず冷めないようにお茶を懐《ふところ》に入れると、毛布を羽織《はお》る。

「いや、温かくて助かる。毛布も一枚しかないし、こうして懐《ふところ》にいてくれたら一緒に温まれるよな」

「あの変態執事……」

「ん、なんか言ったか？」

「なんでもない」

準備がいいことに温めたお茶まで手渡してきた彼が、毛布の数を間違えるなんてありえない。

最初からこんな下世話を焼くつもりだったらしいのは明白だ。ただ、その下世話がものの見事に役立ってしまっているというのも、非常に認め難《がた》い気分である。

そんな気持ちを風見は知りもせず、後ろから毛布を回すとリズの体ごと包《くる》まる。

背を離すと隙間が空《あ》いて寒いので、今はぴったりとくっついている。普段なら決して近付かない距離だが、温かくて妙に落ち着く。背に挟《はさ》まれた尻尾がぱたり、ぱたりと自然にゆったりと揺れるのは彼女の意識の外のことである。

「里に二人。こっちに二人。ちょうどいい。これで数が合った」

そんな声を出すもう一人がいたことを、二人はすっかり失念していた。

「はっ、そういえばっ⁉」

「はあ？　何が――うぐぅっ⁉」

声がした方を見ると、指を咥《くわ》えるような格好でジト目を向けていたナトが、いきなり飛びついてきた。風見とリズをまとめて抱きしめ、キリキリと締め上げてくる。

「くぅっ、なんだお前は⁉　離せっ！」

「狼さん、獣臭《けものくさ》くて落ち着く。動物みたい」

「……ほう、こうも直球でケンカを売られるとは思わなかったよ。安いが、別に買っても構わんのだろう？　千切りにしてやる……」

邪魔者に苛立《いらだ》ちの声を向けたリズは、本気で青筋を浮かべ、ナトを睨《にら》んだ。

ナトの言葉は、常人には本当に理解しにくい。彼女の本心は、『落ち着く』のあたりに集約しているのだろう。しかしそんなのわかりづらすぎる。

「ちょっ、リズ落ち着け!? ここで律法を使われると、俺まで被害を受けるからっ……!」

風見はそう言って口を塞《ふさ》ごうとしてきたが、ナトに抱きつかれているせいで手はあまり上がらない。かろうじて届いた右手も、指先が唇を軽く触れたくらいで、口を塞《ふさ》ぐにはほど遠かった。

だが問題は風見の左手の所在だ。手癖《てくせ》が悪いことに、彼の手はリズの胸を鷲掴《わしづか》みにしていた。それ自体はどうでもいいが、びくっと反応してしまった事実が気恥ずかしくて、リズの顔は熱くなる。

「……シンゴ。お前はどさくさに紛れてどこを触っている……!」

そのセリフで風見は手に意識をやる。

「え? あー……、うん。胸?」

道理で手のひらの収まりがいいわけだと彼は納得した様子だ。

しかも指摘されて初めてその感触に気付いた風見は、なんとさらに指を動かすではないか。するとまた体が反応し、ピクッと跳ねてしまった。それはまさに、風見の指の動きに合わせて。

リズは自分でも予想外なくらい敏感に反応したのが、恥ずかしくなる。

――と、そんな一部始終を風見はばっちり瞳に収めていたわけだ。

そのことは、目が合った瞬間にリズも気付いた。ああ、もうこれは我慢の限界である。この羞恥《しゅうち》は八つ当たりせねばやっていられない。

一瞬にして冷めた表情に戻った彼女は、大層お怒《いか》りの様子を静かな表情に収めていた。

風見は事故だと弁明しようとしていたが、もちろん、そんな口上を述べる間《ま》は与えない。

「そこまで許した覚えはないっ！」

「痛いっ!!」

リズはそのまま顔面に頭突きをしてやる。

「にぎやか」

「お、主にナトのせいなんだからなっ……」

「何故？」

きょとんと首を傾《かし》げられて、風見は恨《うら》めしそうな表情で痛みを噛《か》み締めるのであった。

第二章　語られない物語があります

クロエが魔物に攫《さら》われて間もなく里を発《た》ったキュウビは、現在、森の中をまるでサルのように移動するトレントを追っている。この魔物はクロエを捕らえたものだ。ここまでこぎつけたら、追いつくのは時間の問題だろう。

もっとも、あちらには本気で逃げる気はないのかもしれない。多少は蛇行《だこう》して誤魔化そうとしているが、前方を見れば目指す先は一目瞭然《いちもくりょうぜん》である。

――山岳樹。つまりは魔獣《まじゅう》ドリアードのいる場だ。エルフにとっての敵総大将の根城《ねじろ》とも言える。

キュウビの切れ長の目はちらと後方を確かめた。

そちらにはグリフォンに騎乗した二名のエルフの戦士がいる。彼らは「森は危《あぶ》のうございますから、お守りします」と、里を飛竜で出立したキュウビを追ってきた者だ。

「飛竜が能力に任《まか》せて飛んでも、差は広がらない。グリフォンを飼い慣らしているのか、律法で見事に操《あやつ》っているのか。どちらにせよ、熟練した戦士らしい。振り切るのは無理らしかった。

そうして三十分ほど追い続けた頃、森は急に開《ひら》けた。というのも、あるものが地面を全て支配してしまったからだ。

それは根である。通常の木ならば幹にも相当する太さの根が放射状に広がり、地形を包んで他の何物の存在も許さないのだ。その根は山岳に根差している。どうやら高低差百メートル程度の小さな山が、まるっと呑み込まれているらしい。

根に飛竜を着地させてキュウビが振り返ってみれば、エルフの二人は健在でついてきていた。

そのうちの一人、戦士長リードベルトに関しては、息を乱した様子もない。

彼らがここまでついてきたことにキュウビは素直に賞賛の念を送り、頑張った自分の飛竜のことも顔を撫《な》でて労《ねぎら》う。

「お前はここで休んでなさいな。でも、飛び回ったらどうなるか知りませんからね？」

うふふと笑って脅すキュウビ。この周囲には特に強力な魔物が生息しており、ここまでの道では苦労させられたのだ。さっさと目的地に向かおうとする彼女の後に、飛竜はひょこひょことついていこうとする。そんな様子にキュウビは「あらあら」と微笑むと、手綱《たづな》を引いて歩き始めた。

リードベルトらも周囲を警戒しつつ彼女を追うと、グリフォンも自然とそれにつき従《したが》う。

歩きながら、キュウビはエルフらに声をかける。

「時にエルフさん。この領域に来るのは初めてですの？」

答えたのはリードベルトだ。

「如何《いか》にも。我らはせいぜい集落の周囲数キロまでしか出征しない。拠点から遠くへ行くほど、仲間を失ってしまうので、来たくとも来られなかった。貴女の先陣がなければ辿《たど》り着くことも怪《あや》しかっただろう。遅ればせながら感謝を申し上げたい」

「感謝されることでもありませんわ。もっと安全に抜ける道だってあったでしょうに、わたくしは真っ直ぐ目指すことしか知らなかった身ですもの」

「我らもそれを知りようがなかった。ならばこれが最善であったと思うべきだ」

リードベルトは岩がそのまま表情となったように厳《いか》めしい顔なのに、真っ当な礼儀正しさを見せてくる。もう一人のエルフは彼に信頼の眼差《まなざ》しを向けていた。実力だけでなく、こういうところが好かれているのだろう。

「この先はやはり山岳樹——ドリアードがいる場所だろうか？」

「ええ。それにクロエを連れ去った魔物もこの場を通っていったようですわね」

足跡と呼べるものを残すほど魔物も愚《おろ》かではなかった。しかしキュウビの鼻はクロエの残り香をしかと捉《とら》えていた。

彼女らは休憩もかねて、ゆっくりとしたペースで歩いていく。

この場は本当に静かだった。リスや鳥といった小動物ならいるが、知性や理性がある魔物は一切近寄ろうとしない。ドリアードが近隣の魔物に神聖視されている証拠だ。

彼女らは大地の血管のように生える根の上を渡りながら、はるかに仰《あお》ぎ見る山岳樹を目指した。

遠くからも確認できていたが、近くで見ると一層凄《すさ》まじい。幹の凹凸《おうとつ》はもはや地形のようである。また、山岳樹は生命力も豊からしく、ところどころから枝葉《えだは》が茂り、青々とした葉を天に向けていた。

大きく茂った枝葉《えだは》は、巨大な影を地に落としている。その影響は植生自体にも及んでいるようで、影が届く場所は景観が周囲と若干《じゃっかん》違っていた。

とんでもなくスケールが違う。苔《こけ》むした根の上を歩む者や竜種の、なんと小さなことか。山岳そのものを呑み込むこの化《ば》け物《もの》は、ドラゴン以上と例えられることがあるが、それも頷《うなず》ける。これがこの地の魔獣《まじゅう》ドリアードなのだ。

キュウビらは延々と根の道を進み、とうとう一山を越えた。すると目の前には新たなものが広がる。そこには谷より圧倒的に大きな規模の裂け目が存在していた。周囲から裂け目に向かって川が注《そそ》ぎ込んでいるが、あまりの落差で多くが霧となっている。

しかもそれだけではない。

地面に根差していると思われていた山岳樹は、この裂け目の上にあった。水耕栽培よろしく浮いているように見える。無数の根が周囲に広がっているものの、これだけの規模の樹を支えきれるとは思えない。おそらく何かしらの力が働いているのだろう。

そのおかげで影となった裂け目には暗闇が満ちている――かと思いきや、蒼《あお》い光が底まで満ちていた。この薄暗さで、幻想的に揺らめいて刻々と変化するところは、ウミホタルの姿に近い。また、岩々には別種の光を漏《も》らすコケか何かが存在していた。

そんな大穴の底を動いている何かも確認できる。この遠近差でも見えるレベルだ。存在する生物は、魔獣《まじゅう》レッドドラゴンが治める竜の巣と似たものなのだろう。そこにも地下深くに奈落《ならく》と呼ばれる谷がある。

海底を月光で照らせば、このような世界が覗けるのかもしれない。見方によっては、この世界とは異なる生態系を詰めた水槽に、山岳樹が蓋《ふた》をしているようにも見えた。

さすがのキュウビも恐れを抱《いだ》く。

「ここは変わっていませんわね。竜の巣の奈落《ならく》同様、落ちたくないものですわ」

「こんなものがあろうとは……」

強面《こわもて》のリードベルトも、これには目を見開かずにはいられない。

彼らはグリフォンの手綱《たづな》を改めて握《にぎ》り直した。

キュウビらはそんな根の道を行き、ついに山岳樹の幹間近《まぢか》に辿り着いた。

根はすでに踏み外す隙間もないほど折り重なっている。それらが繋がる幹は、人が築くどの塔よりも太く、そして高くそびえていた。

森の女王の御前《ごぜん》だ。無論、そんな場には守護者も欠かせない。山岳樹の目の前には、クーカ・トレントが二体控《ひか》えていた。キュウビはその前で止まると、軽く会釈《えしゃく》をする。

「わたくしはドリアード様に会いにきました。そこを退《ど》いてくださらないかしら？」

その問いに対する返答は、深い洞窟に吹き込む風のような低重音の唸《うな》りのみだった。雰囲気から察するに、ノーという意味だろう。

そうですか、とキュウビは小さく呟《つぶや》く。同時に彼女は手綱《たづな》を離し、飛竜が上空に飛び立った。

キュウビは困ったものを見る目でトレント二体を見つめ、一つ息を吐くと、歩みを再開させる。

それに伴《ともな》い、トレントは濃密な殺気を発した。これ以上近付くならば——と、わかりやすい威嚇《いかく》だ。エルフの二人は立ち止まった。この反応が正解だろう。

けれどもキュウビはためらいなく、すたすたと進む。もう警告はない。トレントの間合いに踏み入った瞬間、彼は自《みずか》らの枝を地面に叩きつけた。枝によって押しのけられた空気は、突風となって周囲に散り、根を伝った。その枝をぶつけられたら、人間どころかゴーレムであろうと一撃で粉砕されることだろう。

「なっ……!?」

その時、エルフが驚愕《きょうがく》の声を上げる。キュウビはあの攻撃をしかと目で捉《とら》えていたはずなのに、避《よ》けもしなかった。無抵抗のまま押し潰されたことに驚いたのだろう。

——潰されたキュウビは、彼女が律法で作った幻《まぼろし》だ。そういう幻影を仕込んでいたことには、誰も気付けなかったらしい。

「道を空《あ》けて下さらないのなら、押し通りますわね？」

まだ気付いていないようだから、とキュウビは攻撃してきたトレントの肩から声を向ける。傷も汚れもなく、散歩の延長のように涼しい顔でそこに立っているキュウビ。彼女はトレントに向けて手を上げた。トレントに振り払う間《ま》なんて与えない。上げた手を中心に赤い幻光が広がり、膨大《ぼうだい》な熱を生み出す。

そして、空気が爆《は》ぜた。狐色の炎が噴き上げ、トレントの巨体を横倒しにする。

もう一体のトレントはすぐに枝を振り上げて攻撃しようとするが、そこにはすでにキュウビの姿はない。次の瞬間、キュウビの姿はもう一体のトレントの眼前に現れていた。

今度は幻術などではない。本当の彼女が爆炎に紛れ、縮地で距離を詰めていたのだ。

彼女は狐火《きつねび》を伴《ともな》う蹴りで、文字通りにトレントを一蹴。そして猛烈な勢いで膨張した爆炎と煙から抜け、すたりと軽く着地した。彼女はまた幹へと歩みを進めていく。

九尾《ココノビ》の炎狐《えんこ》と族長が口にしていた理由は、改めて説明されなくてもエルフはわかっただろう。

妨害する者はもういない。トレントに引火しかけていた狐火《きつねび》も消し去り、キュウビは悠然と歩く。

そして十数メートルも歩かないうちに、彼女ははたと足を止めた。

「お久しゅうございますわ、ドリアード様」

キュウビが何もない空間に声を向けると、影が浮かんでくる。ウェーブのかかった長髪と、古い民族のような緑色の顔化粧。踊り子に似た軽装をした女性――ドリアードが姿を現す。

「お久しぶりね、狐さん」

キュウビは彼女の前で片膝をついて礼を示す。

ドリアードはにこにこしてキュウビの前まで来ると、その場に立たせた。まずは身長を比べ、その次は彼女の周りをぐるりと見て歩いて、「若くて綺麗なままねえ」と微笑む。

「ドリアード様はまた大きくなりましたか？」

「どうなのかしら？　てっぺんの枝葉《えだは》は増えた気がするけど、もう比べるものもなくって、考える必要もなさそうなの」

「ご健康そうでなによりですわ」

「いいえ、そうでもないの。新芽だけ虫にもぐもぐされて気持ち悪いわ。虫って、いくら言葉を尽くしても無反応で、学ばない子。殴り飛ばすか〝水無底《みなぞこ》〟に叩き落とすかしているけど、全然減らなくて本当に困りもの」

水無底《みなぞこ》というのは、山岳樹直下にある大穴のことだという。水はないのに海のように見える青のみが広がっているので、ドリアードはそのように呼んでいるそうだ。

どうしたものかなぁと手を頬に添え、悩ましげにしている姿はとても人間じみていた。

大らかでマイペースな彼女に任《まか》せては、日がな一日談話に費《つい》やされて終わる。それを身をもって知っていたキュウビは先んじて問いかける。

「ドリアード様。今日、わたくしが訪れたのには理由があるのですが、先にお話しさせていただいても構いませんか？」

「そうそう、そういえば、あなたの仲間でここにやってきた子がいるわ。ついさっきまでお話をしていたのよ。その子のことでしょう？」

思い出した様子のドリアードは、山岳樹の一角、比較的低い位置から横に伸びる枝を見た。

彼女が「おいで」と小さな一言と共に手招きをすると、その枝付近で何かが動く。そして、ツルを枝に巻きつけるとターザンロープの要領で、何かが降りてくる。

「いっ、ひゃぁぁぁーーーっ!?」

聞き覚えのある悲鳴が聞こえた。喉《のど》が張り裂けんばかりの大絶叫だ。

クロエが降りてくる――と思いきや、現れたのは彼女を抱えたトレントだった。それは、人の身長の三倍はあり、複数の腕を持つサルに似た外見だ。トレントは近くに着地すると、手のような枝で掴んでいたクロエを離した。彼女は真っ青な顔ではあはあと息をしており、酷く心臓に悪かったと表情で物語っている。

クロエは未だにばくばくと治まらない心臓を落ち着かせるのに、精一杯であるらしい。その場にひざまずくと、胸を押さえた。

彼女が落ちつくまで待てないほど、キュウビはせっかちではない。キュウビはとりあえず、クロエに怪我がないか確かめる。結果、異状は見当たらなかった。血などの臭いもついていない。

そうしていると、クロエは未だに力が入らないらしく、腰砕《くだ》けの状態で縋《すが》りついてきた。

「キュ、キュウビさまぁ……。死ぬかと、思い、ました……」

「心配いりませんわ。これはドリアード様なりの歓迎です。少々荒くはありますが……まあ、死なない程度には配慮してくれますもの」

「死なない程度、ですか……」

キュウビにもドリアードのもてなしには苦い思い出があり、笑顔が引きつってしまう。

そういった同情も込みで、キュウビはクロエの背を丁寧に撫《な》でて癒《いや》していた。すると彼女は、もう大丈夫ですと青い顔を上げ、話の席に入ろうとしてくる。

それでは、とキュウビはドリアードに向き直った。

「ドリアード様。わたくしはこのクロエをシンゴ様のもとに連れ戻すためにここを訪れたのですが、連れて帰ってもよろしいですか？」

「事情は風の噂で耳にしていたわ。マレビトの彼もナトゥレルも、努力しているようね」

人間が噂をするように、魔物も植物もまた会話をする。そして植物がない場所なんて、砂漠くらいだ。この森で起こったことならまず間違いなく、知らないはずはなかった。

「ええ、そうでしょう。確かに人質紛いに仲間を連れていかれれば、シンゴ様は本気になりますし、普段の物腰の柔らかさも薄れます。エルフに対して、一歩も引かずに事を進めようとされていました。しかしながら、もうきっかけとしては十分働いたと思いますわ。この子はシンゴ様にとって大切な子です。お返しいただけませんか？」

ドリアードは顎《あご》に指を添え、んー、と思案顔になる。

「だめ。この子は私がナトゥレルから預かったの。それを取りに来るとしたら、持ち主のマレビトさんか、あの子くらいね。そのお願いは聞けない」

それは今までのおっとりとした物言いと比べると、はっきりとした拒絶である。のらりくらりとしていても、何かの選択がある時にはきっぱりとした答えを返すのが、彼女だった。

それを知るキュウビとしては、表情を曇《くも》らせる。

「……そうですか。なら致し方ありませんわ」

本当にどうでもいいことならともかく、彼女がこのようにノーと言えば、覆《くつがえ》ることはない。

レッドドラゴンのハチ然《しか》り、魔獣《まじゅう》たちは人間のようにつまらないことで優柔不断にはならない。

選択をする時はいつだって大局を見据《みす》え、ぶれないのだ。キュウビは大人しく引き下がる。

クロエに向き直るとすまなそうに言う。

「申し訳ないですが、シンゴ様がお迎えに来るまで待てますか？」

「あ……、はい。一応、明確な身の危険は感じませんでしたし、実は私としてももう少しこの場に止《とど》まりたいと思っていたところなのです。風見様には、心配しないでくださるようにお伝えしてもらっても、よろしいですか？」

風見のもとから離れるのを苦とする彼女だ。このようにあっさりと頷《うなず》くのも不思議である。

しかし理由は問うまでもない。クロエの視線はドリアードに向けられていた。どうやらクロエの方もドリアードに用があるらしい。必要な伝言がある時は、それこそ風や木々がナトに伝えてくれるだろう。それで十分だと、キュウビは判断した。

するとドリアードは次に、エルフたちに目を向けた。

「話がありそうな顔をしているわね。あなたたちの話も聞きましょうか」

とてもそのような軽い表情ではないのだが、彼女からすればその程度なのだろう。ドリアードは何の警戒もなくリードベルトたちに近づくと「エルフさん、はじめまして」と頭を下げる。

エルフ二人は剣呑《けんのん》とした目つきや身構えだが、彼女は動じない。彼女にとっては、ここにいる誰もが所詮、赤子と同じなのだ。小さな彼らが怪我をしないようにと配慮する心はあれど、多少の反抗心を向けられて波が立つ心なんてあるはずもない。

だが、立場が違えば、それを捉《とら》え違うこともある。舐《な》められていると感じたらしい若いエルフは、いきり立った様子を見せた。しかしそれはすっと出されたリードベルトの手に制される。そしてリードベルトは、重く閉ざしていた口を開いた。

「先ほどまでの話からするに、あなたが魔獣《まじゅう》ドリアードで相違ないか？」

「そのように呼ばれることが多いと思うから間違いではないと思うけれど、人やエルフが言うそれと違っていたらごめんなさい」

「いや、仔細ない。植物の魔物を統括する者に通じさえすれば、我らの用件は終わる」

「そうなの？　なら聞きましょうか」

ドリアードが視線をやると、山岳樹の根はひとりでに動き、間隔を開けてコブを作る。これは座席なのだろう。彼女は率先して座り、周囲にもどうぞと手で示した。

けれど警戒しているエルフがそれに座ることはない。「結構」と短く断ると、リードベルトは話を始める。

「そこの娘が攫《さら》われた騒動について、どのように把握しているだろうか？」

「あなたが精霊と呼び称する子が、現状に眉を寄せて、マレビトさんを頼った。それは、私が『マレビトさんは人と魔物の中間に立つ者だから』と伝えたからね。あとは、私が頼んだというのもあるけれど、マレビトさんがこの件に関わる理由を作るために、この子をここに連れてきた。そんなところだったと思うのだけれど、合っているかしら？」

「大筋《おおすじ》では相違ないだろう」

しかしこれはエルフと魔物の命がかかった問題だ。

二者の間にあった荒事も彼女は知っているだろうが、敢えて知らないふりをしているのか。それとも、知っていて言うにも値《あたい》しない他愛もないことだと思っているのか。

どちらにせよ、敵意を持っていたリードベルトは、彼女の軽い物言いに眉を寄せた。

「我らエルフとしての総意は、現在持ちかけられている動きに反するものではない。より安全で、害のなき方法で魔物と共存できるならば、歓迎しよう」

「そうなの？　仲良くできるといいわね。私もささやかながら応援はしましょう」

彼女の話し方は緊張感がないものだった。

リードベルトは睨《にら》むほど真っ直ぐに視線を向けているのに、対するドリアードは本心で心配をしているようではあるが世間話の体《てい》が抜けない。悪く言えば挑発と取れる態度である。

ここまでやって来たエルフは、真面目に輪をかけたような二人だ。怒らずにはいられない。

すると、彼女はそれに気付いたのだろう。愛想笑いをやめ、彼らと静かに向かい合った。たったそれだけのことなのだが、柔らかに受け答えをしていた先ほどとは決定的に何かが違う。

そして彼女は頭を下げた。

「ごめんなさい。はぐらかしているわけではないの。そこはあなたたちがこれから決めていくこと。樹が声を持つ方が普通ではないもの。あなたたちが何をするにも、伺《うかが》いを立てる必要なんてない。度が過ぎない限り、私はあるがままを受け入れるだけ。だからあなたはそこに安心してもいいし、恐怖してもいい。魔獣《まじゅう》とは元来、そういうものでしょう？」

「そのような言葉を信じろと言われるか？」

疑わしげに、リードベルトが問いかけた。

「信じるも信じないも、自由ね。あなたがあなたとして好きなように思えば、それで構わないわ」

「ならばはっきりと申し上げよう。猊下《げいか》の意向はまだ信じようのあるものではあるが、あの精霊は信用ならない。そも、あれが我らの同胞を殺し、関係を悪化させていた節とてあるだろう」

「森や魔物にとってのあなたも同じとは思わない？　その在《あ》り方が違うだけだと思うの。あなたと彼女、一体どれだけ違うかしら？」

「同じであろうはずがない！」

怒声が張り上げられた。今までは感情を表に出さないリードベルトであったが、ここばかりは肩が震えるほどに感情を露《あら》わにしている。

逆鱗《げきりん》に触れてしまったらしいことは、誰の目にも明らかである。

「我らは貴様ら魔物のように、毒など用《もち》いない！」

「毒……？」

クロエは首を傾《かし》げた。

毒を使う魔物はちらほらと存在する。虫の系統や、一部の植物の魔物はいい例だ。けれどその話とは別なのだろう。それは戦いではないところで起こったが故《ゆえ》の軽蔑《けいべつ》の瞳に思えてならない。

このことは大きな事件だったらしく、もう一人のエルフも険《けわ》しい顔でドリアードを睨《にら》んでいた。

「悲しいこと。間を取り持つ者がいなければ、こうも相手を決めつけてしまうのね」

「毒を盛るなど、お前たち……いや、あの精霊以外に誰がしようか。この恨《うら》みだけは消えることがない。我らはあの女だけは許さない。自然の摂理を汚したのは奴だ。それ相応の感情は抱《いだ》く」

「……そう」

ドリアードは悲しげに眉を寄せた。

しかし彼女はリードベルトの前に立ち、彼をもう一度見つめた。

「ねえ、あなたはエルフのために魔物を殺したいの？　それとも魔物を殺したいからエルフのためと言っているの？」

「……っ！」

「私には後者に見える。あれやこれやと理由をつけて、一番いい結果を求めることができなくなっているのではないかしら。敵を払うのも守り方の一つ。けれど、自《みずか》らを戒《いまし》めて敵を作らない方法もあると、心に留めておいて？　それがわからないのなら、確かにあなたはあの子とは違うわ」

「だとしてもただの樹には関係ないことだ」

「うん、そうね。関係がないわ」

自分の言葉を返されては、ドリアードもこれ以上は言わなかった。

「最後に伝えておく。我らは今回のことを反故《ほご》にしようとは思っていない。だが、いつまでも森が貴女のものだとは思わないことだ。いつの日か、我らは同胞と貴女を乗り越えてこの森で生きる」

「挑《いど》むのは人の権利。好きにしてくれて構わないわ」

それきりで彼らの話は終わったらしい。リードベルトは部下とグリフォンを引き連れて帰ろうとする。するとエルフたちを見送ろうとしたドリアードは、指をパチンと鳴らした。

途端、エルフは武器に手をやり、警戒を込めて振り返ってくるのだが、ドリアードは場違いに微笑みを返すだけだ。一体何をしたのかと彼らは目を細めて疑う。

その時、音が聞こえてきた。それは近くだとか遠くだとかとは言い表せない。めきめきと何かとてつもなく大きなものが動く音が耳に届くのみだ。

やはり確実にどこかで何かが起こっている。

「まさ、か……」

足が振動に揺れていることに気付いた時、彼らにもその正体が理解できた。

木の根が数本動いている。遠く、山の峰へとうねって伸びていた根は、彼らが帰ろうとする方向へと向きを直し、道を作ろうとしていた。

しかしたったそれだけのこと、とは言えない。その動きに伴《ともな》って、宙に広がる土煙の規模は眼前を覆《おお》うほどだった。足元から視界の果てまでの全てが震え、空気がざわめき渡る。

なかなか気付けなかったのは、風景としか思っていなかったこれがまさか動くとは想像だにしなかったからだろう。地響きを残す動きが止まると、根は果てしなく巨大で重厚な橋となった。

そのあまりの規模の違いはどうだろう。

武器を構えたエルフと、にこやかに見送ろうとするドリアード。

彼女はこれに挑《いど》めと言った。そしてリードベルトはこれに挑《いど》むと言った。――打倒すべき森の支配者の、なんと大きなことか。

彼女が指を弾《はじ》けば、エルフなんて簡単に滅《ほろ》ぼすことができるだろう。そびえる山岳樹に対し、剣や弓など武器にもならない。こんなものと会話するなど、本当は肝《きも》がぞっと冷えることだ。

いや、そもそもこの森にいるならば、常にこの気持ちを抱《いだ》いていないとおかしいのである。

ヴィエジャの樹海は全て彼女の膝元。エルフは、この魔獣《まじゅう》と、それに従《したが》う魔物の気まぐれで生かされているに過ぎない。そんな事実を忘れさせてしまうくらいに、ドリアードが穏やかなだけ。

リードベルトはそれを、ようやく思い出したようだ。

いつの間にか脂汗《あぶらあせ》をびっしょりとかいていたリードベルトは、改めてドリアードに目を向ける。

「貴女は必ず打倒しよう。……このように無様に震えるエルフは、私の代までで十分だ。私の後継には一握《ひとにぎ》りの囲いではなく、広き世界を残す」

震えて武器の柄《つか》を握《にぎ》り締めていたリードベルトは、指を外した。

それは自他共に認める負け犬の声だっただろう。彼はもう何も言わず、ドリアードが作った道を静かに歩んでいった。そのような屈辱《くつじょく》を甘んじて受けるくらいの差は、自覚しているのだ。

それを見届けたキュウビは、ドリアードに向けて会釈《えしゃく》をする。

「わたくしもそろそろシンゴ様のもとへ戻りますわ。ドリアード様、クロエのことをよろしくお願いいたします」

「もちろん。久しぶりのお客様だもの。とびきり歓迎するから、楽しんでもらいたいわ」

「彼女はわたくしほど丈夫ではないので、程々にしてくださいましね」

不安げな表情を残すと、キュウビは飛竜の手綱《たづな》を引いた。その傍《かたわ》らでクロエが「えっ!?」と驚愕《きょうがく》の顔をしたが、キュウビは頑張れと視線に言葉を乗せるのみである。

「あ、あの、キュウビ様。今の言葉の意味は……」

「コツはやせ我慢をしないことですわ。思っていることは、はっきり口にした方が身のためかと」

キュウビはそれだけ言い残すと、帰路につくのだった。

†

――場に残されたドリアードは「さてとぉ」と大きく伸びをして、今度はクロエの顔を覗き込んだ。

「神官さん。それじゃあさっきのお話の続きをしましょうか」

「はい。風見様――マレビトとはどういうものか、ですよね」

「そう。マレビトを導く者として、あなただけはそれを知っておくべき。そして、必要に迫《せま》られるまでは、胸に収めておくべき。物事には知らない方がいいこともある。けれど、知らなければ、善悪を判断して歩むこともできないかもしれないものね」

「はい」

クロエは心して頷《うなず》く。

「じゃあ行ってみましょうか。古い古い、誰も知らないお話を見に」

するとドリアードはまたパチンと指を鳴らし、水無底《みなぞこ》への道を作るのであった。

その光景は恐ろしくも幻想的だった。

水無底《みなぞこ》の天蓋《てんがい》は、山岳樹が下ろす根が作っている。それは放射状に広がるドームのようだが、クロエには巨大な悪魔が天から無数の触手を伸ばしているようにも見えた。その隙間を抜ける陽光はほんの数筋しかない。雨上がりの雲の切れ間を探した方が、まだ多く数えられただろう。

それらは水無底《みなぞこ》を照らすにはあまりに心許《こころもと》ない。代わりに場を照らしているのは、虫だ。蛍同様に青白い光を残し、そこかしこを飛んでいる。けれど水無底《みなぞこ》を照らす光がそればかりかと言えば、違う。虫が止まる枝葉《えだは》もまた、ごくわずかだが光を放《はな》っていた。

水無底《みなぞこ》にある植物は青白く光るものばかりではない。荒野のような岩の表面に薄く水が広がっている地肌には、手のひらほどしかない紅藻類《こうそうるい》などの色鮮やかな植物がいくらか見受けられる。色彩に偏《かたよ》りがあるものの、存外、この水無底《みなぞこ》は色が溢《あふ》れていた。

クロエは、魚になって海底から空を見上げる気分に浸《ひた》る。――と、その時。ドリアードは突然、クロエの腕を引いた。

「ひゃっ!?」

その急な動作に驚いたが、本当に肝《きも》が冷えたのは次の瞬間である。

彼女の視界の端から、身の丈《たけ》の倍ほどにもなる黒い影が飛びかかって来たかと思うと、何かとてつもなく大きなものが、その影ごと周囲の植物を薙《な》ぎ払ってしまった。あとに残るのは、ごうと猛烈な唸《うな》りを立てる風だけだ。

はね飛ばされた何かが遠くの地面に叩きつけられた音を聞いてから、クロエは我に返った。

とてつもなく大きなものは、天蓋《てんがい》から下がる根の一本だったらしい。ドリアードが操《あやつ》ってくれたのだろう。それが、クロエたちに襲いかかってきた魔物を打ち払ったのだ。人が蟻《あり》を払いのける動作を小人が見れば、こんな迫力なのだろう。クロエは咄嗟《とっさ》のことに腰が抜けそうになっていた。

「ここは竜の巣にある奈落《ならく》と同じだから、気を抜いてはダメ」

「も、申し訳ありませんでした……。次からは私も構えます」

奈落《ならく》と同じならば、魔物の強さも並ではないのだろう。クロエの力では一対一でならどうにか勝負できるというところだ。まともに戦うのならば、何度もしのげる自信はない。

覚悟しておこうとクロエは緊張するが、ぽんと肩を叩かれる。

「そこまではいいの。私が招待したのだから、最低限の身の安全は保証するわ。でも万が一、ね？とりあえず、歩きながら話しましょうか」

「は、はいっ……！」

進もうとするドリアードにクロエは遅れぬよう、慌てて後を追った。

ずんずんと歩くドリアードに対し、クロエは闇を怖がる乙女のようにあたりに視線を巡《めぐ》らせている。ドリアードの歩調は決して速くないはずだが、過度に警戒しているクロエは時々小走りにならないと彼女についていけなかった。

そんなクロエに、ドリアードが声をかける。

「ねえ、神官さん。あなたはこれまでいくつの魔境を見たことがあるの？」

「私は竜の巣と、ここくらいです。ブルードラゴンの住処《すみか》にも行ったことはありますが、あそこは澄んだ水をたたえただけの湖《あのこ》で、レッドドラゴンの住処《すみか》とは違っていました」

「そうね。ブルードラゴンのように役割がない魔獣《まじゅう》も、たまにはいるわ」

役割という言葉で、クロエはキュウビの言葉を思い出す。竜の巣のレッドドラゴンのように、ドラゴンや魔獣《まじゅう》には役割がある、と彼女は以前言っていた。

ドリアードはきっとそんな話をしたいのだろう。

「なら、奈落《ならく》と水無底《みなぞこ》を例にしましょう。これらはどこか似通っているとは思わない？」

「はい。植生はともかく、危険な魔物が生息している点は、似通っていると思います」

「そうね。ちょっと歪《いびつ》な魔物が多いという点がそっくり」

ドリアードが指を動かすと、先ほどはね飛ばされた魔物を山岳樹の根が掴んで、傍《そば》に吊り下げてくる。魔物の体長は三、四メートルというところか。植物に寄生された動物が魔物化したと例えるべき形状をしている。

「これはね、私」

「えっ？」

「ううん、語弊があるかしら。これは私たちのなりそこない。奈落《ならく》もここも、なりそこないばかりがいるの」

「ドリアード様に、なりそこなった……？」

そうは言われても、姿が似ても似つかない。山岳樹ともドリアードの今の姿とも、似ているところを探す方が難しいだろう。

クロエはすぐに考え直すと、ドリアードが微妙に言い直していた言葉を思い出した。

奈落《ならく》と、水無底《みなぞこ》。私と、私たち。そのあたりの言葉を捉《とら》え直して、自《おの》ずと答えが浮かんだ。

「魔獣《まじゅう》のなりそこない……ですか？」

「頭の回転が速い子なのね」

しっとりとしたドリアードの笑みが、正解だと語っていた。

「そう、これは魔獣《まじゅう》のなりそこない。魔境や秘境と呼ばれる場所は、そこに魔獣《まじゅう》がいるから存在するのではなく、そこがあったから魔獣《まじゅう》が存在する、という場合が大半なの」

血統や種族からして強い魔物が特定の地域に住むというのなら、別におかしい話なんてないのだが、魔獣《まじゅう》は違う。魔獣《まじゅう》はそういった垣根を二つも三つも飛び越え、その地でたった一体だけ強大なのだ。突然変異ならまだわかるが、同じ場所に代替わり的に発生するのだから、その線はない。

「その土地に、何があるというのですか？」

「さあ、何があるのかしら。真実は知らないけれど、私たちがここにいるのは確か。そして、疑問はまだたくさんある。竜殺しの剣に聖剣――魔獣《まじゅう》と対《つい》をなす物は、いっぱいあるのよね。なのに私たちはそれを奪ったり、壊したりしに行かないの。それは何故だと思う？」

「確かにそのような噂は聞きませんね。魔獣《まじゅう》は自分の領域からは離れませんし、人の世の話は知らなかった、というだけではないでしょうか？」

「いいえ、私は知っているもの。他の魔獣《まじゅう》だって、人と同じくらいの知能はあるし、いろいろな魔物や生き物から人の世の話を聞くわ。あなたの持っている武器とて、そう。ドラゴンは何故、自分に危害を加えるかもしれない人間に武器を与えるの？　ハチのように、自分の趣味のためというのもあるけれど、それればかりではないわよね」

領域から出て被害を撒《ま》き散らす魔獣《まじゅう》が出ると、伝説の武具が呼応して目覚め、持ち主を選んで魔《ま》獣《じゅう》を討《う》たせるという伝説は多い。しかし、改めて考えると、世界のこんな常識は、あまりにできすぎているだろう。

クロエが作為的なものに気付いた顔になると、ドリアードは頷《うなず》く。

「そういう仕組みなの。箱庭と言っても差し支えない。魔獣《まじゅう》が地を治めているから人は過度に増えず、動物も魔物も適度に推移する。魔物や人が増えすぎて自然を壊し、自滅の道を歩み始めたら、ハチのような子の出番。けれどね、長く生きすぎた魔獣《まじゅう》は、たまに狂う時がある。そんな時は英雄の出番ね。怪物を打ち倒すのは、人の誉《ほま》れ。死力を尽くした闘いは、生き様《いざま》の華」

「そう考えられる材料が揃っているにしても、にわかには信じられません。なんというか……それでは、誰かがこの世界を作ったみたいに、できすぎている気がします」

考えながら歩みを進めていると、クロエの目に、口元を緩めているドリアードの横顔がちらりと映った。ドリアードは先を歩んでいるのではっきりとは見えないが、あれは笑みに違いない。

また正解の一言の代わりなのだろうか、と思っていると、急に道が開《ひら》けた。

「見覚え、あるでしょう？」

巨大な藻類の森を抜けると、そこにあったのは遺跡だった。

多くが土や植物に埋もれており、地表に出ているのは、材質不明の床や明らかに自然のものとは違う流線型の建物。クロエの記憶に当てはまるのは、ただ一つのみだった。

「これは……竜の巣と同じ遺跡なのですか？」

「さあ、どうなのかしら。似ているとは思うの。けれど真相なんて誰にもわからない。古くからあって、この地では魔獣《まじゅう》が生まれるようになっていて、魔獣《まじゅう》は不思議とここを離れる気が起こらない。たったそれだけのこと」

「……え。あの、でもドリアード様は、そのあたりの真実を説明してくれるのでは？」

二人の話は噛《か》み合っていなかった。だから彼女らは、つい互いを見つめ合ってしまう。

それどころかどうも、テンポさえ噛《か》み合っていないらしい。ドリアードは数秒も経ってから、あれ？　と不思議そうに首を傾《かし》げた。

「私は真実を知らないから、『誰も知らないお話を見に』と表現したつもりだったのだけれど」

「言葉通りの意味だったのですかっ……!?」

「言葉は意思や考えをそのまま伝えるための物でしょう？」

「そ、それはそうなのですがっ……」

当たり前のように言われると、クロエはどうしていいのか困ってしまった。

確かに間違ってはいない。むしろあちらの言い分の方が、定義としては正しいのだろうが――と、歯切れが悪く唸《うな》る。

するとドリアードはポンと手を叩いた。何かに気がついてくれたらしいのだが……

「そういえば狐さんも昔、あなたと同じようにしていたわ」

やはり、ズレている。

キュウビがあのように礼儀を示していた理由が、クロエにもなんとなくわかってきた。

なんと言うか、本当にいろいろと敵《かな》わないのだ。努力云々《うんぬん》も全て水泡に帰《き》すイメージしか湧かない。つい先ほど、リードベルトが彼女に見せつけられた差とは、真逆の方向ではあるが。

クロエは思わず、頭痛持ちのように頭を抱え、その場に蹲《うずくま》ってしまった。ドリアードはそんな彼女を穏やかに待つことにしたらしい。すたすたと遺跡の方へ歩くと、隆起《りゅうき》したモノに座った。

それは世間一般に使われるレンガや漆喰《しっくい》とは似ても似つかない材質だ。叩けば金属音がするのに、押すと革のように弾力がある。六角のタイルが隙間なく接合したそれを撫《な》でたドリアードは、「面白くもない場所なのにどうして離れがたいのかしら」と自問していた。

レッドドラゴンの、義務や責務を感じている顔とは違う。いい環境でなくとも、古巣はどうしても離れがたい──彼女にとってはそんな気持ちと同じなのだろう。

クロエにはそれがなんとも不確かに感じられた。ドリアードが今まで口にしたことには、きっちりした規律なんて何一つなく、人でも魔獣《まじゅう》でも誰かがちょっと気を変えれば成《な》り立たなくなってしまいそうな話である。それなのに、こうも箱庭たりえるものだろうか。

クロエが難しい顔をして考えていると、くすくすと笑う声が聞こえた。

その様《さま》を見たドリアードが笑っていたのだ。そしてまた問いかけてくる。

「じゃあ、次の話ね。神官さんはマレビトにどんな意味があると思っているの？」

「え、ええとそれは……魔物の仲間には魔獣《まじゅう》がいるので、人間に救い手がいないのは不公平だから……とかでしょうか？」

「いいえ、魔獣《まじゅう》は基本的に中立。そうでなければあのエルフの里も、竜の巣近くのドラゴンレイクの村もありえないもの」

「……そうですよね。うーん……となると、どう考えるのが正しいのでしょうか？」

箱庭と言うからには、何かしらのルールだって見つかるはず。そう思って疑わないクロエは、あでもないこうでもないと思考の中で堂々巡《どうどうめぐ》りをしていた。

そんな様子を続けていると、少し強い笑い声がクロエの耳に届いた。空回《からまわ》りしがちなその懸命さを、ドリアードは面白がっているらしい。

「神官さんは一生懸命ね」

ころころと弾《はず》むような笑みを向けられると、クロエは気まずかった。なんとか答えを出そうとする一方、自分はそんなに滑稽《こっけい》に映るほど簡単な問題につまずいているのか、と不安に眉を寄せる。

結局、どうしても答えに辿《たど》り着けなかったクロエは、ドリアードに答えを求めた。

「あ、あの……それで真実はどうなのでしょうか？」

「さあ？　意味なんてないのかもしれないわね」

「えっ、えぇー……」

それはあまりにも意地悪な答えだ。クロエは声にも表情にも心情をにじませてしまう。

「ごめんなさい。けれど、世界なんてそんなものだと思うの。確かにマレビトは求められた存在。その知識や経験のおかげで、人は大きく成長できる。自然に挟《はさ》まれた窮屈《きゅうくつ》な世界でも、いつだって夢や希望が用意されているのはいいこと。けれど、その成長をコントロールしきれなくなって、魔《ま》獣《じゅう》に滅《ほろ》ぼされることもある。栄養がありすぎる肥料のように、繁栄と衰退の原因でもあるのよね」

「そういう役割自体が、何かの意味なのでは……？」

「いいえ。マレビトは喚《よ》ばれはするけれど、責務を負う義務はない――あ、人以外の観点で言えば、ね？　西のマレビトのように国から逃げ出しても何もない。そうだったでしょう？」

「はい。私が聞いた限りでは、そうだったかと」

ドラゴンレイクで出会った黒髪黒瞳の女性アカネ。彼女はマレビトだと聞いた覚えがある。

彼女が伝えた武器の知恵で西の勢力は拡大し、その武器で魔獣《まじゅう》をも殺したという。彼女はその後西の国を脱して生きている。

世界をうまく動かしていた仕組みを壊している原因は彼女にあるのに、何かがあったという話は聞かない。箱庭やそれに似た枠組みを作るなら、その枠組みが破綻《はたん》しないように守ったり、修正したりする機構を組み込むのは必須だろう。

「きっとね、世界の仕組みなんてつまらない。誰が作ったのかも、作っていないのかも些細《ささい》なこと。でも人はそれを難しい問題にしようとしている。この世界は今のままでも十分に綺麗で豊かよ。あなたもここに来るまでに見たでしょう？　草花は生き生きとしていた。魔物の領域では動物が減りすぎることもなく、水は澄《す》んで途切れることもなく続く。人と魔物は住み分けているから、大きな奪い合いはない。生きることに不足がない世界なの。でも、足りるはずの物が、人の中ではいつの間にか偏《かたよ》り、足りなくなる。……飽《あ》くことがないのは、知恵の弊害ね」

貶《けな》しているわけではない。ドリアードは、一部の人はどうしてもそうなる、と悲しげだ。

マレビトなんてものがいない時代からずっと世界は続いていた。魔物が跋扈《ばっこ》する過酷な世界のはずなのに、今の今まで人が生きてこられるくらいに、世界は上手くいっていた。

ところが今、人間は魔物を害とみなしている。それは人間の住む地に魔物が出没したからだが――

そもそも、飽《あ》くなき人間が富を求め、戦争し、また飢《う》えに耐えかねて土地を開き、魔物の領域を侵《おか》してきたことが原因だ。本当に人間を苦しめているのは人間ということは、わかりきったことだった。

「本来、敵となりうる人同士は、魔物や魔獣《まじゅう》の生息地に阻《はば》まれてまみえることはなかった。魔物や魔獣《まじゅう》は自然の摂理の一つ。厳しいけれど、残酷ではない同居人。人が武器を手にそれを越えるというなら、今度こそ自分たちの生き方を自《みずか》ら抑えなければダメ。マレビトは、狭い箱庭への刺激でしかない。それに意味を作ろうとし、もっと何かがあるのではないかと思っているのは、人だけよ？　彼らはただの来訪者。人にも魔物にも属さない、仲立ちだもの」

「人だけ、ですか……」

その言葉は衝撃的だった。マレビトと言えば、ドラゴンも従《したが》えた英雄——ある意味、神様とも同義のようなものだった。救国の伝説その人とこの世界の住民が同列とは思えない。

今のクロエでなければ、ドリアードの言葉は全く理解しえないものだっただろう。けれど風見に出会った今なら、そんなものかと理解もできる。

「そして、あなたたちにとって今の言葉はとても大切なこと。壁が崩れてきている以上、他人事でもなくなってきている。ねえ、あなたはもうそれに気付くだけのことを経験してきたでしょう？」

「水帝樹《すいていじゅ》の湖で、西の国の賊《ぞく》であるオーヴィルに襲われたことですね。ドリアード様はあの時に風見様と出会っていたと聞きます。危《あや》ういところも助けていただいたんですよね」

「ふふ。あの時に出会ったのは、私としても偶然だったのだけれどね」

ふと、ドリアードは表情を緩める。けれどまだ続きがあるらしく、彼女はすぐに顔を引き締めた。

「結局のところ、マレビトが絡む西のことは、全て人の問題と言えるでしょう？　ハチに言わせれば、それは人同士で勝手に争って終わればいい、ということだった。けれど今回はそれでは終わりそうにもないのよね。きっと、あなたたちは否応《いやおう》なくそれに関わることになる。でもね、そこには何の義務もない。好きなように逃げてもいいし、何かをしてくれてもいい。あなたは彼の付き人なのだから、そこを理解しておいてあげて。これは長く世界を見てきた者の助言よ」

「はい。私はあの方の付き人ですから、たとえハドリア教に背《そむ》くことになっても、後悔はありません」

クロエは意志が定まった顔で頷《うなず》く。

ドリアードは、ひとまず伝えるべきことは伝えきった、と帰り支度を始めようとする。

すると今度はクロエが「しかし」と返した。

「その問題はわかりますが、今はこの森のことではありませんか？　エルフの方々があなたに挑《いど》むのも、西と同じことなのでは……」

「別に、挑《いど》むこと自体が害悪ではないの。自分の足で歩めるというのなら、私を越えて行けばいい。それにね、西のような急成長でなければ、案外上手くいくものよ。魔獣《まじゅう》は基本的に中立だけど、多少は魔物寄り。でも人寄りの存在もいるから、多少の舵取《かじと》りはしてくれる」

「え、そんな方がいらっしゃるのですか？」

「ええ。あなたが知らないはずはない相手よ」

それは初めて聞く、とクロエは目を丸くする。ドリアードは意味深な微笑みを浮かべるのであった。

†

風見が、リズやナトと野宿をするはめになった翌日のこと——

基本的にヴィエジャの樹海は、のどかなものだ。

ごくまれに縄張り争いで魔物同士が律法をぶっ放《ぱな》すことがあるものの、それ以外は象が森をのし歩くようなもので、大きな被害を出すわけでもない。木々が風に揺れる音や動物の鳴き声が聞こえるくらいで、元々森に生きる植物と動物たちは、静かに時を過ごしている。

——しかし、来訪者の彼らは実に馴染《なじ》まない。枝葉《えだは》に留まる小動物や鳥は、奇異の瞳で彼らを見つめていた。

「だぁぁぁっ！　なんでこうなるかなぁぁぁーーっ!?」

「にゃあああ、むしっ！　虫、やあああぁぁぁっ！」

そう声を上げながら森を突き進む、風見とクイナ。

「喚《わめ》くのはいいからさっさと逃げろ。あれらは相手にしきれんよ」

風見のスピードに合わせて走るリズは、余裕の表情だ。まったくお前は、といつもの呆《あき》れ顔をされるが、風見には言い返す暇などない。彼とクイナは後方を振り返り、黒い波に見える虫の大群を確認すると、「生理的に無理」と声を振り絞《しぼ》った。

風見らは継続的に確保できる食料探しのために森を歩いている。双子のエルフとクライス、ナトもついて来ており、計七人の散策だ。

武装はしていたものの、大きな心配はしていなかった。何せ、森にいる植物系の魔物は、ナトの手回しのおかげで、すでに休戦協定を結んだようなもの。襲ってくることはない。

問題は虫である。こちらには言葉が通じないし、意思の疎通も不可能だった。その上、森に巣食う虫系の魔物は実に多く、風見らは難儀させられていた。

例えばやぶの先には、直径十メートルの巨大な蟻地獄《ありじごく》がぽっかりと広がっていたりする。かと思えば現在のように『カサカサカサ』『ワサワサワサ』『ゾワゾワゾワ』と、足音が連鎖するだけでも津波や雪崩《なだれ》じみたものになる虫の大群がどこかの樹にへばりついていて、テリトリーに踏み込んだ瞬間、追いかけてくるというパターンもある。

ちなみに、そういうものに踏み込むのは大抵、風見かクイナだ。そんなわけで、『またか』と言いたげなリズの瞳が向けられるのである。悔しいが、風見はぐうの音《ね》も出ない。

ついでに言うと、風見は逃げる時も迷惑をかける。樹の上を跳んで逃げられる身軽なエルフの双子はもとより、リズやクライスのように障害物走の要領で逃げる域にも達していない。

故《ゆえ》に、取り乱して普段の半分も動けていないクイナと一緒に、喚《わめ》きながら逃げているのであった。

「おい、シンゴ。こっちだ」

「なん――おわっ⁉」

目の前の岩を飛び越えようとした時、リズは風見の襟首《えりくび》を掴んだ。彼女はそのまま岩を飛び越えると、岩の裏側に身を張りつけて隠れてしまう。クライスもクイナを掴むと同じく隣に隠れ――

「Eu escrevo isto Geada Parede」

クライスが真上に手を向けたかと思えば、岩から下方へ続く氷の滑走台ができた。

風見らの頭上に出現したそれは屋根の代わりとなり、虫を頭上にやり過ごすことができる。

虫は猪突猛進《ちょとつもうしん》らしく、風見らを見失ったことにも気付かずにひたすら前進を続けて、森の奥へと消えていった。残るのは群《む》れからあぶれ、落下した拍子に地面でひっくり返った虫のみである。

「あ、ありがと……」

クイナはたどたどしくクライスに礼を言う。

「お怪我はございませんか？」

「だいじょぶ」

風見より頭一つは背が高く、モデル体型のクライスだ。クイナなんて彼の胸にすっぽり収まってしまった。彼女は彼から身を離すと、ハラハラさせられっぱなしだった胸を撫《な》で下ろした。

これは経験豊かな方が慣れない者を助けるいい例だ。仲間の姿とは、かくあるべきだろう。

しかしそれに対し、不格好な方もある。リズと風見のことだ。地べたに伏せた風見は、打ちのめされた者が上げるような、弱々しくも恨《うら》みのこもった声を上げる。

「うぉい、リズ、いい加減に手を離してくれ」

「ああ、悪いね。おや、シンゴ、顔が泥で汚れているよ？　どうやって着地したらそうなる」

「お前が襟首《えりくび》を持ったままだったから、上手く着地できなかったんだよっ……！」

下が分厚《ぶあつ》い腐葉土《ふようど》なので、頭をしこたま打ちつけても大したことはなかったのだが、風見は未だに起き上がれていない。悪びれた様子もなくリズは腕を組み、「シンゴは何かがあるといつも私のせいにする」とありもしないことを呟《つぶや》いてくれる。

この不遜《ふそん》な態度を取る犬には、そろそろきつい躾《しつけ》の一つでも必要ではないか。風見はそう考えつつも、口元をひくひくとさせて堪《こら》える。

そうして二組がそれぞれ虫を撒《ま》いたのを、ナトとエルフの双子は樹上から見ていた。

彼らは身軽なので、そちらでやり過ごしたのだ。ナトは下りるなり、風の律法でそこらに散らばる虫を切り刻み、無力化した。

これで人の身の丈《たけ》に合った心配の一つでもしてくれれば、ばっちりだ。しかし、彼女は命に別状なしイコール万全という思考回路らしく、腐葉土《ふようど》に埋もれている風見を見ても、気にした様子はない。

それ、楽しい？　と言いたげに、不思議そうな視線をくれたくらいだった。そして尋ねてくる。

「目的地まではもう少し。また虫に会えば、速く移動できる？」

「俺の体力が持たないからやめてください」

喋《しゃべ》っている時もお構いなしに、土で汚れた顔を指で突《つつ》くのはやめてほしいところだ。あちらもこちらも優しさが足りない状況に、風見は弱音を吐きたくなってしまう。

こんな時、細やかに気遣ってくれるのはクロエくらいだ。現状で欠けているものの大きさを、風見は強く噛《か》み締めている。

「ああ、タマが動いてさえくれれば……」

そう言って項垂《うなだ》れる。

少々自然破壊にはなるが、タマが動いてさえくれれば、風見とナトくらいは楽に目的地まで到達できていただろう。しかし何故かタマは、風見が頼んでも頑《かたく》なに動こうとしなかった。きっと何か理由があるのだろう。あの子はそういう判断を自分で下せるくらいに賢い子である。

そんな経緯もあり、風見らには徒歩の行軍しか手段が残されていなかった。

幸い、距離にしてもそれほど遠くではないということで、風見も安心をしていたのだが――虫と遭遇するなんて少々想像を超えていた。

森といえば、出迎えてくれるのは動物やトレントの類《たぐ》いと想像していたのに、これは如何《いか》に。

風見は先を見つつ、ナトに声をかける。

「なあ、ナト。この前俺たちが歩いて回ったのと、随分違う雰囲気の道を通ってないか？」

「通ってる。人間が多すぎるし、仕方ない」

「あー、そうか。そういうこともあるよな」

前回は魔物が苦手とする人間がクロエ一人しかいなかったから、多少植物の領域に踏み込んでも許してもらえた。しかしエルフやリズたちもいる状況では、昆虫の領域を通るしかないのだろう。

「ところで猊下《げいか》。私たちはこの先で一体何をするんですか？」

風見に言われるままについてきたものの、何をすべきなのかはっきりと聞いていなかったフラムは疑問顔をしている。森に住む彼女は、周囲の地理やこの先にあるものは知っているものの、それがエルフの問題を解決できるものとは到底思えないようだ。

「まさかこの先にあるマンイーターに用があるんじゃないですよね？」

「多分それだ。あのでっかいカボチャのお化《ば》けな」

「よりにもよってアレですか⁉」

マンイーターは人食い植物の総称だ。トレントなど種族がはっきりしていれば、名前のつけようもあるが、植物の魔物には一定の形を取らないものも多い。だから特徴で一括《ひとくく》りにしているらしい。

それにしても相当癖《くせ》があるとエルフの中で評価されているのか、フラムは大仰《おおぎょう》に驚く。

「アレはダメです。硬くて食べられたものじゃないです。それに大きな実はつけていますが、採る時にも運ぶ時にも襲われて、それどころじゃないですよ！」

「いや、こいつを確保しておくと、食料難も燃料問題も例の毒の件も、一度に解決できそうなんだよ。多少苦労しても確保したいな」

「……え？　襲ってくる上、まずい実しか作らないカボチャですよ？」

「ああ。そういう特徴があるから、実に都合がいいんだよ！」

ぐっと握《にぎ》り拳《こぶし》をして力説すると、フラムは同意しようと努力してくれる。しかし彼女がなんとか浮かべられたのは苦笑止まりだ。クイナやバルドも似た表情で、リズに至ってはまた始まったかという白い目である。もはやこんな扱いに慣れた風見は、へこたれない。

まずい上に襲ってくる、と悪評連《つら》ねる植物のどこがいいのか、とフラムは理由を問いたそうな顔をしている。けれども彼女が問う前に目的地に到着してしまった。

そこには木々がなく、代わりとして周囲百メートルほどに地面を這《は》う植物が存在している。

幅広で少し刺々《とげとげ》しい葉っぱと、巻きひげやツルが伸びているこの特徴は、まさしくウリ科だ。景色だけなら、カボチャ農家の畑とほぼ同じ。人間ほどの大きさのカボチャがぽつぽつと点在している。

これが目的のマンイーターと見て間違いないか、とナトに視線を送ると、彼女はこくりと頷《うなず》いた。

「マンイーターは根や葉の上で動くものを襲う。弱点の核は地面の下。だから倒しにくい。でも、それを壊さないと、ツルに襲われ放題で困る」

「エロ同人にあるような触手プレイとは、全然違うんだろうな……」

うねうねとしたツルが襲ってくるなんて、風見としてはそんなものしか思い浮かばないが、実際に襲いかかってくるとなると笑い事ではないだろう。

四方八方から手足を掴まれ、引き絞《しぼ》られ、絞め殺されるなんてなかなか凶悪だ。強力な魔物一体より、無数のツルの方が厄介な可能性さえある。

「コアを破壊しない限り無限再生のツルか。となると、どうやって攻略するものなんだ？」

風見が意見を聞いてみると、まずクライスが答えた。

「ワタクシの律法で凍らせてしまってもよいのですが、傷付けすぎるのはあまり好ましくないのでございましょう？」

「そうだな。他の土地に移せるとも限らないし、大元はできるだけ元気に残っていてほしい」

申し出通り、クライスの氷の律法なら、陽属性である植物とは相性がよさそうだ。

陽属性はあくまで生体機能の強化しかできない。再生するにも、凍ることで細胞が壊れれば不可能になる。陽属性使いにとって、細胞を破壊する火や氷は天敵と言える。

さてどうしたものかと腕を組んでいると、ナトが風見の袖をくいくいと引いた。

「私がカボチャを取る。その間、周囲のツルを防いでくれれば問題ない」

「あれ？　それよりも、マンイーターが植物の魔物なら、攻撃しないように頼めないのか？」

「あれは無理。言葉が通じない。近寄ったもの全てに襲いかかる。そういう魔物のせいで、私もたまに森で事故に遭《あ》う」

「え。大丈夫なのか……？」

「とても痛い」

散歩途中、紳士的に挨拶《あいさつ》してくるトレントもいれば、出会い頭《がしら》に攻撃してくる魔物もいるらしい。心情が絡まない顔で痛いと言われても同情しづらいのだが、とりあえずこの森では通り魔的なものが多発するということなのだろう。それはそれで性質《たち》が悪そうだ。

森での過酷な生活に思いやられはしたものの、カボチャを採るという重役はナトが担《にな》ってくれることが決まった。

後は周りでツルを防ぐ係の選出のみだ、と風見が視線を彷徨《さまよ》わせると、リズが歩み出てくる。答えなんてとうに出ている、と彼女は風見を押し退《の》けた。

「シンゴ以外はいけるだろうさ。クイナも練習がてらにやってみればいい」

「ふえっ⁉　だ、団長っ。でも、あれ、どうやって攻撃してくるか、わかんないんですけど……」

「だからこそだよ。人間や獣《けもの》の動きだけに目が慣れていたら、律法で動くゴーレムやこういう相手で不意の一撃を食らうこともある。あれはともかく、ゴーレムの一撃なんて、もう食らいたくないだろう？」

クイナはシルバーゴーレムとの戦いで、腕を骨折したことがある。こうして旅についてくる気なら、同じような負傷は許されない。しかしその一方で、クイナとキュウビの特訓の成果を、リズは評価しているようだ。無理なことであれば、こうして促《うなが》したりしない。

惜《お》しむらくは、クイナの元の性格通り、びくびくしているところだろう。

そんなクイナを見ても、リズは甘やかさない。真っ先に太刀《たち》を抜き、準備はいいかと周囲に視線を投げた。クライスは得物であるシャベルを構えて頷《うなず》き、クイナもぎこちなく頷《うなず》く。フラムとバルドの二人も同様だ。

そうして彼女らはマンイーターの領域に踏み入った。

わざわざ敵の罠《わな》にかかりに行くというのもあまり心地いいものではないが、彼女らは一歩、二歩と歩みを進めていく。すると静かだった植物が、ヘビのようにしゅるりと動きを見せた。

それをいち早く耳で察知したリズは声を上げる。

「クイナ、ぼさっとするな。後ろに注意だよ」

「だ、だいじょ――見えてますっ！」

言葉はぎこちなかったが、クイナもしかと捉《とら》えていた。

彼女の背後からツルが足を絡め取ろうとしてきたのだが、すんでのところで避《よ》ける。

それを皮切りに、ツルは至るところで鎌首をもたげ、リズらを包囲した。奇襲が失敗したら即全力の包囲作戦とは、恐れ入る。まるで知能を持った生物の動きだ。

それに合わせて彼女らは武器を構え、互いに背を守る陣形を取る。

「てやっ！」

クイナは、しかけられたお返しとばかりに、ツルを斬りにかかった。しかし彼女の得物が如何《いか》に鋭利なドラゴンの牙《きば》でも、空中でうねうねと動くツルが相手では、勢いを吸収されて刃が立たなかった。二度三度と繰り返しても、ツルを斬り裂くことはできない。

一方のリズやクライスは、すぱすぱと斬り裂いてツルの数を減らしている。

同じような動作で似た鋭利な得物を使っているのに、この差だ。クイナは混乱し、目をぱちくりと瞬《またた》かせて見比べてしまう。

「え。あ、あれ……？」

「クイナ殿。ツルが緩んだ時に攻撃をしても、無駄でございます。攻撃を避《よ》け、ツルが張っている時にしかけなければ、効果は薄いかと」

クライスはそう言った瞬間、手本を見せるようにツルを十分に引きつけて躱《かわ》し、シャベルで一刀《いっとう》両断《りょうだん》にする。その手際は見事と評する他にない。得物が剣だったなら、より映《は》えただろう。

「よいですか？　目を持たない魔物は、必ず何かしらの手法で獲物の動きを感知しています。この種のマンイーターならば、地中の根でございますね。体重移動をした方向へ攻撃してくるので、捕まる寸前で躱《かわ》すのです。そして、これこの通り、断《た》ち切ればよろしいかと」

クライスはそれに続き、戦法の基本を披露《ひろう》する。優《すぐ》れた身体能力をあてに立ち回るリズとは違い、彼の動きは洗練されていた。彼が得物を振るえば、ぼとぼとツルが落ちる。

クイナの目は、その動きのコツをつぶさに観察していた。息を吐きながら、自分自身に暗示をか

ける。

「お、落ちついてっ……！」

そうして、彼の動きを真似る。

足を掬《すく》われることにも細心の注意を配り、対面したツルが触れてくる寸前に右へ避《よ》け――すれ違い様《ざま》に一閃《いっせん》。

なんのことはない。キュウビと学んだ戦闘でも、反撃をする一番の好機はこの瞬間だと言い含められていた。それならば何度も練習をしたことで、要はその再現だ。

攻撃のツルが一本から二本に増えたり、鞭《むち》のごとく迫《せま》ってきたりしたが、戦法は変わらない。一度ペースを掴めば、クイナはリズやクライスにも負けない動きとなっていた。

エルフの二人も戦闘慣れしているらしく、十分に活躍している。

そうしてツルや葉が分散し、地面に広がっていた植物の密度は明らかに減った。

ナトはそれを見切って跳躍《ちょうやく》すると、カボチャの上に着地する。続けて律法を発動させ、カボチャを四分割。すると彼女は風見に視線をやった。

「終わった。受け取って」

「へ？　俺っ!?」

急なご指名だ。てっきり自分は応援係だと思っていた風見は、とても嫌な予感を覚えて身構える。

ナトは言い終わるなり、尋常ではない握力でカボチャの硬い皮に指を沈ませ、片手で持ち上げてしまった。四等分されても、それは人より大きな塊《かたまり》である。彼女を支える足はその重量のせいで地面にめり込んでいく。

そんな超重量の物体を、彼女は風見に向かってぶん投げた。

『見守るだけで何もしていないのだから、手伝ってもらえばいい』くらいの軽い気持ちだったのだろう。彼女はツルの攻撃を手のひらで受け流したり、あるいは風で切り刻んだりしながら隙を見つけると、残りのカボチャ三つも投げてくる。

「ちょ、ちょっと待てぇいっ⁉」

だが、風見としては冗談ではない。一つ百キロはありそうなカボチャ玉なんて、もはや兵器だ。

ひいと息を漏《も》らして避《よ》けると、彼の代わりにカボチャが直撃した樹がへし折れた。

本当に冗談ではないと真っ青になったところへ、追撃の三つがやってくる。彼は転がり回りながらも必死に避《よ》けたのだった。

†

——例のマレビトは、遠くで何やら元気そうに叫びながらカボチャを避《よ》けている。まあ、はしゃいでいるなら悪いことではない気がする。多分。

「こちらは終わった」

ナトは仕事は終えると、満足げにリズらに完遂を伝えた。すると、彼女らはすぐに撤退《てったい》に転じる。

「終わったなら、さっさと撤退《てったい》するに限りますよねっ！」

フラムがそう言う間に、クイナはまだ稚拙ではあるが、縮地で真っ先にその場を離脱した。その離脱の速さに目を点にしていると、リズやクライスもあっという間に後退してしまう。

フラムが逃げ始めたのは、兄のバルドに「置いていくぞ！」と言われてからだ。

「わわっ、待ってってってば！」

調子が崩れてしまい、立て直す間もなく次の行動へと移る。慌てて飛び出したフラムはこの時、注意が疎《おろそ》かになっていた。だが、そんな状態で掻《か》い潜《くぐ》れるほど、ツルは減っていない。

あと一歩で領域外に出られるというところで、フラムはミスをした。

「フラムっ、足元！」

「え――？　きゃっ!?」

バルドが助けようとするが、ツルがまた立ち上がって邪魔をする。最初に斬られたツルから順に再生が追いついたらしい。その数は十や二十ではない。これでは、リズやクライスが律法を放《はな》ってくれても、また別のツルに拾われてしまうだけだろう。

「ひやっ!?　うわっ。たっ、たすけてぇーっ！」

他の魔物のように爪や牙《きば》がない分、一思《ひとおも》いに殺されることはない。それでも足から宙吊りにされたまま、ツルが何本か手足や首に絡みつけば、絞め殺される恐れもある。フラムは必死にナイフを振り、ツルを追い払った。だが、その動きが余計にツルの揺れを激しくして、彼女の体力と冷静さを奪っていく。

その騒ぎにナトもすぐ気がついた。

助けを求めるフラムと、手をこまねいているバルドらを見て、ナトは跳躍《ちょうやく》する。

たんっと、ただの一足で幾本ものツルを飛び越えた彼女は、腕を振り、律法で発生させたかまいたちで邪魔なツルを払う。続けてフラムの足を吊るすツルも風で切ると、ナトは落下する彼女を空中で見事に捕まえた。そして地面に降りるなり、また素早く跳躍《ちょうやく》して安全圏に離脱する。

ナトの腕の中でお姫様抱っこされているフラムは、突然のことに混乱し、フリーズ状態だ。

「平気？」

「え――、ええ。あの、どうも……」

フラムはナトに助けられるなんて予想していなかったのだろう。お礼をなんとか述べることしかできなかった。

「どういたしまして」

ナトは返事をすると、彼女をじぃっと見つめる。抱っこも未だにやめない。

そこにあらぬ圧力を感じたフラムは「な、なんでしょうか……？」と縮こまった声で問いかける。

「いつでも平静でないとダメ。エルフの戦士がそれだと、何も守れない」

「す、すみません……」

自分の命を守り損ねたとあっては、反論の余地もない。いがみ合っていたはずの相手からたしなめられたというのに、反省の一言だ。

するとナトは、ようやくフラムを下ろした。そこでフラムに対する興味は途切れ、彼女はすたすたと風見のもとへ歩いていく。

カボチャを必死で回避したせいで、心臓を押さえて息を荒くしている彼に「楽しかった？」と問いかけたのだった。

常識がある行動も取るし、常識のないこともする。理解が全く及ばない行動ばかりのナトのことを、フラムは呆然と目で追うことしかできなかった。

「フラム、フラムっ！　大丈夫か!?」

そちらに気を取られていると、バルドがフラムのもとに駆けつけてくる。

「あ、ああ、うん、大丈夫。ちょっと頭に血が上《のぼ》っただけですぐに降りられたし」

鬼気迫《ききせま》る表情の兄とは対照的に、フラムはぽかんと呆《ほう》けている。心配してくれる兄の声より、むしろ遠くで風見と噛《か》み合わない会話ばかりをしているナトの声を、耳で拾おうとしていた。

「ともかく必要なものは取れたみたいだ。ひとまず帰ろう。立てるか？」

「うん。それは大丈夫」

フラムは兄に生返事《なまへんじ》をする。彼女はその後もナトに気を取られながら、風見らと一緒に帰路につくのだった。

†

エルフは月に一度、森の幸や獲物、薪などを採りに遠征する。魔物が跋扈《ばっこ》する森での採集のため、採集係と警護係の二班を合わせて、総勢五十名近くでおこなう大仕事だ。

しかし、前回の旅では何人もの犠牲が出てしまったので、物資が心許《こころもと》なくとも遠征は控《ひか》えねばならない。そんな中、エルフに代わって食料調達を買って出たのが、風見らだった。

その行動に対する感謝は強く、とびきりに称賛されて送り出されたのだが――

「あ、あれ。薪は……？　ウサギや鳥は……？」

「マンイーターのカボチャばかりを運んでいるけど、まさか……」

里に戻ってきた風見らに対するエルフの声を代表すると、そんな感想である。

様々な食材を調達してくるかと思えば、背に負っているのは大半がマンイーターのカボチャ。魔物も協力をしてくれるという噂だったので期待は強かったのだが、予想に反する結果だ。

しかし、善意で動いてくれた彼らにヤジを飛ばす者はいない。多少ぎこちなくても笑顔で迎え入れるあたり、エルフの里の人々は人がよかった。

その後は、カボチャで何をするつもりなのかと家や道端から顔を覗かせる者もいるが、半分程度はそれぞれの仕事に戻っていく。

そんな視線を背に感じていたリズは、ぽつりとぼやいた。

「はあ、もうこんな視線にも慣れてしまったね」

風見が人助けをしようという時には、かなりの確率でこんな目を向けられる。耳がいいリズはひそひそ話が耳についてしまっていたのだが、もうそれに反応する気も失《う》せてしまった。

それを聞いて風見は苦笑する。

「そう言うなって。新しいことをする人は、誰だってこんな視線で見られるもんだよ。それをじっくり説明して、生活の役に立ててもらうのは、社会を改善させるために重要な仕事だ」

「それはシンゴの仕事だろう？　私の仕事は、剣を持って敵と戦うことだ」

そんなことを言いながらもついてくるリズと共に、風見らは広場にある東屋《あずまや》に向かった。彼はそこでこのカボチャの活用法を試すつもりだ。

集められた物は調理器具だけでなく、家庭で燃え残った炭の欠片《かけら》も含まれる。彼の目的は、調理のみではないらしい。カボチャ一つが何になるのか誰もが疑問顔で見守る中、風見とクライスは一緒にカボチャをさばき始める。

「猊下《げいか》、この皮から数センチは硬すぎて如何様《いかよう》にも調理できませんが、よろしいので？」

「ああ、それは俺が使うから任《まか》せてくれ」

巨大なカボチャの調理は主にクライスが担当している。一方、風見は食べられないと何度も言われた皮を集めると、鍋に放り込んで茹《ゆ》で始めた。

そんな様子が周囲の視線を浴び——数十分もすると、クライスの料理が終わった。

魚肉とカボチャのコロッケや、マッシュポテトならぬマッシュカボチャ、あとは薄切りにして炒《いた》めた物や煮物など、カボチャづくしの数品が東屋《あずまや》に並ぶ。

それを前にしたフラムは、苦笑気味にできあがった品を眺《なが》めていた。

「これを食べる日が来ようとは、思いもしなかったですねー」

風見は意外そうに聞く。

「え、食べたことないのか？」

「私はないですけど、一部の人はあります。ただ、取るのはご存知の通り面倒だし、美味《おい》しくもないし、メジャーな食材ではないんですよね」

フラムやバルドなどこの場に集《つど》っていたエルフも加わり、さっそく実食。しかし、一口食べた時点からして全員の表情は浮かない。素直な感想を言うのが憚《はばか》られ、言葉に表しづらそうな顔で全員が固まっている。

すると風見がぽつりと呟《つぶや》いた。

「……確かに食えなくはないよな。食えなくは」

マンイーターのカボチャは食べられないことはない。ただし、大きくなればなるほど糖などの美《お》味《い》しい味となる部分は分散してしまう。そのせいで味が薄かったり、自重《じじゅう》を支えるために繊維質だったりするなど、よろしくない部分が目立った。

「これ、あんまり好きじゃない……」

隷属騎士だったために食料のありがたみを知っているクイナでも、耳までへたり込ませて意気《いき》消沈《しょうちん》している。続く二口目を取らずにスプーンを置くあたりが、わかりやすい。

「マズイ」

一方、リズはといえば、一言で全員の感想を肩代わりしてくれる。

砂糖や塩、その他調味料が豊富なら、まだマシだったかもしれない。しかしここで生きるエルフが持ちうる材料で作ると、どうしても味に物足りなさが残ってしまうのだ。

はいと手を上げたフラムは、率直に意見を述べる。

「食べられないこともないですけど、やっぱり可食部位が少ないみたいですね。取ってくる労力も含めて考えると、あんまりいい食材じゃない気がするんですが……」

すると二口目を断念した風見が、「一応、そうでもないんだよ」と歯切れの悪い返事をする。

「確かに食えない部分は多い。皮から十センチくらいまでは食えないっぽいな。でもこっちはこっちで利用法があるんだよ」

「ああ、もしかして料理を作っていた時に何かしていたやつですか？」

こくりと頷《うなず》いた風見は、何やら黒い塊《かたまり》を取り出した。これはクライスが料理している間に、風見がカボチャの皮と何かを混ぜて、団子のようにこねて作ったものである。

「ほら、燃料問題で使うものだよ。集まるのは細い枝ばかりだから、火力が出ないし不完全燃焼で煙が出るしで大変だったろ？　こうして炭とでんぷんを混ぜて乾燥させた物を炭団《たどん》っていうんだけど、一度火をつければ長続きするんだ。しかも小枝で作った炭を混ぜればいいだけだから、太い薪がいらないんだよ」

炭団《たどん》は、燃料に困る地域の人を助ける技術として活用されている。

例えばこれを竹の炭で作れば高い火力を得やすいし、普通の枝なら持久力が高い。どちらも使えないのなら、雑草の炭からでも作れるという優《すぐ》れものだ。

「マンイーターを緩衝《かんしょう》地帯に植えて、グリフォンとかで採取するなら、労力もそれほどではないと思うんだよ。それにマンイーターがいれば、例の嵐の後に発生する症状の予防にもなるだろうし」

バルドは目を丸くして尋ねてくる。

「え。血をにじませて死ぬ毒ですよ？　どうしてマンイーターが防いでくれるんですか？」

「天気がいいうちに遠くの仕事を処理しようと思ったから、調査は後回しにしているんだけど、例のあれは病気だと思う。ネズミや野生動物を捕まえられたら確定できそうだから、順々に調べていくさ。まあ、とにかくこのマンイーターのカボチャは、今後を考えると有用なんだよ」

味はともかく、応用範囲を考えれば悪いものではない。生産力の高い作物なんてただそれだけでもいい。家畜のエサに回せるし、燃料にもなる。緊急時は食料にしてもいいのだ。そのおかげで家畜が増えれば排泄物を堆肥《たいひ》にし、畑に撒《ま》いて収穫量を増やすのもあり。

味さえもう少しよければもっと前向きに事を進められたのに、と風見は複雑な表情をしていた。

そんな時のことだ。遠くから、飛竜とグリフォンが里に帰ってくるのが目に映った。キュウビと、エルフの戦士長たちである。

彼女らはこの集まりを衛兵に聞いたのか、そのままの足でやってきた。

「シンゴ様、ただ今戻りましたわ」

「おかえり、キュウビ。無事でよかった。一緒にいないようだけど、クロエはどうしたんだ？」

一抹の不安を覚え、視線を向ける。けれどもキュウビの表情は暗いものではない。彼女はすぐに理由を教えてくれた。

「クロエはドリアード様のところです。シンゴ様が直接迎えに来てくれないと渡せない、と言われまして。申し訳ありません」

「そうなのか。でもクロエは無事なんだよな？」

「それは確かですわ。ドリアード様も彼女に用があったように見えましたし、危険らしい危険はないでしょう」

「用……？　まあ、無事ならいいさ。こっちの問題を早めに片付けて、迎えに行かないとな」

風見を何度も助けてくれたドリアードである。そんな彼女がクロエに何かするとは思えない。

用が何かは不明だが、任《まか》せておくのが得策そうだった。

こちらの用件が終わると、次はキュウビが疑問顔だ。食料と一緒に炭団《たどん》が並べられたこの状況に首を傾《かし》げている。

「ところで今ここでは何をなされているのですか？」

「ちょっと新しい食料の試食をな。とりあえずキュウビも食べてみてくれないか？」

「わたくしも、ですか……。うう、そんなに見つめられては……」

周囲の雰囲気から味を察したらしいキュウビは、手を振って断ろうとする。だが、風見はスプーンを片手にずいと一歩を詰め、彼女の前に差し出した。

顔を背《そむ》けても追尾され、しかもつんと唇に触れるほど近くまで差し出されては、断るに断れない。苦笑をいくらこぼしても、風見の「さあ、さあ！」と推《お》す表情は消えないため、キュウビは縮こまりながらも口を開ける。

恐る恐る噛《か》み締めて味わうキュウビ。彼女の眉が寄り、しわが刻まれた。

「すみません。……これは好んで食べる味ではないですわね。強《し》いて言うなら、とても美味《おい》しくない、という言葉が一番しっくりくる気がします……」

キュウビはそんな感想を、困り切った視線と共に風見に返した。これで勘弁してください、と耳まで萎《しお》れさせている。風見は「ありがとう」と深い感謝を告げた。

「これは……口当たりはともかく、食材として味が薄いのが問題ですわね」

「うん。まあ、食料事情は別物で改善していけばいいよな。それに、品種改良しなくとも、畑や畜産が発展すれば十分に味をカバーできそうだし。これを主役に据《す》えなくていいか」

「あの、シンゴ様。そうと考えているのなら、何故わたくしにまで食べさせたのですか……？」

ふむふむと計画を自己評価する風見に対し、キュウビは追及の目を向けた。

一方、エルフ側ではフラムやバルドが炭団《たどん》の話をしつつ、帰還した戦士長にこのカボチャの試食をさせようと詰め寄っている。リードベルトの反応はキュウビとは違うものだった。彼はスプーンを前に出されても逃げず、仏頂面《ぶっちょうづら》でそれを見つめていた。『これはなんだ。どうせよと？』という視線をフラムに返す。

「戦士長さんもどうぞ」

フラムに続き風見も是非に、とすすめる。

「ふむ。突然入ってきたこの身でも、ご相伴《しょうばん》に預かってもよいだろうか？」

「ちょうどエルフ側の意見も広く集めたいと思ってたとこなんだ。傑作《けっさく》とはいかないんだけど、味見をしてもらえるなら、ぜひ頼みたい！」

「それならばありがたくいただこう」

リードベルトは早速料理を口にした。彼は周囲の雰囲気も全く気にせずに、じっくりと味わって咀嚼《そしゃく》している。その様子はさながら、達人の板前のようだ。

この厳しい顔からいったいどんな鋭《するど》い批評が飛んでくるか、と風見は固唾《かたず》を呑んで見つめていた。

十秒が経過し、リードベルトはようやく口を開く。

「なるほど。いい味だ」

「はいっ……!?」

想像とは真逆の言葉に風見は目を丸くするが、リードベルトは嘘とは程遠い真っ直ぐな視線だ。

しかも彼は感想のみならず、質問まで口にする。

「これは生産や保存にも適しているのだろうか?」

風見はこの事態を理解するのに、数秒も要してしまった。

「それは……まあ。手入れもしていない土地で大きく育っていたし、カボチャは元来涼しいところに置いておけば、数ヶ月単位で保存が利くはずだけど」

「そうか。ならば実に喜ばしい」

表情は変わらないが、声は若干《じゃっかん》変わる。彼は真実そう思っているらしく、声に力がこもっていた。

「飢《う》えた時にはこれほどの食料はない。それだけ保存が利くなら、最も窮《きゅう》する冬季の備えにもなる。皮は燃料としても使えるのだろう? 良きものと言う他ない」

深く頷《うなず》いた彼は、自分で取るとまた新たに料理を口にしていた。嫌な顔一つせず、咀嚼《そしゃく》している。

そしてじっくりと味わった末に呑み込み、また風見に視線をやった。

「猊下《げいか》、一言よろしいだろうか」

「あ、ああ。なんだっ⁉」

風見は教師に指名された時のように慌てて返事をする。一体どんなことを言われるのか、と緊張の面持《おもも》ちで言葉を待った。

「元はといえば、何の関係もないエルフのために苦労を買って出てくださり、感謝の言葉もない。あなたがおこなっていることには、我らが思いつけなかったこと、我らではできぬことがあった。できうるならば、この他にもご助力を願いたい」

「……え⁉　あ、ああ。できることはやりきっていくつもりだ」

「握手を交わしていただいても構わないだろうか」

「それはもちろん。まだ大したこともしていないので、そんな言葉は恐れ入ります」

そうしてひとしきり握手を交わすと、彼は「これにて」と言い置いてその場を去った。

いかにも堅物《かたぶつ》そうに見えた彼が、こんなにもいい人として挨拶《あいさつ》していくなんて、風見としては予想外だ。遠ざかっていくリードベルトの背を、いつまでも目をぱちくりさせて見送る。

「キュウビと一緒にいたってことはあの人がエルフの戦士長なんだよな？　意外と理解がありそうな人に思えたんだけど」

風見の呟《つぶや》きに応じたのはフラムだ。

「ええ、もちろんですよ。あんな怖い顔をしていますが、戦士長は仲間思いのいい人です。私たちの父と母もエルフの戦士でしたが、以前、魔物に殺されました。戦士長はそんな子供を保護して、大人になるまで育ててくれたりもしていて、深く感謝している人はいっぱいいるんです」

ね？　とバルドに同意を求めるフラム。彼も強くそう思っているらしく、深く何度も頷《うなず》いていた。

あの厳《いか》めしい顔は、心労や責務のせいで凝《こ》り固まってしまっているだけだという。

二人の話を聞くと、子供に囲まれて強面《こわもて》をくにくにと引っ張り回される彼が頭に浮かぶ。はにかんで顔を見合わせる二人を見るに、あながち見当違いでもないだろう。

そして、バルドははっと気付いたように風見に声をかける。

「すみません、猊下《げいか》。自分はちょっと戦士長に報告をするため、抜けてもいいでしょうか？」

「気にしないでくれ。こっちはこっちでやっておくよ」

「それでは失礼を！」

敬礼し、そう言い残すと、バルドは小走りでリードベルトの後を追うのだった。

†

リードベルトとバルドは揃って族長の部屋にやってくると、報告を始めた。

リードベルトは、エルフの総意としてドリアードに協力する旨《むね》を伝えたことを、バルドは風見やナトの様子、今回の収穫などを、族長に報告する。

「自分としては無事に終わってくれてほっとしています。精霊がどういう思惑で助けてくれたのかわかりませんが、フラムが怪我をせずに済みましたから。ただ、今まで争ってきただけに、こうも簡単に関係が変わってしまうと違和感を拭《ぬぐ》えません」

バルドの言葉に、族長は頷《うなず》く。

「今までの方が異常だったのじゃ。元来、森の魔物は大人しい。自然の規律に沿う限りは手を出してくることもない。長命で強力な魔物ほどその傾向なのは、知っておろう？」

以前、似たことを議論した族長は、この事実を盾にリードベルトに目をやる。だが、彼はその視線も仏頂面《ぶっちょうづら》で受け止め、心が揺れているバルドに向かって口を開いた。

「しかし、知性ある生物はそれを狡猾《こうかつ》に利用し、背を刺すこととてある。今回のことを忘れるべきとは言わないが、警戒心もゆめゆめ忘れぬように。奴らに気を許しすぎるな」

「そ、そうですよね。はい、戦士長。少なくとも警戒は怠《おこた》らないことを肝《きも》に銘《めい》じます」

「……まあ、それも悪くはなかろうよ」

猜疑心《さいぎしん》を忘れないリードベルトと、若者らしく惑《まど》うバルドと、穏便な族長。三者三様だ。

族長はいつかの物思いがある視線で見つめていたが、それを気取られる前に普段の目に戻る。そして、逸《そ》れていた話題を元に戻した。

「ではこれよりどうすべきか、その方向性は定《さだ》めておくべきじゃな」

族長がそう言うと、バルドは樹皮のノートに記していたメモを読み始める。

「猊下《げいか》は今後、他の街などで成功している技術を試してみるつもり、とおっしゃっていました。なんでもタイヒだとか、鳥の飼育や魚の養殖池だとか。そのために明日はスライムを探すと。あ、そういえばこれは別件ですが、野良ネズミや哺乳類《ほにゅうるい》も探すとかなんとか……？　そして作ったものを緩衝《かんしょう》地帯に置いても、荒らさないようにと、魔物側に話を通してくれるそうです」

バルドも全容を把握していないので大雑把な説明だが、風見が多くの対策を同時に展開しようとしていることだけは確かなようだ。

ふむと顎《あご》を揉《も》んだ族長は、リードベルトに意見を問う。

「リードベルトよ、それに口を出すことはもうないのか？」

「その一端は先ほど目にしてきた。彼に悪意は見えない。我らが知らない技術を、我らのために、形にしてくれている。これに関しては、私の用心が過ぎていた。我らが頭を悩ませるべき点は、彼の技術を如何《いか》に生活に合った形で吸収できるかだろう。否定すべき点は見当たらない」

「お前が言うのならば、間違いはなかろうの」

当初は心配の種だったリードベルトも、精霊相手の事柄以外では眉をひそめない。これも風見がエルフのために行動していることを見聞きしたからだろう。

族長としては感慨深い。こんな変化には、一つの古い記憶まで思い起こされてしまう。

——そう、赤い竜に跨《また》るマレビトとエルフも、こうして関わったことがあった。

ふとそんなことを思い出した族長は執務席から立ち上がると、窓から外を覗く。遠い眼下の広場では、風見らがまだ何かをしていた。

「どれ、儂《わし》も後で猊下《げいか》に会ってこようかの。じっくり話す機会も必要じゃ」

彼らのみに任《まか》せては伝わらないものもあるだろう。彼の人となりに興味を持った族長は、楽しげに呟《つぶや》く。けれども、バルドはそれに驚いた様子で食いついてきた。

「え、族長がですか⁉」

「何が悪い。人伝《ひとづて》でしか彼の人となりを知らないようでは、判断を誤るかもしれぬじゃろうが」

「しかし族長の職務が終わるのは夜です。彼はその時間だと、里の外で精霊やドラゴンと一緒にいますし……」

「それでは、こちらから何もしなければ森の魔物は安全、と儂自《わしみずか》らが会って証明してくるとしよう。若い者だけに前を歩ませては、説得力もない」

そう言われると、バルドは諫《いさ》める言葉を失ってしまった。

困り顔でリードベルトを見つめると、彼はため息混じりに代役を買って出てくれる。

「だが、族長。そのようなことをして、精霊があなたを殺《あや》めたらどうなる？　奴めはそれが狙いかもしれないではないか」

「その時は側近を次に据《す》えればよい。もう数十年と傍《そば》にいたのだから仕事は覚えておる。何も困ることなどない。むしろそれでボロを出す程度ならば、頭を悩ますこともなくなるであろう？」

囮《おとり》捜査とでも言うべきだろうか。確かに一理あると、それ以上はリードベルトも口を出せなくなっていた。それはどうなのだろう、と困って族長を踏み止《とど》まらせようとするバルドをよそに、話は族長の意向を汲《く》む形で固まったのだった。


夜、族長は自分の言葉通りに、一人で里の門へと向かっていた。

その手には体が温まるように、と飲み物に加えて軽い夜食を持っている。

「ぞ、族長！　こんな夜中に里の外に出られるなど！　しかも草原にはドラゴンや精霊がいるのですよ!?」

「それについてはもう話はついておる。邪魔するでない」

あわあわと引き留めようとする門番の制止を躱《かわ》すと、族長は杖を突きながら里の外に出た。

目標は夜でもよく見える。月明かりの下、大きなシルエットとなったアースドラゴンに近寄ると、ぐるると牙《きば》を剥《む》かれてしまった。

改めて見ると大きなドラゴンだ。以前見た赤のドラゴンよりもさらに大きい。土色の竜鱗《りゅうりん》。夜でも白く光る牙《きば》。老骨など枝木のように一払《ひとはら》いで薙《な》ぐことができる鉤爪《かぎづめ》。

どれも全くもって、強くたくましい。感嘆の息さえ吐いてしまいそうであった。

さて、このドラゴンはどうすれば主《あるじ》に近付かせてくれるのか、と族長は頭を悩ませる。

そんな時、体を丸めていたドラゴンの向こうからキュウビが顔を出した。

「あら、このような時間にあなたが何用ですの？」

「おお、ココノビの。よく出てきてくれた」

彼女が大人しくするようにと手をかざすと、ドラゴンはお前が命令するなと迷惑そうにしたもののしぶしぶ動きを止める。

「それで、質問に答えていただけますか？」

「お前さんがいるのなら、ちょうどいい。少々あれと昔話をしに来ようと思ったのじゃ」

「――そうですか」

『あれ』と、その一言で通じるものがあった。頷《うなず》いた彼女は族長を手で招く。

「ならばこちらへ。彼女はシンゴ様と一緒にいますわ」

キュウビについていくと、風見は確かにそこにいた。だが彼は、何故かナトに背後からアイアンクローよろしく頭部を鷲掴《わしづか》みにされた状態で座っている。

案内を終えたキュウビは風見の隣に戻ると、彼に腕を絡めて寄り添う。ふわりとした尾が毛布の代わりに彼を包み、温かそうだ。

「これはまた、猊下《げいか》は女子《おなご》に囲まれた様子であったか。儂《わし》は邪魔だっただろうか」

族長のセリフに素早く返したのはキュウビだ。

「ええ。わたくしと彼女は、今からシンゴ様に蕩《とろ》けさせてもらえるところでしたのに。それはそれは甘美《かんび》な夜の味を教えてくださるのです。衆目《しゅうもく》に晒《さら》せるものではありませんわ」

「嘘をつくな、嘘を。俺は何もしていないから。第一、こんなに寒い野外で、しかもエルフの監視下で、変なことをする気なんて起きないからな⁉」

風見はそう言うが、キュウビはうふふと微笑むばかり。少しくらいは手を出してくれてもいいのに、と訴《うった》えるように彼女はより深く腕を抱きしめる。一方のナトは相変わらずの半目で呟《つぶや》いた。

「そう、それは嘘。本当は彼が私の虜《とりこ》になってる」

「読んで字のごとくの虜囚《りょしゅう》状態だけどな。物は言いようだなってつくづく思う」

こんな風に頭を掴まれた状態ですから、とでも言いたげに、風見は言葉を返す。今日も今日とてタマとナトの様子を見にきた風見は、帰り際にこうしてナトに捕獲され、今に至っているのだという。

一人には寄り添われ、一人には頭を鷲掴《わしづか》みにされ……。随分とシュールなシチュエーションに、族長としては引いた笑みを禁じ得ないのだった。


「それで族長さんは、こんな夜中に何か？」

「ナトゥレルと古い話をさせていただきたく。我らエルフとは何百年と敵対したままで、会話すらままならなかったからのう」

その言葉に風見はふと違和感を覚えた。

——そう。エルフ側の人間から、ナトゥレルと彼女の名前を聞いたのは、初めてではなかろうか。ずっと敵同士であり、話すこともなかったと彼は言った。それなのに彼女の名前は知っているのは奇妙に思える。すると、風見の疑問を見て取った族長は、続けて言う。

「あなたが思う通り、我らは以前から見知っている。そのココノビ然《しか》り、ナトゥレル然《しか》りじゃ」

族長の視線に促《うなが》されてキュウビを見やると、彼女も異論はないらしく、頷《うなず》いた。

「随分と昔の話ですわ。わたくしがここにお父様と訪れた時の話ですから」

「というと、千年くらい前の……？」

キュウビは微笑み、そっと頷《うなず》く。そして族長も頷《うなず》いた。

「今は族長としての身であるが故《ゆえ》に、近年の関係をふまえて隔絶を選んでおった。しかし本心では、森と生きられるのならばそれに越したことはないし、このナトゥレルとも争いたくはないと思っておる。個人としては、猊下《げいか》の働きに期待させていただきたい」

「それはもちろん構いませんが、でもなんでまたナトを好意的に思われているのですか？　こう言うのもなんですが、エルフと精霊は敵同士ですよね？」

「相違ない。確かにそうじゃ」

族長が深々と頷《うなず》くと、同じくしてナトの手の力が若干《じゃっかん》緩んでくる。ちらと彼女の方に視線をやると、物思いに沈んでいるらしく、目は合わなかった。

そこで、族長が代わって口を開く。

「そもそも精霊と呼ばれるこのナトゥレルは何者か。あなたはご存知か？」

「いや、あまり。ふっと消えたり現れたりできる魔物。持っている情報はそんなことだけで、よくわかりません」

「魔物と言うには、こやつはいささか妙ではなかったか？」

「それは確かに」

改めて考えると、彼女は変な存在だ。ナトは人に対して明確な敵意を抱《いだ》いているわけではないし、共存の道を探してさえいる。

それは彼女が精霊と呼ばれる存在だからだと風見は考えていた。

「ならばお答えしよう。だが、その前に長い昔話を先にお聞き願いたい。我らの森がどのような歴史を歩んだのか。どうしてエルフと精霊がこのような関係なのか。それらもはっきりすることだろう。我らの問題は、捻《ね》じれているようで、その実ほんに単純なことなのじゃよ」

族長はそう言うと、静かに語り始める。

「そもそも、儂《わし》が出会ったマレビトは、あなたが初めてではない。それ以前にもう一人おる」

先ほどキュウビは、父である二代目のマレビトとここを訪れたと言っていた。彼のことだろう。

キュウビに目をやってみると、どうやら正解だったらしく頷《うなず》き返される。

「今から千年前。わたくしのお母様が帝都で亡くなった後のことです。その頃、世界はある事柄に頭を悩ませていました。それは、魔獣《まじゅう》の欠片《かけら》が各地にばら撒《ま》かれる事件です」

「欠片《かけら》って……そんな、二つに分裂するヒトデじゃあるまいに」

「それに近しいものです。その魔獣《まじゅう》は尋常でなく巨大なスライム――ヒュージスライムと呼ばれる酷く単純な生物でしたから。欠片《かけら》の力は本体に比べて格段に落ちますが、それを手に入れたある人物が各地にばら撒《ま》いて混乱を巻き起こそうとしたのです」

「……その人物っていうのは？」

「ちょうどシンゴ様とアカネと似た関係ですわね。世界に愛されたお父様と、虐《しいた》げられた者。そんな形ですわ。結果、あちらは世界を逆恨《さかうら》みしたのです。もっとも、それはもう終わった話ですから、気にする必要はありません」

キュウビも父であるマレビトに付き添い、多くの冒険をした身だ。話してしまえばいくらでも脇道にそれてしまうと苦笑し、「そちらは二人きりの時に寝物語にでも」と話を閉じる。

そこでナトが話しだした。

「そのヒュージスライムが、この森にも撒《ま》かれた。当時のエルフはまだ少数民族のようで団結もしていなかったし、対応に苦慮《くりょ》していた。ドリアードは今と変わらないほど巨大だったけど、相性が悪すぎて手を出せなかった」

「相性？」

その時の光景はナトも目撃していたのだろう。

あれだけ規格外の体を持つドリアードでも手出しができなかったとは、相当厄介な能力を持っていたはずだ。風見が首を傾《かし》げていると、その理由をキュウビが補足してくれる。

「ヒュージスライムは陽属性を用《もち》いるのですが、能力は単純です。スライムとしての同化と吸収、そして成長を魔獣《まじゅう》としての規格外の力で増強しているのですよ。その結果、消化できるものなら触れた瞬間に同化されます。ただひたすら周囲を同化し、膨《ふく》れ続けるのです。火や雷といった生体を傷つけやすい律法を持つ生き物がほぼ皆無のこの樹海では、まさに最悪の存在でした」

「触れた瞬間にアウト、ってことか」

スライムの特徴をそのままに規格外の力で増強したら、脅威的な化《ば》け物《もの》ができあがることだろう。

風見の言葉にキュウビは頷《うなず》く。

「同じマレビトとして、お父様はそれを看過できなかったのです。幸い、わたくしもお父様もハチも炎を扱えましたから、この森に蔓延《はびこ》ろうとしていた欠片《かけら》を焼き滅《ほろ》ぼしにきたのですよ。その時に共闘したのが、彼女――ナトゥレルです」

「なるほど。今みたいに、魔物の代表役を買って出たんだな？」

「いいえ。彼女はエルフの代表。戦士長でした」

「は？」

予想外の言葉に、風見は耳を疑った。

エルフは亜人と同じく人間種の一つだ。当然、体も律法の性質も魔物とは似ても似つかない。律法を長時間発動することはできないし、発動には必ず詠唱が必要となる。しかし、ナトはそんな素《そ》振《ぶ》りを一度も見せなかった。それに加えて、一瞬にして消えたり現れたりしたこともある。そんな彼女をエルフと言い張るのは、無理があるだろう。

そう思ってナトを見ても、彼女はただただ押し黙っていた。

ならば、本物のエルフはどう説明するのか、と風見は族長に目を向ける。

「それが真実じゃよ。儂《わし》が童《わらべ》だった頃、こやつはエルフの戦士長をしていた。この森を訪れたマレビトと行動し、エルフと森を救おうとしていた」

「いや、それが本当だったとしても、どうして――？」

魔物がエルフと共に生きていた？　ナトは今も実はエルフのまま？　そんな可能性が思い浮かぶが、どちらもあり得ることとは思えない。

風見が戸惑う傍《かたわ》らで、ナトはきつく口を噤《つぐ》んでいた。

もし本当に元エルフの戦士長だったとして、今のこの状況はどうだろう。エルフ全体に名指しで恨《うら》まれているのだ。辛くないはずがない。

気付かぬ間にナトを傷つけていたことに、風見はハッと気付く。不意に彼女と目が合った。

「……うん、今の私は化《ば》け物《もの》。それは本当」

「ご、ごめん……。傷つけるつもりじゃなかった」

「別にいい。これは真実だから」

とうに受け入れたことだ、とナトは風見に穏やかな視線を送る。

キュウビはナトを少し気にした様子だったが、思いきったように口を開く。

「退治は概《おおむ》ね、上手くいきました。山岳樹ほどに大きく成長した個体や、欠片《かけら》が二つに根別れしたものがさらに森を枯らそうとしていましたが、ハチとお父様の力で焼き尽くせました」

「そんな規模でも燃やし尽くせるものなんだな……？」

「ええ。ハチ単独では無理だったでしょうが、お父様の力もありましたから。人と魔物の律法を合わせる相加術のみでも、凄《すさ》まじい威力なのです。そこにドラゴンの力も交わった完成系の律法ならば敵などありません。いずれ、シンゴ様もその域に至ることができますわ。と、そちらは話が逸《そ》れてしまいますわね」

父やハチ――レッドドラゴンの話となると、つい饒舌《じょうぜつ》になりがちなキュウビだ。彼女は自分で気付くと、すぐに話を元の方向へ戻す。

「概《おおむ》ね上手くいっていたのですが、欠片《かけら》が二つに根別れしたことを見落としていたように、討《う》ち漏《も》らしがあったのです。彼女は単身でそれの対処に向かったのですが、失敗しました」

その続きについては、その場にいなかった自分より本人の方が詳しい――とキュウビはナトに目をやる。こくりと頷《うなず》いた彼女は自分のエルフとしての最期《さいご》を語り始めた。

「私がヒュージスライムに食われた場所が、あの寝床。あそこを流れる水脈を通って、欠片《かけら》が行きついていた。その状況がドリアードにとっては好都合だった。ヒュージスライムの能力は陽の下でしか発現しない特性がある。だからあの暗がりには閉じ込めやすかった。それに、小さく分かれて弱ったスライムは、一つに集まりたがる習性がある。もし討《う》ち漏《も》らしがあっても、全てがあそこに集まるように、とドリアードは欠片《かけら》を生かしながら封印した。その結果が、今の私」

それが、千年前の事の顛末《てんまつ》らしい。

けれどここで終わると一つ疑問が残ってしまう。風見は不思議そうな顔でナトを見つめた。

「それなら、今ここにいるナトはなんなんだ？　無詠唱の律法も使っていたし、エルフのままってわけでもないんだろ？」

「彼女はヒュージスライムの欠片《かけら》と、彼女の亡骸《なきがら》を元に育った木が作った存在です。ドリアード様に近いかもしれないし、スライムが操《あやつ》るスケルトンに近いかもしれない。どちらにせよ、もうエルフではありません。魔物に寄っていて、ある意味、わたくしのようなハーフに似ているとも思います」

キュウビの言葉に、ナトはこくりと頷《うなず》く。表情には、相変わらず大きな変化はなかった。現状をどう思っているのかは、わからない。かつて人間種の一つ、エルフだった感情の名残《なごり》はもうないのだろうか。

風見としては、彼女が最初から魔物だったと言われた方が、よほどしっくりきそうだ。

すると、族長は風見の心境を察したのだろう。ナトに視線を向けるばかりだった彼は、こちらを見ると「無理もなかろうて」と言葉を向けてくる。

「その裂け谷からナトゥレルが解放されたのは、二、三百年後の話。その時のこやつには生前の記憶なんてなかった。額縁通りの精霊として、エルフとも敵対しておった。じゃが、だんだんと記憶を取り戻したのじゃろうな。次第に、出会っただけでは手を出さなくなった。そして今では、森の禁忌《きんき》として知られる規律を破った者だけにしか、攻撃せんようになった。こやつは今でも、エルフという種を守るために戦士をしておる。リードベルトとの違いは、立ち位置だけなんじゃよ。ナトゥレルがおらねば、我らは未だに森に散在する少数民族だったやもしれぬな」

それに深く感謝をしており、同時に悲しくも思っている、と族長は複雑そうな心境を顔に表していた。彼はそのままナトゥレルを見つめるが、彼女からの言葉は何一つない。事実は事実と頷《うなず》いて肯定するだけである。

きっと一部の記憶は思い出せても、人間らしい感情は未だに取り戻せないのだろう。

風見としては、これでようやく繋がった気がした。

以前、彼女にどうして森を守るための行動に出たのかと聞いた時、彼女は『自分が生まれ育った場所だから』と答えた。それはきっと、〝エルフとして生まれ育った場所〟だからなのだろう。そんな彼女が本当に守っているのは、森でも魔物でもなく、エルフだ。

感情を忘れてしまっても、仲間は守らねばいけない、と体に刻まれた記憶に突き動かされているのだろう。ナトは、魔物としてエルフの過ぎた行為を律することで大を守り続け——結果、樹海に少数民族のように点在していたエルフは、今のような集団となることができた。

だがそんな彼女は、困った末に風見を森へ連れてきたのだ。魔物側としてエルフを律することしかできなかった彼女としては、それがエルフに対してできる精一杯だったのだろう。

エルフの中には、この族長以外に当時の彼女を覚えている者はいないという。

族長が悲しげに彼女を見つめる理由が、風見にもようやく理解できた。

「……ナトは、そのために一人で頑張ってきたんだな」

「知らない。覚えてもいない。森が上手くいくならそれでいい。重要なのはそれだけ」

ナトは首を振る。

族長が言うような理由を、彼女ははっきりとは覚えていないようだ。風見はなんだか切なくなる。

こんなひたむきな話に彼は弱い。たとえ昔のことを覚えていなくとも、たった一人でここまでやって来た彼女には報《むく》われてほしいし、協力したいと思ってしまう。

彼女らの間にある誤解を解くことまではできないかもしれないが、少なくともエルフと森の仲裁はやり遂《と》げてやりたかった。

風見は改めて族長に向き直る。

「お話ありがとうございます、族長さん。そういう話を聞けて、なんというかとても安心しました。エルフも魔物も、武器を取っていがみ合っているなんて思っていたけど、本当はそんな形だったんですね。それだけ聞ければ満足です」

ナトの話だけでは、絶対にそんなところまでわからなかっただろう。

彼女はもうアイアンクローはやめてくれていたが、未だに風見を逃がすまいと服の裾を握《にぎ》りしめたままだ。帝都から突然拉致《らち》したり、クロエを連れ去ったりしなくとも、言葉を介してくれたらこんな苦労はなかっただろう。この困り者にせめてもの復讐《ふくしゅう》として、風見はむにぃと頬をつねってやった。

彼女は手を避《よ》けないし、顔を背《そむ》けもしない。困った顔もしないで見つめ返してくるだけだ。

「やられたい放題だな、ナトは」

「痛《いふぁ》くないから。それ《ふぉれ》くらい、好《ふ》きにしていい」

両手でくにくにとやっても、ナトはされるがままである。彼女はこんな調子で、目的のためなら自分に降りかかるどんな辛さも甘んじて受けてきたのだろう。誰かを守って立つ戦士長とはそういうものだという意識を、気が遠くなるほどの期間も守り続けてきたのだ。

ここまで不器用な人間は、風見も初めて見た。ため息をつき、悪戯《いたずら》をやめる。

「俺は俺にできることを精一杯する。それで、すぐにクロエを返してもらうからな？　ただし、クロエに何かがあったら承知しないぞ」

「善処する」

「善処じゃダメだ。約束してくれ」

あまり信用ならないナトの声に、風見は苦笑を浮かべて念を押す。

それだけは絶対に譲《ゆず》らないと力を込めて言うと、彼女はわずかな沈黙の後に「……わかった」と頷《うなず》いた。一度そう言ってくれたからには、彼女はきっと愚直《ぐちょく》に守ってくれるだろう。

風見はそれでようやく安心し、表情を緩める。すると、そんな彼の顔にぽつりと一滴の雨が落ちてきた。ふと空を見上げると、ぽつぽつと続いて数滴の雨粒が落ちてくる。

その感触に目を覚ましたタマも大きな頭を持ち上げ、空を見上げ始めた。

「うわっ、雨か」

「あらあら、これは荒れますわね。シンゴ様、さすがに今日は戻らないと大変ですよ？」

キュウビは問いかけてくる。それに対して急に思案顔になった風見は、「大雨か？」と意味深に問いかける。キュウビが頷いて返すと、彼はエルフの里へと視線を向けた。建物の配置を思い出しているのか、それに関することをぶつぶつと呟《つぶや》いている。

そうしてしばしの思考を終えた風見は、族長に視線を向けた。

「族長さん。ここは川の周囲ですよね。大雨になると冠水《かんすい》する部分もありますか？」

「まあ、そりゃあのう。儂《わし》らも土地を選べるほどの暮らしはできておらん。土を盛ってはおるが、数軒は床に水が染み出してくることがあるのが、困りもんじゃ」

ならばやっぱりいろいろと対策する必要がある、とまた思考を整理し、風見はすっくと立ち上がる。

「嵐が来るなら族長さんは対策の指示を出さないといけないですよね？」

「ああ、そうじゃの。体も冷えてしまったし、そろそろお暇《いとま》させていただく。お前さんも雨に降られては困るから、ついてくるじゃろう？」

「いや、俺はここにいます。族長さんには二、三、お願いがあるんですけど、いいですか？」

キュウビも、てっきり彼は帰るものと思っていたらしい。砂を払って立ち上がりながら、族長と一緒になって意外そうに見つめてくる。

「まず、衛兵の人に俺とナトから目を離さないように言っておいてください。それが一つ目です」

「……？　まあ、やれと言うなら構わんのじゃが……」

風見を不審がるエルフは少なからずいる。そういった者は、監視を強化すべきだ！　と荒々しく直訴《じきそ》してくるくらいなので、それに関しては全く問題なかった。無礼を許してくれるのなら、族長としても気兼《きが》ねがいらない。

「二つ目に、手が空《あ》いている人で、倉庫や家にネズミ返しを設置しておいてください。大雨で野ネズミが民家などに入り込んでくることがあります。細かい説明は省きますが、そいつらがいくらでも入ってくると、よろしくないことが起きるんです」

「ふぅむ。食料を食い荒らされることもあるし、そういう手配もあれば、備えとなるじゃろうか」

それは盲点だった、と族長は頷《うなず》く。

「最後に。嵐の間、建物の補強などで走り回る人がいると思います。そういう人は、撥《は》ね返りの泥などで汚れた手を必ずよく洗うように、言ってください。口に入った時はうがいして、食べ物を食べる時は、加熱したものを綺麗な手や食器を使って食べてください」

「うぅむ？　そうじゃな。それが必要というなら、大した手間ではないだろうし、できるだけ守るように言っておこうかの」

族長は無理がないと認めると、前向きに検討する形で話を進め、杖をつきながら里へ帰っていった。

それを見送った風見は、その場にまだ残っているキュウビにも視線を向ける。

「キュウビはいいのか？　ここにいたら雨に打たれるぞ？」

「構いませんわ。それに、わたくしがここにいなければ、シンゴ様が凍えてしまうではありませんか。濡《ぬ》れ着ならわたくしが乾かしましょう」

そんなことを言った彼女は後ろに回り込むと腕を絡め、抱きついてくる。彼女のゆったりとした着物は、まるで毛布が被さったかのように温かく、風見としては願ってもない申し出であった。

「そっか。ありがとな、キュウ――」

「ココノビとお呼びくださいな」

「レッドドラゴンはそう呼んでいたっけ。それって大事な名前なんじゃないのか？」

「はい。ですがシンゴ様なら構いません。わたくしはこんな生まれですから、悪名も数知れずあるのです。そんな文言でお父様からいただいた名前を汚したくなかっただけで、親しい相手にまで隠す必要はございませんから」

だからどうぞお呼びください、と彼女は耳元で甘い声を出す。

そんな色香《いろか》に、風見はぞわぞわと色欲を刺激されそうになるのだが、今日のキュウビは悪戯《いたずら》だ。

自分からすっと離れると、正面に居直って正座をし、「では、呼んでくださいな」と狐耳を立ててくるのである。昔話をしたせいか、どことなく、いつもより雰囲気が幼く、攻め方が卑怯《ひきょう》にも思える。

風見は思いの外照れくさいものを感じながらも、彼女が待ち望んでいる名前で呼んだ。

「わ、わかった。ココノビ、一緒にいてくれるなら嬉しい」

「そのままくしゃくしゃと頭を撫《な》でてくださいな。こう、十秒くらいかけて、ゆっくりと」

「この上にもっとなのか!?」

はい、と貞淑《ていしゅく》な表情で微笑んだ彼女は、風見の手を掴むと誘導する。躊躇《ためら》いがちだった彼の手が、ひとりでに動き出すまで補助をし、その後は目を閉じて感触を味わっていた。

自分よりもずっと長生きをしている女性にはかえって失礼じゃ、と風見は困り顔で続ける。

「な、なあ。こんなのでいいのか？」

「ええ。むしろこれがいいのです。こうしてくれる人なんて、ずっといませんでしたから」

柔らかく答えた彼女に返す言葉が、風見には思いつかなかった。たったこれだけのことなのに、そこに詰まった重みが彼には計りきれない。

そのまま彼女が望むだけ続けた末に手を離すと、彼女は思い出したように話を再開させる。

「あの指示は、何も考えがなく言ったものとは思えません。それでシンゴ様は、一体何をしようとされているのですか？」

「ナトが誤解される理由になった事件を二つ聞いたんだ。一つは蜂蜜《はちみつ》や肉類の加工品に毒を盛られたこと。二つ目は嵐の時に出血毒か何かを混ぜられたことだって。俺はその誤解を解こうと思ってる。俺が知っているのと似た病気なら、これが絶好の機会だし、蔓延《まんえん》を未然に防げるタイミングだと思ったんだ」

「そんな病《やまい》があるのですか？　なるほど。これを聞くのは本来、クロエの役目なのでしょうが、今日はわたくしが代わりましょう。嵐が去るまでまだまだ時間はありそうですし、いくらでも語ってくださいな」

「んー、そうだな。じゃあココノビ用に、どうせなら基本からいってみようか？」

あ、しまった、とキュウビは心の中で声を漏《も》らす。ついつい言ってしまったが、彼はこうなると、難度高めなことを初心者にも懇切丁寧に――容赦なく説明してくれるのだ、と今さらながらに思い出していたのであった。

第三章　古くから変わらないことがあります

ぽつぽつと降り始めた雨は、キュウビが言った通り嵐となり、二日も続いた。

どんな時でも生活水を得られるように、と川沿いを住処《すみか》に選んだエルフであったが、こういう時ばかりはそれが災《わざわ》いする。川の両岸に根差す二つの大樹によって支えられた一部の家屋は、事なきを得た。しかし地面に建てられた家屋は、数十センチほど床上浸水したのだ。

もちろん、被害はそれだけではない。平地にある畜舎や畑もまた、浸水被害を受けていた。

けれど大したことはない。所詮は浸水なので、建物が壊れることもなく、『掃除が大変だなぁ』とか『家が傷《いた》むなぁ』という程度。作物は直前に収穫してしまえばよかった。

これも自然と共存するための必要経費であり、仕方がない。今も昔もエルフはそう思って過ぎた嵐の後始末をし、元の生活へ戻っていくのだが――

「――そこに落とし穴があるそうですわ……」

嵐が晴れた朝、風見のもとにやって来たリズは、見るからにやつれているキュウビからそんな話を聞かされていた。原因は言うまでもなく風見である。

「あれの言葉なんて、よく覚えられるね。私には無理だよ」

「うう、これが努力した結果だと思いますの……？」

覚えたくて覚えたんじゃない、とキュウビはぷるぷると肩を震わせた。

リズとしてはよくわかるのだろう。普段のような冷たいあしらいが、今日はない。

「シンゴ様は悪戯《いたずら》に対する罰より、こんな時の方がよほどえげつないことをしてくれます。本当はわたくしに恨《うら》みでもあるのでしょうか……」

「いいや、違うね。そんな気もなくやるから、余計に性質《たち》が悪いんだよ」

「ええ、そうですわね……。あのキラキラした瞳で語られると、止めるに止められず……」

風見はあれでもひ弱な人間だ。何の特殊能力もない。だからキュウビとしては嵐の中、彼を温める必要も感じて草原に残った。体を温める律法を持たないリズらにはこなせない役目である。

つまり、彼を独占する大義名分《たいぎめいぶん》があったわけだ。

無論、キュウビは暖房兼乾燥機として志願したわけではない。炎のみならず肌でも風見を温め、しゃぶるくらいの下心は抱《いだ》いていた。

だって、この嵐の間だけはつまみ食いを止める人がいないのだから。だって、食べちゃダメと言われたお菓子ほど美味《おい》しいものはないのだから。ついでに言えば、旅続きで欲求不満だったのである。昔話をしたこともあり、一層に人肌が恋しくなってしまった。

女狐《めぎつね》として夜も寝かさずに肌を重ねる予定だったのだが、ちょっとした不注意の結果、逆に主導権を奪われてしまい、お座りをさせられ続けてしまった。もうやめてと音《ね》を上げて逃げようとしたこともあったが、なんだかんだと理由をつけられて続けられてしまったのである。

本当に、思っていたのとは立場が逆だ。女狐《めぎつね》として、男なんていくらでも手玉に取れるものと思っ

ていた。それが今や、風見にはカチリと首輪をはめられてしまった気分である。

——い、いや、そんなはずは……

そう思ってチラと風見がいる方向を見やる。彼は全く悪気もない様子で、タマの背をブラッシングしていた。嵐の間、翼を広げてずっと傘になり続けてくれたご褒美をあげているらしい。

何の罪もない女を苛《いじ》めておいて、もう気にも留めていないなんてどういうことかと、普通なら一言物申していたところだ。けれど、復讐心《ふくしゅうしん》の欠片《かけら》も持ち上がらないのは何故だろう。尻尾は怒《いか》りで膨《ふく》らむどころか、きゅうと丸まってしまう。

そうしてむぐむぐと、キュウビがどうにも言葉にできずにいると、リズはため息をついた。

「嫌だったら自分の住処《すみか》に帰ればいいだろうに。シンゴはこの通り、いくらでも面倒を拾ってくるから、お前の住処《すみか》に行くなんてありえんよ。語りたいなら適当に捕まえて終わらせればいい」

「別に話し込みたいわけではありませんわ。興が乗ることさえあればいいのです。庵《いおり》に招待するというのは言葉の綾《あや》ですもの。退屈でなければそれでいいと思っています」

「ふーん。なら、要するにお前は、今で満足しているわけだ」

リズが簡潔にそう言うと、キュウビは「え」と声を出した。何とも心外だと抗議しようとしたのだが——時が経《た》つほどにその言葉は腑《ふ》に落ちてしまう。反論の糸口を見つけたくても、何故かさっぱり見当たらない。まごついていると、リズは言葉を続けてくる。

「他の男じゃ満足しなかったけど、これは否定する気がないんだろう？　だったら目的は果たされているってことじゃないか」

こうしていいようにされる現状に満足しているなんて、変な性癖持ちではないか。そんなもの、当然納得いかないのだが――どうにも筋違《すじちが》いのこととは思えず、キュウビは反論できなかった。

「……第三者の目から見れば、そういうことになるのでしょうか？」

彼女はしばらくすると、困惑混じりではあるが、そんなことを口に出してしまう。

リズに頷《うなず》かれると、キュウビは半信半疑《はんしんはんぎ》ながらも納得する。

「なるほど。それはそれで、気持ちを精査してみるのも面白そうですわ。得難《えがた》い感情ですもの。大切にいたしましょう。……でも、このことはシンゴ様には言わないでくださいましね？」

この新しい刺激に気付いてみると、それを探《さぐ》ってみるのもいい遊びの一つだ。キュウビはリズに向き直ると、唇の前で人差し指を立てた。

特に興味もないリズは「はいはい」と、気のない返事だ。

キュウビは立ち上がって埃《ほこり》を払う。気持ちが晴れたところで、風見からの指示を果たそうと、視線をエルフの集落に向けていた。

「シンゴ様はナトゥレルとここにいるそうですわ。だからわたくしたちが動きましょう」

「一体何をする？　面倒事はごめんだよ」

「お仕事はシンゴ様がしますわ。こちらは人を連れてくればいいだけです」

「誰を？」

「森の魔物との共存に批判的な者ですわ。その筆頭が目的の相手です」

要するに最も頭が硬そうな者である。それは戦士長のリードベルト以外にはいない。リズもすぐに思い浮かんだようだ。

「頭を潰すのは確かに手っ取り早い解決法だろうが、それでノコノコとついてくるかな？　それこそ疑《うたぐ》り深くて、理解も示さん筆頭だろうに」

「……どーしてわたくしがこんな風にやつれたと思っていますか。策はもう擦り込まれましたわ」

先ほど振り払ったはずの暗雲をまた背負ったキュウビは、乾いた笑みを浮かべる。そして深々とため息を吐き出すと、彼女は「もう一撫《ひとな》でくらいしてもらわないと、割に合いません」と愚痴《ぐち》るのだった。

その後、二人はエルフの里に向かった。里は現在、復旧の真っ最中だ。川岸に打ち上げられた流木や、集落を支える大樹の折れた枝を加工して修理に充《あ》て、そこかしこでトンカチの小気味いい音を上げている。

エルフの戦士はこういう時も、周囲を引っ張っていく役だ。大工の親方かと思えば、彼らが指示をしているところが散見された。

「あれらはなんでも屋か」

「あながち間違っていませんわ。彼らは人数が少ないから、大概のことは協力しておこないますし、寿命が長いので経験の蓄積も大きいですもの。大抵のことはできます」

どこもかしこも助け合い、異様なほどに和《なご》やかな風景である。隷属騎士として生きてきたリズは、どうにも奇妙に思えてならないようだ。

そんな彼女に対し、キュウビは彼女にもわかりやすい例を挙げてみる。

「シンゴ様がハイドラの付近に作った集落と似た雰囲気ですわね。身分による格差が少なくて、人が繋がりあっているから、こんな風になれるのではないかしら」

「家族だのなんだのなんて私に言われてもね。こういうお人好しの集団がいて、それを利用しようとする輩《やから》がいないことが信じ難《がた》いよ」

「あら、家族という言葉が聞き慣れませんか？」

「育ちがよくないことは見てわかるだろうに」

何を今さら、と呆《あき》れた息を吐くリズを、キュウビはふふと笑う。

「今のわたくし達がもう家族のようなものではないですか」

「はあ？」

寝食を共にし、旅までしている――とキュウビは指を折り、実例を交えて言う。これこそ今さらではないか。

「今の関係を誰かが壊そうとしたら、狼さんも嫌でしょう？」

「それはまあ、ね。居心地がいいのは認めるよ」

キュウビはリズの後ろから抱きつく。嫌そうに睨《にら》まれるが、それだけだ。

気を張っている相手でなければ、キュウビの能力――陰属性の律法はすぐに作用する。仲良しの姉妹でもなければ許さないことでもこの通りであった。

しかもこの能力は記憶と共に蓄積する。弱い毒が徐々に効くように、気付かないうちに毒されて、キュウビの思い通りに動くものに変わってしまう。そうなればつまらないことこの上ない。

キュウビが風見の傍《そば》を離れがたいのは、彼がこの能力が通じない人間だからということもある。というか、そうだと決めてかかるのが、自分に対する最近の言い訳だった。

「だからこそ、それぞれの努力が必要です。英雄に助けてもらおうと人が思っているだけでは、仮《かり》初《そ》めの平和しか残りません。なにより必要なのは自分で何とかしようという気持ちです」

「ややこしく言うな。要するに、エルフがまともに生きるならシンゴが教える工夫なんかより、自分たちで魔物と折り合いをつけていくことが必要なんだろう？」

「ええ、そういうことですわ」

「そうさせるためにお前が戦士長の鼻《はな》っ柱《ぱしら》をへし折りにいくわけか」

リズの言葉にキュウビは頷《うなず》き、体を離した。

くるりと優雅に回った彼女は、今までの表情を一変させ、彼女らしい狐の笑みを浮かべる。

「シンゴ様には誰しもが思い描く綺麗な英雄様であっていただかないと。小汚い駆け引きは、女狐《めぎつね》が担《にな》うべきお仕事ですわ」

笑みと共に殺気じみたものが出たのだろう。リズが呆《あき》れた様子で睨《にら》んでいる。苦笑で返し、「それより進みましょう」と先導を再開した。

集落を抜けると、道は大樹にぽっかりと空《あ》いたうろの中へと続いていた。それにしてもこのうろは、普通の樹木ではありえないほど広い。表皮以外の中身は全てくり抜いたか、はたまたこの樹自体が張りぼてだったのかとすら思える。しかし、これは真実に生きている樹だった。幹は生き生きとしているし、葉が落ちてくるのがその証拠だ。

「この樹はそういう風に作られているのでしょうね。川の反対側にあるもう一方の樹も、同様だと思いますわ」

「なんでそんなことがわかる？」

「確信はありません。けれど強《し》いて言うなら、森を見回しても他にない樹が、ここには偶然、川の両岸に並び立っているからでしょうか。森に生かされているようだな、としみじみ感じませんか？」

森に生かされている。そこを強調して言い回すとリズは納得した顔を示した。

「あ、ここからは声を出さないでくださいまし。視覚以上のものを弄《いじ》るのは面倒ですから」

キュウビがそう言ったのは、エルフの戦士の詰め所が見え始めたくらいだ。

その辺りになると、警備として通路に立つエルフもいたが、二人は素通りすることができた。

彼らの目には、こちらの姿が見えていないと錯覚させている。エルフが真顔で突っ立っている様子を見ると、キュウビは袖で口元を隠しながらこんこんと笑った。

そして辿《たど》り着いた詰め所は、なかなか大きい。集会場、食堂、会議場、武器の保管庫などを備えており、普通の二階建て家屋の数倍は大きなものだ。戦士長の執務室は二階にある。他とは違って趣向の凝《こ》らされた木の扉には、『戦士長室』とわかりやすく書かれている。

ノックをしたキュウビは「入れ」と声を聞くとごく普通に入室する。リズもそれに続いた。

「失礼いたしますわ。少々、お時間をいただいてもよろしいでしょうか？」

「貴様らは――」

眉を寄せ、護身用の武器か何かに手を伸ばそうとしたリードベルト。しかし途中で思い直し、浮かせかけていた腰も椅子に下ろした。

「かような訪問の連絡はなかった。私には執務があるので、出直していただきたい。特に今は嵐の損害修復で手が足りない状況だ。手伝いの申し出だとすればありがたいが、指揮系統から外れた者では効率が悪い。お引き取りいただきたい」

「あら、それは残念ですわ。では邪魔にならないうちに、わたくしは帰りましょう。時間が空《あ》いた時にまたまいりますわ」

「おい、待て女狐《めぎつね》。だったらお前は何をしに来た？」

幻術を使ってここまで来たというのに帰ろうとしたので、リズも怪訝《けげん》な顔だ。彼女にはこういう駆け引きなのだと表情で語り、リードベルトに肝心な話を持ちかける。

「ここで話を通せたら楽でしたが、ダメならば族長経由で話を通しても事足りますわ。待てば勝手に時間ができることでしょう。それと一応確認なのですが、いくら人手が足りないと言っても、外への警備を外すことはないのですわよね？」

「無論だ。我らはまだあの精霊を信用してはいない。これほどの距離にいて目を離すものか」

「それならば結構。シンゴ様と彼女は、嵐から変わらずにあそこにいます。だからここで何か起これば、全てあなた方が引き起こしたことなのだと理解してくださいね？」

「何が言いたい？」

ようやく食いついてきた獲物にキュウビは視線を向けるが、首を横に振って返す。

「お時間がないのでしょう？　暇ができた時に話を聞いてくだされば、結構ですわ」

相手の言葉を逆手に取ったこの様子に、リードベルトは眉間のしわを深くした。

お互いに失礼の上塗りをした以上、どちらかが下手《したて》に出なければ喧嘩《けんか》別れだ。

そしてキュウビには折れる気はないようである。意味深な言葉がどうしても聞き流せないらしいリードベルトが、仕方なく譲歩を始める。

「言い方が強すぎたようだ、申し訳ない。概略くらいならば、さして時間もかからないだろう。それだけでも聞かせていただきたい。その方が私としても時間を空《あ》ける目途《めど》を立てやすい」

「ふふ、そうですか。では手短に」

口元を緩めたキュウビはリードベルトと向き合う。

彼女は手のひらに何かを載せているかのようなジェスチャーを取る。するとそこにはいつの間にか小さな布の包みが載っている――周囲の目にはそう映ったはずだ。

「陰属性の幻術か」

キュウビの手をじっと見つめ、リードベルトは言う。

「ええ。あなたは警戒心がお強いのね？」

「そのようなことに小慣れているだけだ。続けてもらって構わない」

そんなやり取りをしていると、リズはハッとしていた。

怖い睨みが飛んでくるが、この様子だと竜の巣でしたように数日に一度は夢をいじられている事実には気付いていないのだろう。キュウビからすれば、リズもまだまだかわいい少女である。

「さて、ここに何かがあるとしますわ。それを毒だと知るには、どうすればいいと思いますか？」

「毒がどのようなものなのか指定してもらえなければ、確かめようがない」

「あなたが知らない毒です。見えないし、触れているかどうかもわかりません」

「他の者の意見も聞かねばわからないが、私一人であれば手に余る。調べようがない」

生真面目にそう答えたリードベルトに対し、にぃと笑ったキュウビは彼に近付いていく。

机を挟《はさ》んだ状態で最接近した彼女は、先ほどの手のひらから何かを掬《すく》う動作をしてみせると、その指を彼の唇の前まで持っていった。

「いいえ、方法はあります。簡単なことですわ。銀食器に盛られた毒料理を、作った本人に食わせるのと同じ。服用してみればいいのです」

どう考えても安穏《あんのん》とした内容には思えない例え話に、リードベルトの視線は厳しさを増していく。

だがキュウビは真逆の様子だ。伝えるべきは伝えた、と彼女は清々《すがすが》しい表情を浮かべる。

「それでは失礼いたします。わたくしはシンゴ様や例の彼女と一緒に外にいますわ。時間ができた時にはいらっしゃってくださいな」

そんな言葉を言い残すと、彼女は部屋を出る。どぎつい視線を背に受けながら、リズもそれについて外に出た。

「毒なんてまた、シンゴの好きそうな例えを出したね」

「ええ。けれどあながち間違いではありません。これからここで問題になりそうなのは、勝手に増える毒と言っても差し支えないものですから」

ふふふと性根が悪そうにキュウビが笑う。

このような脅しじみたやり方は、風見ならそうそう取らないだろう。彼なら面倒くさかろうが納得できる理論と証拠をどうにか示したがる。こういうのは、それができない時の最終手段だ。

こういう話はやはり自分の得意分野だった、と笑ったキュウビは笑顔で風見のもとに戻るのだった。

†

床を叩く靴音がする。

エルフとは元来、その長命さ故《ゆえ》に時間に急《せ》かされることはない。明日があるし、明後日《あさって》もある——そんな感覚のまま、一年後も十年後も日常が変わらない彼らである。緩やかでおっとりとした生活リズムなのが特徴だった。しかし、この靴音はテンポが速い。

それは日頃から仕事に追われ、ついつい時間を惜《お》しんでしまいがちなリードベルト特有のものだ。

兵舎で揃って装備を整えていたフラムとバルドは、その音を聞いただけで彼が来ると気がついた。

振り向いてみれば、どうやらリードベルトは自分たちに用事があるらしく、真っ直ぐに向かってくる。

「こんなところでどうされたんですか？　事後処理の総括が忙しいと思っていました」

「なに、総括といっても大したことではない。嵐なんて皆も慣れていることだ。承認待ち、解決済みの案件ばかりで、私の仕事なぞあってないようなものだった。お前たちはいつも通りマレビトのもとへ行くのか？」

バルドに問いかけると、彼は頷《うなず》く。剣を腰に携《たずさ》え、すでに革の胸当ても身につけられている。戦《いくさ》装束《しょうぞく》はもう整っていた。隣に目をやれば、フラムもすでに準備は万端だ。

普段以上に綺麗に揃えられたまつ毛。やけに梳《す》かれた金の髪。希少品のおしろいまで持ち出し、うっすらと化粧をしている。彼女は胸当てを身につけていない。代わりに弓の弦に服の裾が巻き込まれるのを防ぐためのバンドをアンダーバストに巻き、慎《つつ》ましやかな胸を寄せて上げている。

弟の方とは別の意味で、戦装束《いくさしょうぞく》だ。これが弓を引くのに支障が出るようならリードベルトとしても一言注意していたのだが、その必要はなさそうである。エルフの体型というのはよくも悪くもそういうものだ。彼がそのように把握したのと同時に、フラムは握《にぎ》り拳《こぶし》を作った。

「戦士長。私、頑張ります！　今日こそ口説《くど》き落として、男を作りますっ！」

「そうか。里にはお前に見合う若い男がいないし、交際は他種族でも喜ばしいことだろう。ところで、今日は故《ゆえ》あって私が行く。バルド、書類処理は任《まか》せる。わからないところはフラムを使いに走らせればいい。責任者と話せば上手く計ってくれるだろう。良い経験だ、やっておけ」

「じ、自分がですか!?　わ、わかり――」

急に振られた仕事に、バルドは背筋《せすじ》を緊張させた。けれど隣にいる双子の妹は、そんなことは二の次と、言葉を遮《さえぎ》って主張する。

「戦士長ぉっ、今の話聞いてました!?　私、猊下《げいか》を狙って頑張ろうって言ってるんですよ!?」

「そうか、励《はげ》むといい。彼は善意を持った良い人間だ」

それを前にしたリードベルトはといえば、いつもの生真面目な顔で頷《うなず》くだけであった。

「聞ーいーてーぇっ！　夜励《はげ》むために、今のうちの仕込みって重要じゃないですかっ。あの人、いつも外で寝泊まりしちゃうし！　だから急に代わると言われても――」

「心配する必要はない。今は私一人で事足りる。後のことは任《まか》せた」

仕事と他の事情を繋げて考える回路を持たないリードベルトは、それだけを伝え、せかせかと兵舎を出て行った。

――すれ違う人は、それぞれリードベルトに挨拶《あいさつ》をしてくる。戦士長という職業柄、話しかけられやすい。それもあって、逆に顔を向けてこない者や、表情が暗い者はよく目についた。常日頃、彼が職務としてやるべきことを探す時は、こうして見回りに出るのである。

そして、今日もすべきことはあったらしい。

彼は外へ繋がる門前まで来た時、川の近くで何かを探して声を上げている少女を見つけた。

「大工の棟梁《とうりょう》の娘か。何事かあったか？」

「ねこ。うちのねこが……」

「猫？　ふむ。ゆっくりと聞かせてみるといい」

リードベルトは片膝をつき、少女と目線を合わせた。大方、猫が逃げ出して迷子になったのだろう。そう推測しながら、少女が自分から語り出すのを待つ。

『厳《いか》めしい顔立ちなのだから、下手に子供を刺激してはダメ！』と、この数十年間、周囲に言われ続けたリードベルトが、ようやく編《あ》み出した子供への対処法なのだった。

†

エルフの集落の外、草原の真ん中。

そこで風見は手にはめた革のグローブの具合を再度確かめる。キュッキュッと仕事を表すかのような音が鳴った。それだけで自然と空気も引き締まる。指先までしっかりとはまっている感触を確かめた彼は、パンと拳《こぶし》を手のひらに打ち合わせる。

「さて、お仕事を始めますかな」

いかにも真面目な顔である。そのまま草原に屈《かが》みこんだ彼は、がさごそと何かを探《さぐ》り始めた。

「ふんふんふーん。ふー、む？　ほほう。ふふんふーん♪」

鼻歌交じりに彼が摘《つま》むもの――それは、そこらの雑草だ。彼が拾ったものはどうやらマメ科の植物らしく、小指の先ほどにも満たない小ささだが、豆の鞘《さや》を下げていた。

彼は確認を済ませると、後ろに草を放り投げて手探《てさぐ》りを再開した。

こんな彼の動作がタマは気になったらしい。興味津々《きょうみしんしん》で目を丸くして観察していたが、次第に風見の真似をして地面をたしたしと叩き始めた。この図体に反して、好奇心旺盛《おうせい》な子猫や子犬のような仕草である。タマは風見を確認しては、同じように草を掻き分ける。少しずつ要領を掴んでくると、タマは地面をたしたしと叩くことだけに集中し始めた。

するとこれを見た風見が、顔を上げる。

「おーい、ナト。さっき頼んだとおり、そっちからあっちにネットを張ってくれ」

ナトはそれまで、まるで不思議なアイテムを見るかのように、手に持ったネットを見つめていた。

「わかった」

ぼうっとしていた彼女は、その合図でようやく動き出す。てくてくと指示通りに動いてくれているのを確認すると、風見は次にリズとキュウビを見やる。

「二人は協力してネットを徐々に狭めてくれるか？」

「ええ、喜んで」

「こんなネットを用意するんだったら、森に罠《わな》でも張ればいいだろうに。まともな肉が食べたい……」

リズのぼやきが聞こえたのはキュウビくらいだ。彼女は口元を振袖で隠して笑うと、風見の指示通りにネットを持ち、リズと一緒に範囲を狭めていく。

ネットで捕まえるのは、エルフの集落周辺にできた草原に生息する小動物だ。

風見は植物などの様子も確かめつつ、遊び半分のタマと一緒に小動物を追い込んでいく。

――と、彼がこんなことをしている間に、リードベルトはやって来た。

「先ほどは失礼した。他の者に無理を言い、時間を作った。改めて話を聞かせてもらっても構わないだろうか？」

彼はそう言いながら、風見の奇怪な行動に目を向けている。何かしらの意味があるのだろうと値踏みした、真剣な眼差《まなざ》しだ。

彼こそ風見にとって本当の難敵である。この調査も彼を攻略するための下準備でしかない。まずは彼への対応から、と風見は立ち上がる。

が、タマは止まらなかった。

おそらく、たしたしすると虫やネズミが跳ねて逃げることに楽しみを見出したのだろう。色々なものが跳ねる様《さま》を目にすると、瞳孔《どうこう》が広がり、尻尾がうずうずっと揺れるのだ。間違いない。見かけは力強く壮観でも、中身は子供のドラゴンである。こういうことに興味を持つのも無理はない。

「これはネズミを捕まえているのだろうか？」

「そうですね。ちょっと確認したいことがありまして」

リードベルトの声に風見は頷《うなず》く。

「ほう。つまり、それが私の知らない毒と関係があるということか」

「……？　ココノビから何か聞いたんですか？」

今朝から風見がキュウビをココノビと呼ぶのを聞いていたため、仲間たちはもう慣れたらしい。リードベルトもそれを気にせず、変わらぬ調子で風見の質問に応じる。

「詳細は聞き及んでいない。放置すれば危険だという旨《むね》を理解したくらいだ。族長が嵐の時から飛ばしていた指示と関連する事柄だと推測するが、どうだろうか？」

「確かにそれの対策として、族長にいくつかお願いをしていました」

ネズミ返しを作ったり、泥が体に付着したままにならないようにしたりする、奇妙な指示である。

それらはすぐに風見と直結したのだろう。リードベルトはやはりと納得した顔になる。

「エルフは敵対する精霊――ナトに何度も毒を仕込まれたと疑っていると聞きました。今回はその間違いについて、訂正させてもらおうと思っています」

「間違い、だと？」

「はい。結論から言えば、彼女は何もしていません。エルフが自身のおこないで招いたことです」

簡潔に伝えると、リードベルトの表情は途端に険《けわ》しくなる。わかっていたことだが、やはり威圧感のある視線が向けられた。

しかし今までのやりとりからして、彼は感情だけで物事を判断しないと風見は承知していた。表情の鋭《するど》さに一瞬どきりとさせられたものの、予想から外れていない。多少、きつい物言いであったが事実は事実なのだ。それを先に提示した方が、話としては楽だった。

風見は改めて、毒の説明を始める。

「今回、エルフを悩ませた〝毒〟は二種類あります。一つ目は水回りから感染するもの。これは、酷ければ黄疸《おうだん》や全身の点状出血を引き起こします。二つ目は、蜂蜜《はちみつ》や肉の加工品から麻痺《まひ》や突然死を引き起こすもの。そういう症状や経路の違いは、そちらでも把握しているんですよね？」

「無論だ。だからこそ、二度以上毒を盛られたと論じたこともある。我らはそこの精霊以外には、疑うべき相手も恨《うら》むべき相手も知らない」

風見に向けられていた鋭《するど》い視線は、後方にいるナトへと移る。

きっと、彼女の表情は今まで通り無表情に違いない。黙して何も語らない樹木と同じだ。

けれど、内心はどうなのだろうか？　彼女だって心がある。族長から聞かされた話を思えば、こうしてエルフに責められるのは、なにより胸を締めつけられることではないか。守ったはずの人に胸ぐらを掴まれ、罵声《ばせい》を浴びせかけられるやるせなさは、風見も仕事で味わったことがある。

この感情は表に出しようがないのだ。心の内に蓄積される痛みは、毒のように人を蝕《むしば》んでいく。そういうものだった。そんな責め苦から救えるのは、いつだって第三者の声しかない。

「俺の世界では一つ目の原因をレプトスピラ、二つ目の原因をボツリヌスと呼んでいます。両方とも目に見えないくらい小さな生物です。それは毒ガエルや毒草のように、触れたり食べたりすれば害あるものとでも思ってください。簡単な話、生きた毒と思ってくれれば問題ありません」

クロエならすぐに理解しただろうが、リードベルトは違う。怪訝《けげん》そうに眉をひそめた彼は、理論云々《うんぬん》よりまず、風見の表情の機微《きび》をつぶさに観察し始めていた。

さすがに人の上に立つ者は違う。人の嘘を見抜くのが得意そうな、鋭《するど》い瞳をしている。

「リードベルトさん、一つ質問があります。この二つの毒の被害は、いつから始まったんですか？俺が一番気になっているのはそこです」

「前任の時代からすでにあったそうだが、詳しい時期は定《さだ》かではない。少なくとも数十年は前からだろう。我らがこの土地に移住してからの話であることは確かだ」

「きっと人口が増えて、集落として成立し始めてから、被害が増えたはずです。そこを重点的に調べてみてください。おそらくこの集落の周囲の森がなくなり、原っぱになり始めた頃から増えたと思われます」

風見とリードベルトは向かい合う。ここでどちらがより信憑性《しんぴょうせい》のある証拠を提示できるかで、エルフと魔物の今後が決まると言っても過言ではない。

リズやキュウビは動きを止めている。ナトも含めた彼女らは、これから論じようとする風見の横顔を見つめていた。

「まず、一つ目のレプトスピラです。これは寄生虫のように、生物の中で増殖するものです。特にネズミと相性がよくて、ネズミの腎臓《じんぞう》内で生き続けます。そして尿と共に外界に排出され、接触した水や泥、植物などを通して、他の動物の体内に侵入して、また腎臓《じんぞう》に住みつきます。人間をはじめ、あまり適合していない生物だと感染すると発熱、悪寒《おかん》、頭痛、筋痛、腹痛、結膜充血などが生じ、重症であれば、黄疸《おうだん》、出血、腎障害《じんしょうがい》を伴《ともな》うこともあります」

「嵐の際に手の洗浄を徹底せよ、という指示はそれに対応するためか。確かに毒と捉《とら》えるなら、触れない、口に入れない、ということの意味は、理解できる。だが解《げ》せない。あの精霊がネズミを用意していないという証拠がどこにある？　それがなければいくらマレビトの言葉とはいえ、信用には値《あたい》しないだろう」

「いや、証拠ならあります。ネズミは生き物ですから」

そう言った風見は、ナトに指示をしてネットからネズミを一匹連れてきてもらう。

憎《にく》き相手を前にしたリードベルトの視線は、相変わらず厳しい。自然、ナトは彼と目が合ってしまう。風見は、ネズミを受け取るついでにナトと目を合わせると、大丈夫だと念を押すように頷《うなず》いた。

「これはごく普通の野ネズミです。寿命はおそらく数年。食べ物は柔らかい草や根、種なんかが主ですが、虫も食べます。天敵は猛禽類《もうきんるい》やイタチ、タヌキなどのちょっと大きな動物ですね。この天敵はこういう草むらよりも、山の斜面とかに巣穴を作ったりします。つまり、森に多いわけです。

しかも森は陰樹林で下草が少ないから、ネズミにとっては隠れる場所が少ない。種や実くらいは森にもありますが、草や虫が大量にいる原っぱの方が、ネズミにとっては住みやすいわけです。だからこうやってちょっと追い込むだけでいっぱい捕獲できました」

「それがどうして証拠になるというのだ？」

今の話はあくまでネズミの生態であり、ナトとは全く関係のないことだ、とリードベルトは重苦しい視線で語る。だが風見は首を横に振った。

「これが証拠なんです。レプトスピラを広める元凶のネズミを適当に放り込んだって、生き物なんだからちゃんとした環境でないと逃げます。勝手に死んでいなくなります。けどここでは増えているんですよ。それは何故か？　エルフが森を開《ひら》いて、ネズミにとって快適な環境を作ったからです。しかもここは川のほとりでよく洪水を起こすから、ネズミの尿と共に排出されたレプトスピラが、広がりやすい環境となっているんです」

「いや、まさかそのような理由が……」

洪水の後は、野生動物の尿によって散布されたレプトスピラが、広がりやすくなる時期だ。発展途上国で多い病気ではあるものの、日本でも存在する。山や川の泥や水から感染した動物が動物病院に来ることも稀《まれ》にあるし、洪水で浸水した後に人の感染者が出ることもある。

だから浸水した家屋では、レプトスピラに汚染されていないかという検査がおこなわれるのだ。

「同じくボツリヌスも、特定の場所に住み着く菌です。森、川や湖の泥の中とか種類によって様々だからどのボツリヌスがいるとは、断言できません。ただ、それが多くいる環境にエルフが引っ越してから、それに汚染された蜂蜜《はちみつ》を拾ってきたり、肉に混入する確率が高まったんだと思います」

数日前、クロエが採った蜂《はち》の巣をナトが捨てたのは、汚染されていることがわかったからだろう。

エルフは、レプトスピラやボツリヌスの害に困らされていた。それがナトの仕組んだものではなく、自業自得《じごうじとく》であったとは、そう簡単に認めがたいようだ。

だが頭が働くリードベルトは、風見の説明がそれほど現実離れしたものではないとわかってしまう。だからこそ余計に複雑な心境に違いない。彼は押し黙っていた。

「まだ納得できませんか？」

「理屈は理解できる。だが、そんな生きた毒と言えるものが元からこの地にあったのかについては、疑問が残る。エルフが作り出した環境を利用し、感染させることができると考えた精霊が、わざわざ仕込んだ可能性もあるのではないか？」

「確かに、それは言いきれないかもしれません」

そういうことを言い出したら、キリがない。結局のところ、それを大義名分《たいぎめいぶん》としてナトとは和解できないと言われれば、風見としてはそこまでだ。彼らに理屈を説《と》くことはできても、無理を強《し》いることはできないのだから当然である。

しかし、風見の理屈はそこで終わりではなかった。このレプトスピラとボツリヌスが相手であれば、言い訳を潰せる解決法があるのだ。

切り札と言うべきそれを、風見は今使う。

「でも、心配は要りません。これは本物の毒じゃないから、殺人に使うにはお粗末すぎるんですよ。

レプトスピラはネズミや洪水後に、ボツリヌスは蜂蜜や肉の扱いに気をつければいいだけです。この緩衝地帯に例のマンイーターを植えたら、感染源のネズミ捕りをしてくれるから、レプトスピラの対策はさらに確実になります。もっと言えば、本物の毒とは違い、加熱で無毒化できます。対処法さえ知ってしまえば、簡単に防げるんですよ。——俺なら、本当に相手を殺そうと思ったら、もっと効果的で効率的なものを使いますね」

「……その理屈でこの精霊を信用せよと言うのか？」

風見ははっきりと頷く。

「はい」

リードベルトは森の薬草や毒草について、受け継がれてきたエルフの知識を得ているだろう。森には、これらの〝生きた毒〟よりも明らかに厄介なものがある。本気でエルフを殺したいなら〝生きた毒〟ではなくそれらを用いることは、容易に理解できるはず。つまり森をよく知るナトが仕組んだにしては、一連の事件はツメが甘すぎ、犯人とは考えにくいのだ。

だがそれでも、蓄積し続けてきた恨みはすぐに消えるものではないのだろう。悩み、苦み走っている顔は、なかなか緩みそうになかった。

しかし長い人生を持つ彼らのことなのだから、ゆっくり流れていく時間にどうにかしてもらえばいいのだ。そのきっかけ作りができれば、風見としては十分である。

風見はリードベルトの様子を見て、これなら問題なさそうだと、安堵の息をついた。

と、その時、袖がくいと引かれる。

180

見れば、ナトが袖の端を小さく摘《つま》んできたところだ。何かまだあるのだろうか、と風見は彼女に耳を傾けた。すると、ナトはさらに手を伸ばして、彼の小指を握《にぎ》ってくる。

「ありがとう」

耳元でそんな声がした。小さな声ではあったが、ありがとうと確かにその五文字だ。

聞き間違いではない。やはり彼女に心がないわけではなかったのだ。

そうでなければ、この五文字をくれるわけがない。そうして風見が喜びや安心を感じていると、ナトはすぐに指を離した。

それと同時にリードベルトの方も感情の整理が終わったようで、視線が戻ってくる。

「理路整然《りろせいぜん》とした説明、感謝する。だがそれでも我らはそれをすぐには認められない。殺し、殺された関係の上にあった誤解が、一つ解けただけだ。恨《うら》みというものは毒。すでに私という身は手遅れに等しいほど蝕《むしば》まれていると言っていいだろう。恥を承知で、言わせていただきたい。我らが、森やこの精霊と共に歩むには二つ条件がある。それを呑んでもらおう」

「何をしたらいい？」

風見が仲介をする前にナトが問いかける。

「一つはミスリル、もしくは銀の入手だ。我らは森を越え、天然鉱山まで行く余裕はなかった。金属は川で入手した砂鉄しか使用できず、常に不足している。森と協力する以上、我らがその銀でそちらに危害を加えることはない。それを向けるのは、常に共通の敵に対してのみだ。友好の証《あかし》として、まず金属の入手に協力してもらいたい。そちらも必要であれば分け前は等分で構わない」

——いつか敵に戻れば躊躇《ちゅうちょ》なく使うが。そんな声が聞こえた気がした。

うわ、と風見は思わず声を漏《も》らしてしまいそうになる。確かにそういう言い分であれば、ナト側としては断りにくいだろう。このリードベルトはただでは転ばない曲者《くせもの》のようだ。

これにナトはどう答えるのだろうか、と風見は彼女を見つめる。

「その程度なら平気。ただ、あそこは狭いから、手伝えるのは私くらいになる」

「あくまで形式上の共同作業だ。我らとしてはそれでも十分だ」

エルフはそもそも森の魔物の妨害もあって、そこまで行く余力がなかっただけなのだ。端《はな》から戦力を期待してはいないのだろう。

森とエルフの仲介を頼まれた風見としては、仕事をほぼ完遂したも同然なので、出しゃばらずに見つめるだけだ。けれども最大限に優位な交渉をしようとするリードベルトに反し、何の疑いもなくこくりと頷《うなず》くナトを傍《そば》で見守るだけなのは、どうしてもハラハラしてしまう。

この調子では、二つ目の条件にどんなものが来るか想像もできない。それにもナトが躊躇《ためら》いなく頷《うなず》くようなら、少しばかりは口を出そうかと風見は考え始めた。

「二つ目に、とあるものの捜索に協力してもらいたい」

「何を探すの？」

あれ、案外どうでもよさそうな内容ではないか、と風見としては肩透《かたす》かしである。

ナトは変わらず、何も疑わない様子で問いかけている。リードベルトは彼女を見つめ返すと、わずかな躊躇《ためら》いの後にこう言った。

「猫だ。子供が飼っていた猫が川に流され、里の外へ出てしまったらしい」

なんとも可愛らしい条件が、提示されていた。


おかしい。自分は一体何をしているのだろうか、と森で猫を探しながら風見は真剣に悩んだ。森の諍《いさか》いを収めてほしいと頼まれ、それに尽力したつもりだった。しかし、どこで間違ったのか、猫探しに繋がってしまったのだ。売れない探偵じゃあるまいし、異世界に来てまでこんなことをすることになるとは思ってもみなかった。

しかもこの猫探しには、言い出しっぺのリードベルトも参加している。もちろんナトや、風見の仲間たちもだ。元は敵同士が一緒になって猫を探しているなんて、奇妙以外の何物でもない。

——そんな困惑の二時間の末、猫を抱いたナトが藪《やぶ》から出てきた。

「見つけた。魔物を怖がって古い狐の巣穴に隠れてた」

穴を掘り返して捕まえたらしい。彼女は言及しなかったが、髪や頬、服も泥だらけなのだから、言われずとも理解できた。彼女はリードベルトの前まで歩くと、猫を差し出す。

普通なら踏み込まないであろう一歩を躊躇《ためら》わないところは、さすがだ。呑気な彼女はともかく、リードベルトは未だに険悪な表情のまま、口を閉ざしている。

彼女らがこの距離で並ぶなんて、風見からすると、混ぜるな危険の薬品が隣り合っているかのようだ。爆発しやしないだろうか、とひやひやしながら見守る。

すると、リードベルトは静かに首を振った。しかも縦ではなく横に振り、否定を示していた。

「確かにその猫は見覚えがある。しかしそれは私に渡さなくていい。飼い主を呼んでこよう」

その言葉に風見はほっと胸を撫《な》で下ろす。

数分もしないうちに、リードベルトは少女と連れ立って戻ってきた。

少女は自分の猫が戻ってきたことに、喜びを隠せない様子だ。しかしながら、今まで敵と教え込まれてきたナトが抱えているので、駆け寄れないらしい。

その仲介をするのは、他ならないリードベルトだ。彼は少女とナトに頷《うなず》いてみせ、働きかけた。

少女はおどおどしながらナトに近づく。ナトは少女に合わせて膝を折ると、そっと猫を返した。

「あ、ありが、とう……」

「どういたしまして。外は危ないから、これからはもっと注意してあげて」

「う、うん」

そう言ってナトは少女の頭を撫《な》でた。

その様子をしばし観察したリードベルトは、踵《きびす》を返して風見たちの前まで歩いてくる。

「申し訳ない。あなた方《がた》まで私用に付き合わせてしまった」

「いや、このくらいは大したことないですよ。ひやひやしていましたが、こんな風に仲良くできるならよかった」

風見は思っていたことを正直に話す。最初は不安だったが、自分はリードベルトの強面《こわもて》の下に隠れたものを読み取れなかっただけなのだろう——そう伝えるつもりで、苦笑した。

しかし、リードベルトの反応は重苦しい。彼は微塵《みじん》も表情を緩めずに首を横に振った。

「それは誤りだ。猊下《げいか》、残念ながら私の胸中は少しも変化していない。奴が同胞を多く殺した事実は、変わらないのだから、この感情は今も昔も同じ。どす黒く渦巻《うずま》き続ける。だが、それは私一人の感情だ。次代の子供には関係ない。奴が彼女にとっての善なのか悪なのかを判断するのは、彼女だ。私ではない」

「そ、そっか。難しいな……」

風見に間を取り持ってもらった手前、心苦しさはあるのだろう。リードベルトは黙したまま深く頭を下げてくる。冷静で、私怨《しえん》にも走らない。エルフのためにこれ以上となく滅私奉公《めっしほうこう》をする彼に対し、風見はそれ以上言葉をかけられなかった。

その後、リードベルトは、少女を連れて集落に戻っていく。

「すごい人だな。理想のリーダーって感じだ」

そう呟《つぶや》く風見に、リズは首を横に振る。

「いや、どうだろうね。ああいう手合いは、喜々《きき》として弔《とむら》い合戦や自己犠牲をしたがるから、私は嫌いだよ。大抵は面倒くさい」

「それでも、最終的にはみんなのためを思って、理性的に判断してくれる人に見える。エルフは全体として穏やかな意思決定をしてくれたんだし、これからも心配なんかいらないだろ」

どうだかねと反論の一言を残すと、リズもリードベルトの後について集落に戻ろうとする。この猫捜索で疲れたらしい。

「リズ、お座り。まだ仕事はあるからな。逃がさない」

「うぐぅ……」

ひらひらと後ろ手を振って帰ろうとした彼女だが、体は主《あるじ》の命令に従順だ。ニヒルな雰囲気も一瞬で台無しとなる見事なお座りをさせられる。

レプトスピラ調査のネズミ捕獲やら、猫の捜索やらと、地味で楽しくもない労働を課せられてまいっていたリズに、更なるお達しだ。もう文句を言う元気もないらしく、お座りの体勢のままどよんと暗い空気に沈んでいく。

それはさておき、今にマンイーターの種を持ったクイナが集落から出てくるだろう。これをネズミと食料難対策として、集落周囲の原っぱに植えるまでが、今日のお仕事である。

まあ、それも大した労働ではない。タマがもうすでに遊びついでで地面を耕《たがや》してくれている。クライスにも自慢の得物と庭師のスキルを存分に活《い》かしてもらうため、畝《うね》作りを始めてもらったところだ。若いエルフの力も借りれば、瞬《また》く間に終わるだろう。

さて、自分も働きますか、と風見は腕まくりをする。

するとちょうど同じ時に、役目を終えて戻ってきたナトが、彼のもとに歩いてきた。

けれど、どうしたことだろうか。ほぼ例外なく無表情しか見せてこなかったナトは、わずかながら顔を歪《ゆが》めた。次に踏み出した一歩には力が入らなかったらしく、その場に崩れ落ちそうになる。

「うおっ、どうしたっ!?」

人形じみた彼女がこんな様子を見せるとは、夢にも思わなかった。風見は対応が遅れてしまうが、間一髪で受け止めることができた。

無事を確かめるため、風見はナトの体を起こした。すると先ほど見えたかに思えた苦悶《くもん》の表情は、もう彼女の顔にない。質問にも答えられる状態らしく、彼女は口を開く。

「どうしたもこうしたもない」

「……うん。……うん？　ちょっと待て、それで終わりか？　どうしたもこうしたもない、って言葉だけで説明終わり!?　その言葉って、続きが最重要だよな!?」

「疲れた」

促《うなが》されたからか否《いな》かは不明だが、彼女は簡潔に答える。

まあ、そういうことらしい。言ったことを証明するかのごとく、彼女は脱力して身を任《まか》せてきた。

そして、じっと見つめられる。要介護、と目が訴《うった》えていた。

「勘弁してください。俺もそろそろ野宿は辛いです……」

「ここではなく、私の寝床でもいい」

「あ、なるほど。精霊だと、やっぱり宿《やど》り木《ぎ》から離れすぎると弱るとか、そういうのがあるのか？　うう、しょうがない。後で連れていってやる……」

実のところ、風見も多少疲れが溜まっていて辛いところなのだが、折れるしかなかった。嘘か真《まこと》かはわからないが、こんな風になっている女の子を放っておくことはできない。

はあ、と吐きたくなるため息を我慢する。ナトはそんな彼の頬に、ひたと手を添わせた。

「優しい人。あなたでよかった」

ふっと彼女は自然な笑みをこぼす。普段が無表情だからその反動だろうか。その表情は堪《たま》らなく綺麗で、風見は不意にどきりと心臓が跳ねてしまった。しかし――

「後は任《まか》せた」

風見が了解したと判断した途端、ナトはまたも完全に脱力してしまった。夢を見せるなら、もうちょっと長くしてほしい。この子は本当に、あとひと匙《さじ》くらいでもいいので、加減ができないものなのだろうか。仕方なく彼女をその場に横たえた風見は、半ばしてやられた思いで立ち上がる。

「シンゴ様。ならば暖を取れるよう、わたくしがお付き合いいたしますわ」

「ありがとう、ココノビ。寒くないだけでもすごく助かる……」

しみじみと感じ入りながらお礼を述べ、彼女の方を振り返る。

するとキュウビは、心配するようにナトを見つめていた。彼女にしては珍しく風見の視線に気づかなかったらしく、一寸遅れて慈愛の表情を向けてくる。

一体どうしたのだろうか。わずかばかりに引っかかるものを感じながらも、風見はマンイーターの植えつけ作業に移るのであった。

†

エルフの集落に戻ったリードベルトは猫を抱える少女を送り届けると、詰め所に向かった。

彼はそこで招集をかける。若い者の多くは、未だに里の修繕に出払っており、かえって都合がよかった。詰め所の会議室に集まったのは、数百歳の中堅層ばかりである。

そしてもう一つ、彼らには年齢以外に一つ共通点があった。

「戦士長、それであの精霊の話はどうなったのですか？」

「それについては結論が出た。一切隠すことなく、話そう」

誰も彼もがぎらついた目で、話の行き先に注目する。彼らの共通点というのは、ナトへの強い恨《うら》みだ。正義感が強いエルフの戦士では、年齢が上の者ほどこうなる傾向が強い。

ここに集められたのは、穏健派を除いた、精霊を恨《うら》んでやまない者たちである。

「猊下《げいか》がおっしゃることによると、盛られたと思っていた毒も、全ては我ら自身のおこないによって生じた自然由来のものだそうだ。その根拠となる理論は丁寧に教えてくださったし、対処法も明確に示してくださった。彼は今も若い者と共に対策を講じてくれている」

リードベルトは本来、彼らの中核とも言うべき人物だったが、第三者の視点で冷静に言葉を伝えていった。その整然とした語りが進むにつれ、彼らから行き場のない憤《いきどお》りが溢《あふ》れ始めた。

「そんなまさか……。戦士長はそんな言葉を信じられるおつもりか!?」

「異論はない。猊下《げいか》の論が間違っているというなら、その根拠を示すべきだ」

「それは……」

口を出す者は一人としていなかった。それもそのはずだろう。普段なら嵐の後には必ず体調を崩す者がいたし、酷ければ例の出血毒のような症状が出始めていたはずだった。

しかし風見の指示を族長が伝え、徹底したら、誰一人として例の症状を発症しなかった。この事実だけでも、風見の言葉には十分な説得力がある。

「結論は出たのだ。毒で家族を殺されたと思い、精霊を憎《にく》んでいた者は、この部屋を出ろ。憎《にく》むべきは精霊《せいれい》ではなかったのだから。しばし休んで、自分を見つめ直せ」

リードベルトのその言葉に反応するものは幾人かいた。彼らは酷く思いつめた顔をしていたが、歯を噛《か》み締めると、静かにこの部屋を出ていく。

残るのは七人。精霊に目の前で親類縁者を殺され、強い恨《うら》みを抱《いだ》いている者たちだ。

「残ったのはこれだけだな。今一度聞こう。私たちが実行するのは、愚行《ぐこう》以外の何物でもない。思い直す者はいないか？」

周囲を静かに見回す。しかしながら、席を立とうという者はこれ以上現れない。

ここに残ったのは皆、似た者同士だ。頑固で、仲間思いで、そして過去を割り切れずにいる、とびきりの愚《おろ》か者である。同情と憐《あわ》れみがない交ぜになった顔で、リードベルトは彼らを見つめた。

「私は明日、精霊と共に銀の採掘に向かう。リンドール、ルーミルの両名は奴の寝床に向かい、宿《やど》り木《ぎ》を燃やして精霊の核を破壊するのだ。禍根《かこん》は明日、断《た》ち切る。これで魔物との交渉に支障が出た場合は、残る者が我らの首を差し出して鎮《しず》めよ。よいな？」

魔物との交渉や森との共生を進める中、彼らの恨《うら》みは妨《さまた》げになり続けてきた。エルフの未来のためにはどういう選択がいいのか知りながら、それでも方向性を変えることができなかった。

だからせめて、自《みずか》ら破滅の道を選ぶことに決めた。長く生きた者が多かれ少なかれ持つ恨《うら》みは、全てここで背負い込んで清算し、若者が次の選択肢を選べるように。実行犯以外はもう愚《おろ》かなおこないが出ぬように、命を賭《と》して諫《いさ》めるのが使命と定《さだ》めたのが、彼らの計画の全てだった――

†

翌朝、風見らとリードベルト率《ひき》いる若いエルフ衆――フラムとバルドなどの数人は、装備を揃えると、ナトの案内でとある場所に向かった。

目的はリードベルトが出した条件の残る一つ、銀またはミスリル鉱石の採集である。

そのためにまずは、ヴィエジャの樹海を歩いて進んでいるわけだが――

「なぁ、シンゴ。周囲の森の至るところから視線が……」

くいくいと服を引いてくるのはリズだ。彼女はこうして話しかけてきている今も、何かが気がかりらしく、周囲に目を走らせている。ナトとキュウビ以外は、程度の差はあれど、そんな様子だ。

その理由は簡単である。先ほどから風見も感付いていたことだった。

なんと、森の魔物がたくさん出てきているのである。彼らは森に出てきた風見らに興味があるのだろう。一行から一定の距離でついてきているのだ。見ればトレントだけでなく、動物型の魔物もいる。森の生き物が覗きに出てくるなんて、風見としては子供向けの童話を実体験している気分だ。

「大勢でピクニックにでも出ているみたいだな。あっちも気になって様子見に来てるんだろ」

「迷惑な。警戒の手間が増える」

「心配はいらないって。俺がハイドラ周辺で散歩する時もこんなもんだし。向こうは様子見、こっちも様子見気分でいれば大丈夫だ。あるとすれば挨拶《あいさつ》くらいだよ」

「一対一だったら、私もまだそのくらいの余裕は出るんだがね……」

リズやエルフの面々は、ぴりぴりと緊張の空気を漂《ただよ》わせていた。

この距離で攻撃を仕掛けてこないということは、協定を理解している魔物のはず。だからリズらも警戒と無視の狭間《はざま》で迷っているのだろう。

まあ、数百年単位で敵同士だった間柄なのだ。この程度のやりとりは笑えるほど和《なご》やかに思える。

こういう緊張が消えた時、エルフは改めて森の仲間として迎えられるはずだ。

そんな時、フラムがささっと歩み寄ってきた。

「あ。あーあー、こんなに魔物が。私は怖いなぁ、猊下《げいか》。くっついていいですか？」

「いや、心配ないって。あいつらはただ物珍しいだけだよ」

「そうなんですか？　それじゃあですね、この後にでもそういうお話を詳しく――」

彼女は腕を組むどころか手を握《にぎ》ると、いわゆる恋人繋ぎで指を絡めてくる。風見でも、これにはドキリとしてしまった。

それを見たリズは、やれやれとでも言いたげに、一歩二歩と離れていく。

この瞬間、フラムは勝利した！　と、密《ひそ》かにしたり顔を作った。後はこのまま夜の約束でも取りつけ、既成事実でも作れば、と意気込む。だが――

「待て、フラム。そのように密着していては、咄嗟《とっさ》に動けまい。今まで何を学んできたのだ？　離れるべきだ」

リードベルトがそう指摘すると、彼女はぎくりと体を強張《こわば》らせた。

「い、いや、戦士長！　こういう接点がですね、すごーく大事で……！」

「そうだ。利き手でなくとも、重要だ。それはやめるべきだろう」

「…………はい」

眉間にしわを寄せた上司にそう言われると、従《したが》う他なかった。彼女はその指示に従《したが》うと、以降は意気消沈《いきしょうちん》した様子でついてくる。

そうしてしばらくすると、目的地に着いたようだ。

ナトは森の中にできた洞窟を指差し、ミスリル鉱山だと説明する。

「自然にできたものじゃない。これは鉱石を求めたゴーレムが掘って作ったもの」

「え、これをゴーレムが？」

「そう」

ナトが指し示す洞窟は巨大だ。大型トラックがすんなり通れるほどの大口を開けている。掘って作られたおかげか、壁面はかなりなだらかだ。普通に歩くのはもとより、荷台を押して歩いても苦労しないだろう。森に埋もれた洞窟がまさかこんな様相とは、驚きである。

「今の時期なら、ゴーレムは休眠してる。滅多《めった》なことをしなければ起きない。でも、出会うとしたら強力な個体ばかり。気をつけて」

「ミスリル鉱山だもんな。普通に湧くのがシルバーゴーレムで、ミスリル製のゴーレムがたまにいるかもしれないんだろ？　恐ろしすぎるな……」

「普通のゴーレムほどの数はない。洞窟全体でも五体より少ないと思う」

「いやいやっ、シルバーゴーレムが五体っていうだけで、十分恐ろしいから！」

戦々恐々《せんせんきょうきょう》とする風見に、クイナは激しく頷《うなず》いて同意する。

以前、風見たちはラダーチでシルバーゴーレムと一戦交えた。当時ドリアードに聞いた話によると、ここから脱走したものが巡《めぐ》り巡《めぐ》ってラダーチに辿《たど》り着いたらしい。

あの時は、まともにぶつかっても歯が立たないくらいの戦力差があった。

今はリズの武器が格段によくなっているし、キュウビやクライスもいる。以前のように手も足も出ないことはないだろう。しかしそれでも強敵には変わりない。

なにより、ここはミスリル鉱山だ。ミスリルというのは、特殊な銀と思えばいいらしい。例えば、長く生きた猫が猫又《ねこまた》になるというような話と同じ。長い年月を経《へ》た銀は、力を溜め込み、伝説の金属と呼ばれるべき強度を手にするのだという。だから伝説の金属で体を構成するミスリルゴーレムも強力――風見が把握するところによると、そういう話だそうだ。

もしもの時に備え、いつものように戦闘時の対応を決めていく。

「クイナ、あなたはシンゴ様をお守りすること。いいですわね？」

「うえっ。団長やキツネ様じゃなくて、わたしが⁉」

「ええ。いくら上達したとはいえ、あなたは硬い敵が不得手です。しかし、不意打ちや流れ弾からシンゴ様をお守りすることなら、十分に任《まか》せられますわ」

なにより、緊張を伴《ともな》う仕事をこなすべき、とキュウビはクイナに言い含める。これはどうも、あがり症な彼女を鍛《きた》えるためらしい。オイル切れじみた動きで風見の傍《そば》に寄ってきたクイナは、タマの牙《きば》から削《けず》り出した短刀二本を取り出し、早々に警戒を始めた。

道の先導はナトだ。リズとキュウビがそれに続き、風見とクイナが中央で守られている。その次にエルフたちが歩き、クライスが殿《しんがり》を務めることになった。

「客人である猊下《げいか》たちに守られる形になってしまい、申し訳ない」

この采配に対し、リードベルトは直角になるほど腰を下り、きっちりと頭を下げてきた。

「俺も同じく守られている立場だから言いにくいんだけど、気にしないでくれ。エルフは、クイナと一緒でゴーレムみたいな敵は不得手なんだろ？」

「まさしく。我らの律法は水や風、それに陰と陽に偏《かたよ》りすぎている。その上、この樹海の魔物も似た系統の魔石しか持たない。繊細《せんさい》な技術には覚えがあるのだが、威力に関しては炎や地には大きく後《おく》れを取ってしまう」

そういうわけで彼らは、最低限の武器以外は、つるはしなどの採掘装備を持ってきている。

探索は実に順調だった。シルバーゴーレムが確かにたまに見られたものの、その場に座り込んで全く動かない。目の前をそろりそろりと移動しても反応がないので、ナトの話は信じていいだろう。

シルバーゴーレムが最後に採掘していたとみられるポイントも発見された。

彼らは掘り進んで鉱脈を見つけると、そこで律法を使用する。そしてまるで樹液を吸うように純度の高い銀を掻き集め、吸収するそうだ。結果、ゴーレムの採掘場は純度の高い鉱石がいくらでも手に入る場となっていた。そう時間が経たないうちに、各々《おのおの》のサックがいっぱいになる。

すると、洞窟の様子を見回していたクライスが、疑問を口にした。

「不思議なものでございますね。純度の高い銀を集めるためとはいえ、たったこれだけしかいないシルバーゴーレムが、何故これほどまでに巨大な洞窟を形成したのでございましょう？」

言われてみれば疑問だ。それなりの広さの洞窟は蟻《あり》の巣状に分岐し、かなりの深さがあった。それにある程度、奥に来たはずだったが、声の響き方からするとまだまだ先がありそうだ。

すると、シルバーゴーレムと睨《にら》めっこをしていたナトが答える。

「大食漢《たいしょくかん》がいたから。ここだけじゃない。他の場所からもミスリルを集めていた」

彼女はそう言うと、洞窟の奥へと歩いていく。

その大食漢《たいしょくかん》のもとまで案内するということだろうか。少しばかり躊躇《ちゅうちょ》したものの、採掘はすでに終了していたようなので、締めとして全員でついて行く。

洞窟はしばらく続いた後、急に開《ひら》けた。

地下渓谷《けいこく》とでも表現した方がいいほどの空間に直結しており、続く道はない。だが、その空間に入る必要はなかった。巨大空間には、それ全体を埋め尽くすほどの物体が眠っていたからだ。

洞窟の暗闇は、その物体が放《はな》つ淡い光によって照らされている。当然、まともな生物ではない。

淡い光を漏《も》らす特殊な金属によって、全身が形成されたゴーレムの化《ば》け物《もの》が、そこにいた。

「――ミスリルタイタン。ドリアードの次の魔獣《まじゅう》」

騎士のように膝をついたそれは、立てば少なくとも数十メートルほどになるだろう。

体長四十メートルのドラゴンを見慣れた風見でも、まだ大きいと感じられた。

「え、次っていうとどういうことだ？」

「ドリアードが魔獣《まじゅう》の役目を終えた時、これが目覚めて次の魔獣《まじゅう》になる。彼女はそう言っていた」

魔獣《まじゅう》にも代替わりというものはあるらしい。

竜の巣には、化《ば》け物《もの》の巣窟《そうくつ》と言える奈落《ならく》があった。確かにそういう場所ならば、次代の魔獣《まじゅう》になりうる強力な生物が出現してもおかしくはないだろう。いつからこの地に根差しているかもわからないドリアードだ。そんな存在が一つや二つ控《ひか》えていても不思議はない。

目覚めの時を待ち続ける魔獣《まじゅう》を前に、これ以上口を開ける者はいなかった。

その後、風見らは洞窟を出た。多少危惧《きぐ》していたゴーレムとの戦闘もなかったので、ほっと一息である。エルフとの仲介としてすべきことも、これ以上は見当たらない。いろいろな意味で息をつける瞬間も近いことだろう。

「マレビトさん、ありがとう」

風見がそう思っていると、ナトが改めて声をかけてきた。

「後のことはもう森に任《まか》せてくれればいい。約束通り、ドリアードのもとに案内する」

「お役御免《ごめん》か。確かに、やることはやっちゃったし、クロエも待たせてる。それだと助かる」

ナトはこくりと頷《うなず》いた。

今日中にというのは大変かもしれないが、明日には出発できるだろう。予想外の寄り道になってしまったが、これでドリアードに会うという目標も達成できるはずだ。

けれど話が丸く収まろうとしていた時、「一つ、私から断らせていただきたい」とリードベルトの声が割って入った。彼は腰につけていた短刀をベルトごと外すと、未だに遠巻きからこちらを見つめていたトレントの一体に近付き、何を思ったか短刀を手渡した。

トレントは不思議そうにして、短刀を抜く。しげしげと刀身を見つめ、その意味を理解しようとしていたが、わからなかったようだ。

いや、そのトレントだけではない。風見らも、若いエルフも含めてその行動に首を傾《かし》げている。

「まず一つ目だ。猊下《げいか》、恩義余りあるところだが、まだ迷惑をかけることになる。申し訳ない」

「まだ迷惑をかける？」

わけがわからず、風見は復唱してしまう。

どういうことなのかと考える前に、リードベルトは二つ目について断り始めた。

「二つ目に。これからのことは私以下、老齢のエルフ数名の独断だ。他の者は関係ない。そのことを理解して心に留めてもらえるだろうか？」

「どういうことかはわからないけど、熟練の戦士から何かあるってことか？」

風見の言葉に頷《うなず》いたリードベルトはトレントに視線を向け、最後にナトと向き合った。

「精霊よ、やはり私は貴様と相容《あいい》れぬ。禍根《かこん》はいつか、凶事に発展しかねない。私にしても、魔物からすれば恨《うら》みを買っているだろう。故《ゆえ》に、貴様は私と共にここで死ね。それが未来のためだ」

物騒なその言葉は、この場に衝撃のごとく広がった。せっかく全てが上手くいっていたはずなのに、それを狂わせるような物言いだ。風見らや若いエルフは、ざわめく。

リードベルトは続けて、遠くの空を指差した。

その先には、もくもくと煙が上がっていた。

「自分以外の者まで宿《やど》り木《ぎ》に連れていくとは愚《おろ》かだったな。私の手の者がその匂いを辿《たど》り、貴様の宿《やど》り木《ぎ》に火をつけたようだ。もう何をしても遅い。間もなく貴様は本体と共に消え失《う》せるだろう」

風見はうろたえて声を上げる。

「い、いやっ、いきなり何を言ってるんだよ⁉　あとはこのまま頑張ればいいだけって時に――」

「謝罪の言葉もない。然《しか》るべきもので償《つぐな》おう」

若いエルフらもめいめいに制止の声を上げるが、リードベルトの答えは簡潔だ。

彼はあの短刀を渡した通り、それによって差し出せるもので償《つぐな》う気らしい。決意はこれ以上となく硬いようだった。

「それだけ？」

そんな言葉を向けたナトは、何事もなさそうに問い返した。

いや、違う。少しばかり悲しそうな目で彼を見つめ返し、息を一つ吐く。

「宿《やど》り木《ぎ》に行かせた人を早く帰してあげて。話もなしにあんなところまで行くと、まだ身の安全が保障できない」

「我らを憐《あわ》れんでいる場合か。貴様は今に――！」

「それでは死なない。けれど、放っておいても私は勝手に死ぬ。何故なら、私は自分で宿《やど》り木《ぎ》から核を抜いたから。そうでもしなければ、マレビトさんを連れてこられなかった」

「な、に……？」

愕然《がくぜん》とするリードベルトから目を逸《そ》らして、ナトは風見を見つめる。そしてまたリードベルトを見た。

「ドリアードほど特別ならわからないけれど、精霊は自分の宿《やど》り木《ぎ》から遠く離れられない。遠くに行くために核を抜けば衰弱《すいじゃく》して死ぬ。あなたがしたことは無意味。エルフを守る戦士として、失格」

「そ、そんな馬鹿な!? 魔物の貴様がそんなことをして、何の益《えき》がある!?」

「元々はあなたと同じエルフで、同じ立場だったから。そして、あなたは頭を冷やして」

そう言ったナトは、珍しくつかつかと足早に歩くと、リードベルトとの間合いを詰める。そして、彼の横《よこ》っ面《つら》を容赦なく殴った。

地面を二回転、三回転とするまで勢いが止まらなかった強打だ。彼の意識は完全に途切れていた。

それを見やったナトは、若いエルフに「ごめんなさい。あなたたちで連れ帰って」と短く告げる。

彼女はその次に風見の前にやって来た。

「マレビトさん、ありがとう。ドリアードのもとまで案内する。その後も、死ぬまではあなたに尽くす。あなたの言葉に全て応《こた》える。だから今までの面倒はそれで許してほしい」

彼女は無感情に言葉を伝えてくる。それは今まで見た中で、最も人間味から遠い様子だった。

†

ずきんと鈍《にぶ》い痛みが頭を走る。おぼろげだったリードベルトの意識は、それによって覚醒した。

(そうだった。私は……)

あの精霊に殴られ、気絶したのだ。それも相当長い時間気を失っていたらしい。ミスリル鉱山にいたはずの自分は、里の詰め所にある医務室まで運び込まれていた。

あの攻撃をまともに食らってしまったことも、すぐに目覚められなかったことも、とんでもない恥辱《ちじょく》だ。吐き出しようのない苦しさが胸中を蝕《むしば》む。

だがそんなことを別にしても、この胸に影を落とすものがある。

――元々はあなたと同じエルフで、同じ立場だったから。精霊が最後に放《はな》ったこの一言だ。

「ふざけるな。ふざけるな……。それでは、我らは……」

この現実は、直視するには辛すぎる。わずかでも目を背《そむ》けたくなったリードベルトは、自《みずか》らの腕で視界を遮《さえぎ》った。だが不思議とあの精霊が言ったことは真実なのだとわかった。

「戦士長……」

声をかけられて腕を動かすと、医務室にはフラムとバルドに加えて、精霊討伐《とうばつ》のために動いた戦士たちが揃っていた。彼らはベッドを囲んでいる。

彼らもまた、真実を知ったのだろう。毒に冒《おか》されたような顔だった。

仲間はかけがえがない。命さえ投げ打っても守ると奮闘していたエルフの戦士たちが、相手にしていたもの。それはエルフだったのだ。

その真実を知った上で、この数百年の奴の行動と照らし合わせてみると、どうだろう。

エルフが森の特定の場所に立ち入ろうとしたり、魔物と苛烈《かれつ》に争おうとしたりすると、奴は必ず現れ、邪魔をした。手痛い代償を支払わされたが、それによってエルフは森との距離を学んだ。魔物と交流を断《た》っているエルフとしては、それが唯一の学び場だったと言っても過言ではない。

奴がエルフに敵対してからというもの、死人が出る一方で、エルフ全体の数は確実に増えた。森に点在していただけの少数部落は、数百人規模の里にまで発展したのだ。

自《みずか》らが敵になってでも、エルフを守り続けた。そうとも取れる相手を、こぞって憎悪し続けていたなんて、冗談でも笑えない。彼らは同様の思いを抱《いだ》いたまま、何も言い出せなかった。

そんな時、こつこつと杖をつく音が聞こえてくる。部屋に入って来たのは族長だ。

「過ぎた真似をしたな、リードベルトよ」

ベッドを囲んでいた戦士たちが割れると、族長はリードベルトの目の前に立った。

魔物との協定を破綻《はたん》させかねないことをしたのだ。族長は憤《いきどお》って非難してくる――かと思いきや、彼は悲しげな目をしていた。

「理由は、もはや問うまいよ。その感情は里の誰しもが理解できる。じゃが、それだけでは済まされぬことだとわかっておるな？　沙汰《さた》を下す。今回のことに加担した者はついてまいれ」

「ま、待ってくださいよ、族長！　戦士長は、ただ――」

フラムがつい擁護《ようご》した瞬間、族長は鋭《するど》い叱責を飛ばした。

「言わせるでない。その肩書きに恥じぬおこないであったかが問題なのじゃ！　里の者だけではない。森との仲を取り持った猊下《げいか》すら、裏切るおこないであろうがっ」

古い大樹のように、いかなる時も穏やかにしていた族長が出したとは思えない声色に、フラムはびくりと体を震わせる。

彼女は兄のバルドにすがるような目を向けた。けれども援護はない。彼は族長の言葉の正しさを理解して、踏みとどまっているらしい。周囲の戦士たちも同様である。

だが、フラムは引くに引けなくなって、一人だけリードベルトの味方として立った。

リードベルトは魔物に両親を殺された彼女らのみならず、何人もの子供を保護し、育ててきた過去がある。彼女はその恩義を返そうとしているのだろう。

大きくなったものだと彼女の背を見やったリードベルトは、その肩に手を置いた。

「いいのだ、フラム。族長の言葉こそ真実だろう。愚行《ぐこう》だとは理解しておこなったのだ。このようなこと、魔物ですらすまい」

そう、魔物ですらしなかったのだ。あの精霊は、今の自分よりよほどエルフの味方をしていた。

そう考えると、殴られた頬がより痛む。

静かに立ち上がったリードベルトは、族長に連れられ、彼の執務室に入った。精霊討伐《とうばつ》に加担した戦士たちも同様である。

自分の席に着いた族長は、重く閉ざしていた口を開いた。

「リードベルト並びに古き戦士たちよ。此度《こたび》の償《つぐな》いとして、お前たちには――」

その言葉を遮《さえぎ》ったのはリードベルトだ。

「族長よ、我らは元より首を差し出す所存だ。贖罪《しょくざい》ならば、どのようなことでも構わない。だが、その前に恥を忍び、言わせてもらう。真実を聞かせてもらえないだろうか。あの精霊は、かつてエルフだったという。この里で最も古くから生きるあなたならば、何か知っているのではないか？」

「……そうさな、辛《かろ》うじて知っているとも。じゃが、それを聞いたところで意味はないじゃろう」

「何故そのようなことを言う、族長！　私は今まで、責を全《まっと》うするために心血を注《そそ》いできた。だが、良かれと思った全ては、方向を違《たが》えていた……。過《あやま》ちから正しきことを知れ、と誰しもが教えられて育ったではないか。何故この時に限ってそれを許さないのだっ……!?」

立場上、こうせざるを得ない様子だった族長に、リードベルトは執務机を叩き壊す勢いで迫《せま》る。

「知っているのならば教えていただきたい。私は……我らは、一体いつから間違えていた!?」

これは一人の意見ではない。リードベルトの勢いに、場の戦士たちは少なからず同調していた。

それに対して、族長は苦しげに眉を寄せる。彼は逡巡《しゅんじゅん》したものの、やはり首を横に振った。

「リードベルトよ。お前の言い分は正しい。今までも常に正論を述べてきた。じゃが今回のお前は正論云々《うんぬん》よりも、真実を聞き、自分がより苦しむことを望んでいるだけではないか？」

「……っ！」

族長は見透《みす》かした様子だ。

「受け入れることも、贖罪《しょくざい》も急《せ》く必要はないというのに、この馬鹿者どもめ。捉《とら》え違いをするな。森も、魔物も、お前たちが思うほど厳しくは――」

普段、意見が対立した時と同じだ。族長はこうして穏やかに非難すると、平和論を唱《とな》え始める。今までリードベルトは、多少言い争ったとしても、最終的には族長の意思を汲《く》んだ行動に変えてきた。けれども、今回ばかりはそれで収まりきらない。

気付いた時、リードベルトは族長の顎《あご》を掴み上げていた。首を絞め上げなかったことだけは幸いだ。しかし、こんな暴力的な衝動に駆られてしまうほど、自分は毒に冒《おか》されているらしい。

「せ、戦士長っ……。それはいくらなんでもやり過ぎだ……！」

「わかっている！　だが、無理だ。私には堪《こら》えようがない。真実を聞かなければ、私は今よりよほど悍《おぞ》ましいものに突き動かされてしまうだろう。そうなってからでは遅いのだ！」

後方にいた者たちの制止を振り切ったリードベルトは、族長を睨《にら》みつける。

族長から返されるのは、今になっても憐《あわ》れみの視線だけだ。その視線には、早まるな、踏みとどまれ、と幾度もなくかけられた言葉が乗せられている。

「ああ、そうだ。族長よ、私はエルフの戦士として失格だろう。だが、そんな目を向けられるのは、今に始まったことではなかったのだ！　奴はずっと、そんな目で我らを見つめていた。だからこそ、問わずにはいられないのだ。――我らは一体、いつから間違えていた!?」

いくら問いつめようと、族長は真実を話す気はないだろう。それがわかっていたリードベルトは、律法を使用する。

反抗的なグリフォンを飼い慣らすために使用してきた、陰属性の律法だ。老い萎《しな》びた族長では抗《あらが》う術《すべ》などない。灰色の幻光が散ると同時に、ささやかだった族長の抵抗が消え失《う》せる。

リードベルトが手を離すと、族長は人形のようにうつろな様子でこちらを見つめていた。

「族長。あの精霊についてあなたが知る全てを、我らに」

命令を与えると、族長は少しの間《ま》を挟《はさ》んだ後に、語り始めた。

彼が語るのは千年も昔にいた、一人の若い戦士長の話だ。

当時、彼女は二代目のマレビトと共にヒュージスライムに立ち向かった。その末に彼女は誤ってヒュージスライムの欠片《かけら》に食われたという。その時に介錯されていればよかったものの、ドリアードはそれを許さなかった。

結果、彼女はヒュージスライムの欠片《かけら》と共に、数百年も暗闇に封じられることとなった。しかしその欠片《かけら》は、暗闇で休眠状態に陥《おちい》るという特性があった。加えて、現在の彼女の依代《よりしろ》は、欠片《かけら》を安全に消化できる特殊な植物だったらしい。魔獣《まじゅう》ヒュージスライムの欠片《かけら》と、植物と、エルフ。その三つが長い年月をかけて混ざり合い、魔物と化したのが、あの精霊の正体だそうだ。

それ以降の彼女の歴史は、多くのエルフが知るものと同じである。

語り終えると、族長は机にへたり込んだ。彼は困憊《こんぱい》した様子で、もうこれ以上は口もきけなさそうだった。

けれども、そんな様子さえ、リードベルトには見えていない。

「やはり、か。エルフを救った英雄を、我らは殺そうとしていたのか」

リードベルトは乾いた笑いを形ばかりにこぼした。真実を知った彼は、呆然として部屋を出る。咎《とが》から逃げるわけではない。この行動に理由なんてなかった。いたたまれなさに突き動かされるまま気付いたら、そのようにしてしまっていた。

道すがら幾人かのエルフとすれ違い、いつものように声をかけられたが、それも目に入らない。気がつけば彼は、里外れの川辺に行き着いていた。そこで力をなくし、抜け殻のように座り込む。

「死罪ならばいい。だが、そうでないのなら、私はどうすればいい……？」

確かにこの集落は、里と呼んでもいいほど大きくなった。それでも、国や都を作る人間ほどの組織ではない。まだ家族や親類の延長線上だ。死罪とされるのは故意に同族を殺した者くらいで、多分に情状酌量《じょうじょうしゃくりょう》がある。しかも今回は精霊のみを狙い、それも失敗に終わった。魔物側がこのことを問題視しないなら、極刑とまではいかないだろう。

もしもそうなってしまったら、自分は胸のうちでせめぎ合う思いのせいで、どうなってしまうかわからなかった。

「森よ。大地の母と言うなら、こんな時こそ導いてくれないのか？」

前を流れる清水に問いかける。

この樹海を本当にドリアードが統《す》べているなら、導きの一つでも示してくれたらいいのに。リードベルトが以前ではありえない思考をしたちょうどその時、上流から木片が流れてきた。

否《いな》。これは木片ではなかった。流れに乗っていたはずのそれは急に向きを変えると、リードベルトの前に流れ着き、自《みず》ら立ち上がる。木片ほどに小さなトレントだったようだ。

習慣でつい、護身用の武器に手を伸ばす。だが、リードベルトは途中で手を止めた。

「……意味のないことか。猊下《げいか》もおっしゃられていた。本当に森が我らを殺す気なら、我らはとうに滅《ほろ》ぼされていた。群《む》れとして大きくなることばかりを考え、森と付き合うことを忘れていた。森に、そして先祖に生かされていただけだ……」

護身用の武器を放り捨てた彼は、改めてその場に座り込む。川を見ると、小さなトレントはまだそこにいた。

「何用だ？　ここはまだお前たちが自由に行き来していい場所ではない」

『美シイ……』

「なに？」

美しい、と言った。元々、発声を得意としない彼らの声は、酷くかすれていて聞き取りにくい。けれども確かにそう言ったはずだ。

『我ラ……出来ヌ。エルフ、精霊、思イ。尊《とうと》キ、色……』

「彼らはね、あなたたちの仲間思いな行動に感動しているの」

「──っ!?」

リードベルトは傍《そば》から聞こえた声に驚いて飛び退《の》き、距離を取る。見ると、ドリアードが当たり前のような顔をして隣に座っていた。

一体いつ、どうやってそこに？　そんな疑問が湧く。

しかしそれも一瞬のことだ。彼女はこの樹海中に根を張り巡《めぐ》らせているという噂がある。それが真実なら、この地は全て彼女の庭だ。こうして場所を問わず現れるのも、ありえない話ではない。

それに、彼女には敵意がないようだ。前回出会った時と同じく温和な表情で、こちらが落ち着くのを待ってくれている。

やたらと吠《ほ》える犬が小さく見えるのと同じだ。こんな相手にさえ、むきになって敵意を見せていた自分に気付いたリードベルトは、恥ずかしささえ覚える。先ほど、自《みずか》らが呼びかけたばかりではないか。隣とは言わずとも、彼は一人分の間を空《あ》けて座り直した。

すると、ドリアードは微笑みを深くする。

「本というものを知っているでしょう？　もしくは吟遊詩人《ぎんゆうしじん》でもいい。そういう人が描く物語に感動して、できることなら自身も物語の登場人物になりたいと思ったことはない？　魔物たちは、あなたたちとナトゥレルを見て、それと同じことを思っているの。ただ風景として生きるばかりの植物としては、英雄譚《えいゆうたん》だけでなくエルフの生《い》き様《ざま》も夢物語よ」

そう言ってドリアードは、小さなトレントを拾い上げる。

その時、そこかしこで音がした。見れば小さな魔物が周囲から現れ、彼女に近づいていく。大きなものでは腰ほどの高さの魔物までいた。これだけの数の魔物が里内に潜《ひそ》んでいたことに――いや、彼女が言うところの『物語に憧れた魔物』がこれほどいたことに、リードベルトは驚きを隠せない。

「それからもう一つ答えましょうか。あなたがこれからどうすればいいかについて、ね」

「……聞かせていただこう」

今更躊躇《ためら》うことではない。一瞬、言葉が出遅れたものの、彼は聞くだけならばと耳を傾ける。

「今度はあなたが悪役になってでも、ナトゥレルを助けてあげればいい。同胞を殺された個人的な恨《うら》みはあっても、エルフ全てを守り続けた偉大なる先達《せんだつ》には報《むく》いたい。そんな風に思っているあなたは、誰かにこう言われたかったのでしょう？」

ドリアードの言葉は簡潔だった。その上、リードベルトの心情に合った提案である。彼の胸のうちに渦巻《うずま》いていたものは、あっと言う間に薄らいでいった。

「私自身より、貴様の方がよほど私を見渡せているのであろうな。確かにその通りかもしれない。

だが、解《げ》せぬ。魔獣《まじゅう》は誰の味方でもない、この地に君臨するだけの化《ば》け物《もの》だろう。ならば何故、自《みずか》らの思惑を実現させようと、私を唆《そそのか》す？　いや、私だけではない。あの精霊がマレビトに助けを求めたのも――依代《よりしろ》から核を抜いて帝都に行くなどという命を投げ打つ行動すら、元はと言えば貴様が唆《そそのか》したはずだ。それが傍観者のすることか？」

「ええ、確かに。その点に関しては、過ぎた行為かもしれない。けれど、それはいずれ来《きた》る災禍《さいか》からこの森を守るために、必要なことだったの」

「それはどういうことだ？」

「あなたが知らない外の世界の話ね。この地にいる者が起こす自然な変化ならば、私は受け入れる。けれど、それとは違う大きな流れがあるの。それに呑まれないために、私は少しばかり手を加えた。考えてもみて。植物とて、生きるための工夫はするものよ？」

「つまり、この一連の行動全ては、人間世界の動きに対する思惑があってのものだと？」

リードベルトは問いかける。

ドリアードはそれに答えなかった。これ以上のことは関係ないから、知りたいならば自《みず》ら調べろということなのだろう。追及しても答えはないと推測した彼は、話を元に戻した。

「樹海の主よ。先ほどの導きは痛み入る。だが、私にはできない。確かに先達《せんだつ》に報《むく》いれば、心は晴れよう。しかし、これ以上は同胞を裏切れない。私が安らぎを得る分、周囲の心に暗雲をもたらすだけだ」

例えば、自分が何か事件を起こし、それをナトゥレルが解決するところを里の人間に見せれば、今までの印象は変わるかもしれない。フラムが抱《いだ》いていた印象を変えたように、助けてもらうという実体験は、大きな影響力があるだろう。しかし、代わりに自分が悪役になったら、医務室でのフラムのように、心を痛める者が出る。ここまで愚《おろ》かなことをしてきて、さらに泥を上塗りすることはできない。

そう思った彼は、顔をしかめていた。

「そうね。私たちだけなら、そう。理想はあっても、しがらみに縛られた答えしか出せない。だから私は、ナトゥレルに〝彼〟をこの森に呼べばいいと言った」

彼とは誰かを問うまでもない。エルフも世話になっている、今代のマレビトのことに違いない。

ドリアードはここまでの全てを見越していたのだろう。

「この森に馴染《なじ》めないエルフのために命を捧《ささ》げて、枯れゆくナトゥレル。彼女の行動を支えようとした森の木々。そして、彼女と対峙《たいじ》していたあなたの、忸怩《じくじ》たる思い。全てをこのまま終わらせて冬を越しても、晴れやかな春は来ないわ。――彼はこんな時、いつもいつも新たな風を巻き起こした。福音《ふくいん》をもたらしてきた様《さま》を、私は見てきた」

「しかし、この森に関係のない彼に、これ以上の荷を負わせることはっ……！」

その選択はできないと、リードベルトは苦しげに拒絶しようとする。

それに対し、ドリアードは首を振って返した。

「強《し》いるわけではないわ。彼と私には小さな繋がりがあったから、自分勝手に期待しているだけ。そしてこの森の魔獣《まじゅう》として、私は今後の備えのために、彼を今回の騒動に巻き込みたいの。だからこそ、私は悪意をもってあなたを唆《そそのか》す。エルフを守ってあげるから、あなたはナトゥレルのために悪役となりなさい。彼が動いてくれたら、あなたのおこないでエルフもナトゥレルもあなた自身も救える。彼が私たちを見限って現実を払拭《ふっしょく》してくれなかったとしたら、あなたはただの悪者になるけれど――それでもこの役を担《にな》う気概はある？」

「全てを承知の上で、私にこれ以上の愚行《ぐこう》を起こせと……？」

「その通り。希望のある未来か、このままか。選ぶ権利はあなたにあるわ」

ドリアードはあくまで優しい声色で、甘言を囁《ささや》く。彼女の言い分を聞く限り、これはこの場限りのことではなく、先々も見越した上での誘いなのだろう。リードベルトは堂々巡《どうどうめぐ》りのように迷った。

そんな時、ふと『あの精霊が同じように選択を迫《せま》られたら』という考えが頭を過《よぎ》る。

「――いいだろう。望みがあるならば、是非もない。この命ならば好きに使え。貴様に託《たく》そう」

きっと、精霊も同じ選択をしたはずだ。そう思い、彼は決断した。

するとドリアードは満足そうに微笑む。何をすべきかとリードベルトが指示を待っていると、彼女はある方角をつと指差した。この方位は彼にも覚えがある。

「あなたはミスリル鉱山に行きなさい。そこで眠っているミスリルタイタンに律法で、『ドリアードは正気を失った』という言葉を伝えてくれればいいわ。それだけで事足りる」

想像だにしなかったその指示に、リードベルトは目を見開くのだった。

†

『どうしてここまでしてくれるんですか？』

マレビトとして活動し始めてから、風見はよくそう聞かれる。

この世界は自分の命を自分で養《やしな》うことも、時によっては厳しい。それでいて誰かが助けてくれるのは、お伽噺《とぎばなし》の中だけ。差し伸べられる手は大概、詐欺《さぎ》でしかない。

人に助けられるなんて、宝くじが当選するようなものだという。事実を疑う気持ちはよく理解できた。けれど風見の行動に裏はない。強《し》いて言えば自分にできることがあるからだ。

物も技術も、せっかく得たのなら使いたくなるのが人というもの。大学までの勉学で得たのが医療技術なのだ。それを腐《くさ》らせるなんて、今までの自分の多くを否定するようなものである。

だから対価なんて必要としていない。笑顔や喜びの言葉に変われば十分に報《むく》われるのだ。

けれど、たったそれだけの簡単な話が、今回は破綻《はたん》していた——

ミスリル採取以降、風見らは全ての仕事を終え、やることがなくなっていた。

族長や戦士がリードベルトの暴走を伏して詫《わ》びにきて、その謝罪も受け入れた。あとはクロエを迎えにドリアードのもとへ行くだけである。

早々に出発の準備をした風見らを、族長は数人のお供と共に見送ってくれる。

「おぬしの働きに多大なる感謝を。此度《こたび》のことで、森や魔物と語らうための一歩も踏み出せた。すぐに和解といかなくとも、時間をかけて理解を深めるのは可能じゃろう。最後に恥を見せたが、傷から膿《うみ》を出せたようなものじゃ。おぬしらの行為は決して無駄にせぬと誓おう」

「……はい、ありがとうございます」

族長の言葉に風見は簡単に返して、その場を後にした。

それが数時間前の話だ。現在の風見らは森を徒歩で進み、山岳樹を目指していた。

何故わざわざ徒歩なのかといえば、タマがまたも森の深みに入りたがらなかったことがまず一つ。次に、以前のキュウビと同じく空から向かう手は、飛竜の積載重量的に危険そうだったからだ。

しかし行軍は思うように進んでいない。状況はマンイーター採取の時と同じなのだが、今はナトが目に見えて弱っているのが理由だ。

案内として先頭に立っている彼女は、虫系の魔物が出た時も率先して退治する。彼女は風属性の律法かまいたちの一発で大抵は撃退できてしまうので、リズやキュウビも手を出す隙がない。

そうして彼女は一人で案内と露払《つゆばら》いを担《にな》うのだが、時折めまいのようにふらつくのだ。宿《やど》り木《ぎ》から核を抜いて長いため、衰弱《すいじゃく》の一途を辿《たど》っているのだろう。治ることのない病《やまい》に冒《おか》されながらも仕事を続けている——そんな様子だ。見ていられない。

「もういい。休憩しよう」

「でも、マレビトさん。さっき休憩したばっかりで……」

「いいから休憩だ」

「……わかった」

風見、リズ、キュウビ、クイナ、クライスに加えてナトというメンバーだ。この中で最も体力的に劣《おと》るであろう風見でも音《ね》を上げていないのだから、誰のための休憩なのかは明白だった。

ナトはそれを素直に受け取れないようだったが、強く言えば反論はしない。彼女は木陰に腰を下ろすと、足を抱えて小さくなった。

風見も彼女から離れた木陰に腰を下ろす。普段ならばリズらがその周りに寄ってきただろうが、今回は彼女らも二人と距離を置いて座った。その理由は風見も自覚している。

クイナとクライスはどうかわからないが、リズとキュウビは風見の心中を察しているのだろう。二人の尾は不安を示し、腿の間に挟《はさ》まれたり、縮こまったりしている。

こんな風見と彼女らを見やったクライスは、率直な疑問を口にした。

「猊下《げいか》。このペースでは今日中に着けないかもしれませんが、よろしいので?」

「一刻を争う事態でもないから大丈夫だ」

風見の返事にクライスは歯切れの悪さを感じていたようだが、そちらはキュウビがフォローしてくれる。彼女はクライスとクイナに小声で説明をし始めた。

「あんな締め括《くく》りでしたもの。気が乗らないのもわかります。シンゴ様がこんな風に堪《こら》えきれなくなったのは——そう。リザードマン狩りで狼さんが攫《さら》われた時以来かと」

ねえ? とキュウビは視線でリズを促《うなが》す。その時のことについては気恥ずかしいことでもあるのか、リズは襟《えり》を引き上げて顔を隠そうとした。けれども意見を求めるクイナとクライスの視線に負けて、口を開く。

「それは私も見ていないけど、なんとなくわかるよ。シンゴは苦労も回り道も、終わりよければ全てよし、なんて笑って済ますけどね。その逆の結果は、すこぶる嫌う。正直、今のあれは私でも怖いよ。近寄りがたい」

離れていても風見の耳にかろうじて届く声で話しているあたり、陳情《ちんじょう》でもあるのかもしれない。今の風見は激昂《げきこう》とは真逆の怒《いか》り方な上に、普段は怒ることも滅多《めった》にない。だからこんな風にギスギスとした空気を垂れ流していると、触れることも躊躇《ためら》われるのだろう。

遠回しに諭《さと》された気がした風見は、息を吐き空を見上げようとする。

「あの、マレビトさん。案内……」

顔を上げると、ナトが近づいていたことに気付いた。何分か休めたので、再出発を提案しにきたのだろう。さすがの彼女もこの空気を察しているようで、主張はおどおどとしている。

風見は無言で立ち上がり、歩みを再開させることで応じた。

こんな対応をすることに、良心がチクリと痛む。だが、そうでもしなければ激情が溢《あふ》れかねない、という自覚があるのだ。全てが終わってしまった今、それをナトにぶつけても仕方がない。対処のしようがない彼女がかわいそうだ。――そんな風に思う理性が、最後の一線の前で立ち止まらせ、怒《いか》りを消化しようとしているのである。

ナトは数秒もすると追いついてきて、先導し始めた。

――それからしばらくして、予想だにしなかったことが起こる。

突然、ナトが何かにビクリと反応して森に向かって横一閃《よこいっせん》に手を振るい、律法で木々を倒した。

(これまでとは違う敵か……?)

しかし魔物が襲ってきた気配はない。倒されたのは木々のみだ。

疑問がさらに深まることに、風見以外は身構えてその方向に目をやっていた。広がった視界の先に、何かを見ようとしているらしい。

風見も一緒に目を向けると、直後、視界の先で噴火のごとく土砂が撥《は》ね上がった。

エルフと行ったミスリル鉱山あたりだろうか。そこから、巨人が立ち上がる様《さま》が見えた。大きさはタマが二足で直立したのと同等。控《ひか》えめに見ても三十メートルはあるだろう。陽光をぎらぎらと反射させるその体躯《たいく》と巨大さには、見覚えがある。

「ミスリル、タイタン……!?」

ナトは今まで見せたことがない驚愕《きょうがく》の表情で、それを仰《あお》ぎ見る。

鉱山で眠っていたはずのミスリルタイタンが目覚め、雄叫《おたけ》びを上げた。人狼のそれどころではない音量だ。程なく、音は衝撃じみて押し寄せる。

いや、それだけに留まらない。音が見える形で現れたように、土色の幻光が押し寄せてきた。

「シンゴ、揺れに備えろ!」

リズの注意喚起だ。次の瞬間、言葉通り地面が揺れた。まともに立ち続けるのも難しい規模の揺れだ。程なくして揺れが収まると、リズは状況確認に目を走らせた。

この災害の本当の意味をいち早く察した彼女は、安堵《あんど》とは程遠い表情を浮かべる。

「これは攻撃ではないね。ゴーレム系は体を操作、浮遊させるための律法を常時使っている。それが本格的に稼働し始めた余波かな？　寝起きの伸びみたいなものだったんだと思うよ」

かつてタマが律法で広範囲の大地を砕いたことを考えると、これはその程度のことだったと結論付けられるらしい。魔獣《まじゅう》の規格外っぷりには、相変わらず震撼《しんかん》させられる。

だが、今はそんなことより気にすべきことがあった。そのことをまず言葉にしたのはクライスだ。

「被害がないのはなにより。しかし何故あれが目覚めたのでしょう？　ナトゥレル殿は、ミスリルタイタンは次代の魔獣《まじゅう》だとおっしゃった。一つの領域を二体の魔獣《まじゅう》が支配する、という話も聞きません。本来であれば、今代の魔獣《まじゅう》に何かが起こらなければ目覚めぬものでは？」

彼の疑問にキュウビが頷《うなず》く。

「今代の魔獣《まじゅう》が死ぬか、領域を捨てるような事態でもなければ、起きないのが普通でしょう。しかし、ドリアード様はお元気でしたし、変わった様子もありませんでした」

風見はこの事態を訝《いぶか》しむキュウビに視線をやり、その後、ミスリルタイタンを見た。

雄叫《おたけ》びを終えたミスリルタイタンは静かに動き出す。

規定外の何かが起こり暴走している、という様子はない。山岳樹の方向へ真っ直ぐ足を踏み出す様子には、はっきりとした目的がうかがえる。

興味があるのは、山岳樹だけなのだろう——。風見はそのように見て取ると、眉をひそめる。

「クロエのことが心配だし、急ごう。もし間に合いそうにないなら、申し訳ないけどココノビはエルフの里で待機させている飛竜を呼んで、先行してもらってもいいか？」

「それはよろしいのですが、あれが目覚めたのなら、寝床のゴーレムも目を覚ましたはず。何かが起こるのは、ドリアード様のもとだけでは済まないかと。そちらはどうしますの？」

「俺たちがすべきことは終わっただろ。もう舞台袖にいるんだ。何も言われていない俺たちが、これ以上しゃしゃり出ることじゃない」

普段の風見なら言わなかった言葉だろう。それを聞いたキュウビは、言葉を呑み込み、頷《うなず》いた。

「……そうですか。なら、わたくしがこれ以上言うことはありませんわね。わかりました」

彼女は手のひらに狐火《きつねび》を生み出すと、空に打ち上げる。意味的には信号弾と同じだ。音と光を上空で散らしたそれは、愛竜の八房《やつふさ》を呼ぶ合図である。

「あの子が来るまでに、少しでも距離を稼《かせ》ぎましょう。ナトゥレルはわたくしがフォローいたしますわ。走る準備はよろしいですか？」

キュウビの確認に対し、各々《おのおの》が頷《うなず》いた。

ナトとキュウビが先頭を走り、ナトが辛くなるとキュウビが休憩代わりに抱えるという具合で森を急ぐ。幸い、ミスリルタイタンはのそのそと歩くのみだ。走られなければ先回りは可能だろう。

そう思って五分ほど走っていたところ、ナトの様子に変化が生じた。何かを察し、時折後ろ髪を引かれる表情を見せるのだ。

何事が起きたのか、風見にはうっすらと予想できた。ゴーレムが目覚めるだろうというキュウビの言葉に、ナトのこんな様子だ。エルフの里に何かあったのだろう。

そして——おそらくそちらを襲った脅威と同じものが、風見らの目の前にも姿を現す。

前方数メートルで土が盛り上がったかと思うと、墓土を破って甦《よみがえ》るゾンビのように、ゴーレムが地中から這《は》い出したのだ。

キュウビの対処は早い。彼女はゴーレムを目視するや否《いな》や、狐火《きつねび》を放《はな》つ。単なる土石で構成されるそのゴーレムは、狐火《きつねび》の着弾と同時に上半身が吹き飛んで、あっけなく沈黙した。

しかし事態はそれで終わりではないらしい。キュウビは薙刀《なぎなた》を構えて振り返った。

「狼さん、後方から金属のゴーレムが来ますわよ」

「問題ない。接近音は聞こえているよ」

キュウビの注意喚起と同時のこと。一行の後方から、ゴーレムとは思えない速度で何かが飛び出してくる。その正体は、四足歩行の獣《けもの》型の金属ゴーレムだった。

「Eu escrevo isto Lagrima Rapidamente!」

詠唱と共に迎え撃ったリズは、獣《けもの》型ゴーレムの左前後肢の付け根を上段振り下ろしで切り裂く。

以前戦ったシルバーゴーレムより小型な上、人間型より関節部が明らかに細い。それに加えてシルバーゴーレムの魔石で強化された大太刀《おおたち》がリズの得物なのだ。これだけの条件が揃えば、シルバーゴーレムが相手でも斬撃《ざんげき》は通るらしい。

半身を失い、バランスを崩した獣《けもの》型ゴーレムは、あらぬ方向に墜落《ついらく》する。イタチの最後《さいご》っ屁《ぺ》のように律法でやたらめったら石の弾丸を放《はな》ち始めたが、大したことはない。

風見に向かう石は、クイナとクライスが見事に弾《はじ》いてくれる。そうしている間にトドメを刺しに走ったキュウビは、炎をまとった薙刀《なぎなた》で獣《けもの》型ゴーレムの胸を突き刺し、炎を流し込んで内部を焼き尽くした。ゴーレムは無機物の殻を律法で動かしている生物だ。核とそれに付随する軟体を焼き払ってしまえば、退治できる。

ゴーレムが崩れ、鉱石に戻ったのを確認した一同は、ひとまず息を吐いた。

「この数日、散々森を動き回ったが、こんなことはなかったよ。ゴーレムの親玉が動き出した途端にこれだし、何か関係があるね？」

太刀《たち》を鞘《さや》に収めたリズは、答えを知っている可能性が最も高いキュウビに目を向ける。

しかし彼女も首を横に振った。

「残念ながら真相は知りませんわ。ですが、魔境の環境は、統治する魔獣《まじゅう》の性質に引きずられる傾向があります。次代の魔獣《まじゅう》が目覚めた影響なのは、確かでしょう」

より魔物側に精通するナトの意見はどうなのか、と全員が彼女に視線を向ける。

当の彼女は植物と会話をし、情報を確かめたのか、近場の木に手で触れていた。伝えられた情報は芳《かんば》しくなかったのだろう。いてもたってもいられないという表情になる。

ついには耐えられなくなったようだ。彼女は跳躍《ちょうやく》しようとして——何かを思い出した様子で、はたと踏みとどまる。振り向き、彼女が視線をやったのは、風見だった。

彼女は辛さを噛《か》み締めた顔で近寄り、縋《すが》りついてくる。

「お願い、マレビトさんっ……。ついてきて。もう約束は果たしてもらったけど。だけど、ついてきて。私を、行かせて……！」

やはり彼女にはやりたいことがあるのだろう。

彼女は必死になってまた行く末の知れない何かを求めてくる。

だが、いい加減、我慢の限界だ。また自分を顧《かえり》みていないであろう行動に巻き込もうとする彼女に、風見は怒《いか》りを隠しきれなかった。

「本当にそうしたいなら、俺なんてもう関係ないだろ。それとも、何か。ここまで歩いてきた時みたいに目の前で魔物を倒して、頑張りに頑張って、最後には俺に死《し》に様《ざま》を晒《さら》したいのか？　そんなことのためについて行けっていうのか？」

ここに至ったというのに彼女が何を思い、何がこうさせるのか風見には未だに理解できなかった。

「……違、う。そうじゃない。私のは、あなたが……。あなたにいてもらわないと、私は……」

元から口下手な上、よほど焦燥感《しょうそうかん》に駆られているのだろう。里の方角を気にする彼女は、上手く説明できず、かわいそうなくらいに口をあぐあぐとさせるばかりだった。

そんなに辛いのならさっさと行けばいいものを、彼女はそうしない。まるで律法で縛られた奴隷《どれい》だ。風見の同意がなければ、場を離れることすらできないように見える。

今までの不満がまだ色濃く胸に渦巻《うずま》いている反面、自分が彼女を苦しめているように思えて、風見の胸がずきんと痛んだ。

「シンゴ様。確かにお気持ちもわかりますが……」

そこへ、見かねたキュウビが声をかけてくる。ナトに対しては、千年前の負い目もあるのだろう。彼女の目は、いつものように助太刀《すけだち》をしてはどうか、と訴《うった》えていた。

これではまるで、悪役は自分だ。風見はぎりりと歯を噛《か》む。

——そうではない。ナトを苦しめたいとは、思っていない。ただ、彼女が望む通りにしても、今までと同じく犠牲が伴《ともな》う結末にしかならないことが見えているから、嫌なのだ。

ナトだけではない。リードベルトも含め、そんな結末を甘んじて受け入れたのが、気に入らない。

なにより、こんな結末になる用に仕立て上げた〝彼女〟が気に入らない。

身の内で煮《に》えたぎる怒《いか》りに促《うなが》されて木を殴りつけた風見は、声の限りに叫びを上げた。

「全部全部聞いているんだろ、ドリアード⁉ 出てこいっ‼」

張り上げた声は虚《むな》しく木霊《こだま》するのみかと思われたが——彼の声に即座に応じて、目の前に浮かび上がる姿があった。忘れもしない。水帝樹《すいていじゅ》の湖で会った、ドリアードその人である。

「ええ、全部聞いていたわ。束縛しないためにも、あなたが神官の子を迎えに来てからが望ましいかと思ったのだけれど、これ以上時間をかける方がよからぬ結果に繋がりそうね」

彼女らしい柔らかな微笑みはない。ドリアードは真摯《しんし》な瞳で風見を見つめている。

風見はそれを冷たく見つめ返した。

「——今回の一連の出来事の黒幕は、ドリアードなのか？」

「それぞれが抱《いだ》いていた願いを後押ししたことは確か。ナトゥレルも、魔物も、エルフの現戦士長も含めて、ね？ それを黒幕と言うのなら、確かにあなたの言う通り。けれど、私は日差しと同じ。平等に贔屓《ひいき》して回ったから、最後はあなたを照らす番」

ドリアードの頷《うなず》きを目にした風見は、しばらく無言でいた。普段なら決してない彼の張りつめようた、クイナのみならず身内の全員が息を呑んでいる。

「気に入らない。人を巻き込んで、見せたかった結末がこれなのか？　何千年も生きた魔獣《まじゅう》が、全部を知った上で糸を引いた結末が――ナトは死んで、リードベルトさんを含めたエルフに酷い歯切れの悪さを残すこれなのか？」

風見は現状に対する苛立《いらだ》ちを露《あら》わにし、ドリアードを問いつめる。

「そうね。ナトゥレルはエルフを救いたがった。魔物はその願いに同乗し、自《みずか》らも物語の登場人物になりたがった。リードベルトは、エルフに尽くしたナトゥレルに最期《さいご》の華を持たせるために、今度は自分が悪役を買って出た。願いは歪《いびつ》。それぞれが枝葉《えだは》を伸ばせば、こうも食い合ってしまう」

「あんなものを目覚めさせることも含めて、分別なく後押しをしたのか？」

「ええ。この領域に利する限り、善悪は問わないわ。ミスリルタイタンと共に目覚めたゴーレムは活発化し、栄養と金属を貪欲に求め始める。銀とミスリルを持ち帰ったエルフの里は、必ず標的になるでしょう。ゴーレムはその頑丈さ故《ゆえ》に、破壊力に乏《とぼ》しい律法しか使えない森の生き物にとって天敵。だから里は必ず窮地《きゅうち》に陥《おちい》る。エルフの娘を救ったように、それをナトゥレルが救えば、彼女の真相を信じる土壌もできあがるでしょう。森に蔓延《はびこ》っていた怨恨《えんこん》はこれで消え失《う》せる。否定すべき願いではなかったわ」

「次の魔獣《まじゅう》があんたに向かっている上に、そこら中からゴーレムが湧き始めてる。それでもこの領域のためになるって言うのか？」

「なるようになれば、ね。そう見越したの」

言い訳の一つもない。人を巻き込むだけ巻き込んだ事態の真相を、明らかにしただけだ。だというのに、ドリアードは微塵《みじん》も気にせずに問いかける。

「ねえ、マレビトさん。あなたは今のこの状況をどう思う？」

わざわざ地雷を踏み抜くかのような言葉だ。風見はそれになかなか返答しない。

ドリアードと正面から視線を交わし続け――そして小さく息を吐いた。

「さっきも言っただろ。気に入らない。誰かのために命を賭《と》す、命を対価に何かを成《な》し遂《と》げる。確かに立派だし、物語や演劇だったら映《は》えると思う。だけど俺としては、とんでもない。関わるだけ関わって、あとは蚊帳《かや》の外なんて、俺はなんなんだ？　自分の命ですっぱり清算してハイ終わりっていう結末を見せられるだけなんて、後味が悪すぎるだろ」

風見はそう言って振り返り、ナトを見る。

胸の前で両手を組んでいた彼女は、その視線に身を強張《こわば》らせた。魔物ではなく、エルフとして望んでいたことをようやく成《な》し遂《と》げたおかげか、今まで以上に人らしさが垣間見える仕草だ。

そんな彼女を見たからこそ、風見は歯噛《はが》みしてドリアードに視線を戻した。

「それだけじゃない。今聞いたリードベルトさんのやり方じゃ、弱り始めているナトはどうなる？　全部やりきって、エルフたちの誤解をといて死ねれば、それでいいのか？　俺は御免《ごめん》だ」

風見の言葉は真っ直ぐにドリアードに届く。

それに対するドリアードの反応は、笑みだった。彼女は女神のような柔らかな表情を浮かべ、満ち足りた様子で彼の言葉を迎えた。

「私は魔獣《まじゅう》として、中立を約束する。そのためにも、最初に言ったように、あなたにも求めるものを与えにきたの。今回の件に巻き込まれたあなたは、何を望む？」

「……何を言うか、わかってるだろ？」

彼女の見越した結果に導くには、ピースが欠けている。それも、風見が不満を抱《いだ》いている部分だけが、ぽっかりと。その上で『平等に贔屓《ひいき》して回ったから、最後はあなた』なんて言ってみせた。これだけお膳立《ぜんだ》てをして、しかも期待の眼差《まなざ》しまで向けているのだ。回りくどいにもほどがある。

確かに彼女は魔獣《まじゅう》で、基本は中立だ。しかし大局を見据《みす》え、できる範囲のお節介ならばしてくれる。理解できない化《ば》け物《もの》ではない。よき隣人とも言うべき存在だった。

風見はふと自分の右腕に視線を落とす。今まで何度と知れず助けてくれたグランドオークの腕輪が、そこにはある。植物の魔物にも多く助けられた。こうしたドリアードの助けがなければ、ハイリザードに攫《さら》われたリズを救うことも叶わなかっただろう。

ドリアードがこんな事件に巻き込んだことには意味があると思えてならなかった。

「望みはなんでもいいんだな？」

「私が与えられるものなら構わないわ」

ふっとドリアードは微笑む。

その一方でナトは風見の袖を引いてきた。視線を向けると、彼女はしきりに首を横に振っている。追いつめられたように、ともすれば涙でも流すのではないかと思える顔だ。

「……っ」

その表情にどんな理由が隠れているのか、風見にはわからない。

しかし、見過ごすことなんてできなかった。もうとっくに情は移ってしまっているのだ。風見はドリアードと向き直り、改めて答えを求める。

「だったら教えてくれ。全部を丸く、ハッピーエンドに収める方法を。ナトも死なず、こんな馬鹿騒ぎを始めた石頭を叩いてやれる方法を。真相を隠されて我慢しなきゃいけない方が、よっぽど腹立たしい。解決法だけもらえれば、俺は十分だ」

「優しい人。それならば私は十全に答える用意があるわ」

だって、ここまでを前提にしたからこそ、ナトゥレルにあなたの存在を教えたのだから。

きっとそんな言葉が隠れているだろうが、風見としてはどうでもいいことだった。

「そもそもエルフは、こんな騒ぎでもなければ森と相容《あいい》れなかった。エルフを助ける義理があるのも、ナトゥレルだけだった。彼女はエルフに恨《うら》まれているから仲裁には第三者が不可欠。でも、森にはそれができる人間種なんていない。外に求める必要があった。ただ仲裁できるだけの人間ならいくらでもいるけれど、あなたでなければいけない理由があるの。重要なのはね、ナトゥレルの死に場所としても、救う手段としても、あなた以外では成《な》しえないというところ」

死に場所になれるなんて言い草は妙だし、ナトを救えるのが風見だけというのも妙だ。傷や疲れを癒《いや》す手段は無数にある。クロエの律法のような特殊技能頼りならともかく、技術しか持たない風見のみが可能なんて、おかしな話だろう。

だが、この話は間違いでも冗談でもないらしい。ナトは風見の腕を強く抱き締め、「やめて。聞かないで」と繰り返している。そんな中、ドリアードは風見が望む通りに話を続けた。

「あなたはナトゥレルからある物を預けられた。それは覚えている？」

風見は頷《うなず》く。無論、覚えている。ナトの寝床に到着した夜のことだ。お守りだと言われたそれは、預けられてから懐《ふところ》に入れ続けている。

しかし今思えば、何のご利益もない。そんなものの重要さが、風見にはわからなかった。

「あなたが渡された物は彼女の核。かつてヒュージスライムの欠片《かけら》だった物。精霊とはね、律法で身体をなす点では、ゴーレムに似ている。それが本体である以上、ナトゥレルはそれを所持するあなたから、離れられないの。これが今、彼女があなたを置いてエルフの里に戻れない」

「昔の話は聞いてる。でも、それがなんだって言うんだ。気紛れで俺に心臓を預けたかもしれない。第一、預けた心臓なら取り返せばいい。こんな風に伺《うかが》いを立てる必要もないだろ。なにより、そんなことの何が、ナトの生き死にに関わるって言うんだ？」

「その欠片《かけら》は元の生態を忘れて、この子を精霊として生かしてきた。けれど今は、宿り木《やどぎ》から抜き出されて飢餓《きが》に陥《おちい》っている。そんな状態なら、ただ喰《く》らい、増えようとするヒュージスライムの生存本能が目覚めてもおかしくないでしょう？　それを押さえ込むのに必要だったのが、あなた」

どうして風見が必要になるのか。一瞬疑問に思ったが、考えてみれば簡単な話だ。

魔獣《まじゅう》ヒュージスライムの恐ろしさは、律法によって発揮される同化と吸収。言い換えてみれば、律法を使うことを除くと、ただのスライムなのである。暴走しようにも、律法が作用しない風見が持っていたら、同化吸収のしようがない。つまり、ナトが衰弱死《すいじゃくし》するまで、欠片《かけら》を閉じ込めておく檻《おり》にする役割が風見に求められたものなのだ。

その事実に気付いた風見は、ナトに目をやる。彼女はもう抵抗をやめ、俯《うつむ》いていた。

一拍置いて、ドリアードが話しかけてくる。

「マレビトさん。あなたなら、あとはどうすればナトゥレルを救えるのか、推察できるでしょう？」

「……何百年も暗闇の中に置かれていたナトの宿《やど》り木《ぎ》と、同じことをすればいいわけか」

「ええ。たとえその身に核を宿《やど》しても、宿《やど》り木《ぎ》が千年生き長らえたように、生死には影響しないでしょう。悪いことばかりではないと思うわ」

かなり不確定要素が多いが、難しい話ではなかった。

元々律法が通じないマレビトの体は、暗闇を用意する必要もない檻《おり》になれるだろう。

「――ねえ、マレビトさん。そんなことを聞いてどうするの？」

風見の思考を遮《さえぎ》り、ナトが声を出す。風見が目をやるや否《いな》や、彼女はドンとぶつかり、服を掴んで寄りかかってきた。

「どうするって、決まってるだろ。やれることがあるならやるさ。エルフには協力したのに、ナトはどうでもいいなんて方が、間違ってる。そういうやり方は今までもずっと続けてきたことだ。ここでもそうして、何か悪いことでもあるか？」

ナトは泣いているかのように俯《うつむ》いたまま、か細い声を出す。

「……そう。よかった。それなら、私は迷わない」

ありがとう、とナトが続けて呟《つぶや》いた瞬間――布が裂ける音がした。彼女が強く掴んでいた風見の服をそのまま強引に引き千切《ちぎ》ったのだ。どうしてそんなことをしたのか風見の理解が追いつかないうちに、ナトは彼を強く突き飛ばす。

数メートル後方にいたリズがさっと背を支えてくれる。なんとか転ばずに済んだ風見は、一体どういうことなのか詰問するつもりでナトを睨《にら》んだ。

目に映ったのは壊れかけの笑みだった。ナトは何故かそんな表情を浮かべている。

「あなたは優しい人。答えを知ったら、止まらないかもしれない。それは駄目。あなたを必要とする人は、いっぱいいる。こんなところで、私なんかのために余計なものを背負わないで」

その言葉の意味を理解するのに、風見は一瞬の時間を要した。

彼女は明確に風見を拒絶していた。

「いや、なんでだよ。死なないで済む方法があるんだったら、なんでそんな――」

「ドリアードを信じすぎては駄目。彼女が大切にするのは、この領域。あなたよりもずっと長生きをする、この領域。あなたが望む答えでも、あなたのためになる答えとは限らない」

ありえない話ではない。事実、ドリアードはその言葉を一切否定しなかった。

だが、できることはあるかもしれない。解決策にリスクがあるとしても、なんとか呑み干せる程度ということもある。それなのに、一考すらせずに終わらせてしまうなんてないだろう。

そう思って風見はナトに視線を戻したが、彼女は拒絶してじりじりと距離を置いていた。

その時、彼女の左手で何かが蠢《うごめ》くのが見えた。黒くて細い、ミミズのような何かが指の間からうねって這《は》い出し、さらには皮膚が変異してその黒い何かが増殖しようとしている。

彼女が風見の服を千切《ちぎ》って奪ったのは、預けられていた白い真珠のような宝石――ヒュージスライムの欠片《かけら》だ。

「私は化《ば》け物《もの》。だからあなたの敵になることにした。憎《にく》むだけ憎《にく》んでくれていい。私はあなたが気にかける価値もないから、気に病《や》まないで。そして狐さん。あなたは千年前に焼き残した化《ば》け物《もの》を、必ず焼きに来て。そうしてくれれば、きっと全部終わる」

それだけ言い残すと、彼女は跳躍《ちょうやく》してこの場を去るのだった。

†

台風のように風を巻き起こすだけ巻き起こし、ナトは去った。

取り残された者からすれば、あまりにもあっけない幕切れだ。風見はその場にどさりと座り込む。助けられたかもしれない命を救い損ねた時と同じだ。リズはその小さな背を見つめる。

「シンゴ……、大丈──ぴゃっ!?」

そんな時、クイナが心配して彼に駆け寄った。だが、その直後、彼女は尻尾をぼっと毛羽立《けばだ》たせて飛び退《の》く。

風見はぼそぼそと何かを呟《つぶや》いていた。それがやんだかと思うと、きつく歯を噛《か》み締める音まで聞こえてくる。彼がどんな状態なのかは、もう推《お》し量《はか》るまでもない。

しばらくそのままの様子だった風見は、心を落ち着けるためなのか、大きく深呼吸をする。それからようやく顔を上げた。

「はは……、はははは。もう、なんだかな。本当になんなんだか。……おーい、リズ？」

「うっ……」

何故、こんな時に限って真っ先に声をかけるのか。心底嫌な顔をしたリズは思いっきり目を逸《そ》らし、無視を試《こころ》みる――が、振り向いた風見に両手を取られた。ぐいと引かれると、柔術で操《あやつ》られたように風見の目の前にお座りさせられてしまう。

「シンゴ……。お前、怒っているだろう？」

「ああ。心底ぶち切れた。今ならなんでもしてやれる気分だな」

怒《いか》りの矛先《ほこさき》はナトだろうに、なんで自分がその矢面《やおもて》に立たされなければならないのか。八つ当たりにもほどがあると言いたくなるのを我慢し、リズは尻尾を股の間に挟《はさ》んで堪《こら》える。

彼の怒《いか》りは、ふつふつと茹《ゆ》だる毒壺のようなものだ。

キュウビは、怯《おび》えるクイナを抱きかかえるのに手一杯。クライスに至っては、興味深そうに眼鏡をちきりと上げて眺《なが》めているのみ。――援軍はない。リズはそう悟《さと》った。

「で、そのシンゴは私にどうしろと……？」

「そう言ってくれるリズが大好きだ。でも、エルフは大っ嫌いだ」

「いや、そんな比較で出されても、嬉しくないからね？」

むしろ今すぐに逃がしてくれた方が嬉しい、とリズは自《みずか》らの手を引こうとする。しかしながら風見の手にこもる力は強く、とても振り解けそうになかった。

どうやって逃げたものかと策を練っていると、しばらく静かだった風見はぽつりと声を漏《も》らす。

「リズはこんな結末、どう思う？」

ああ、またいつもの病気が始まった。そんな思いで、リズはため息を吐く。

「エルフの戦士が勝手に死にたがって、放っておいても後は丸く収めてくれるんだろう？　あそこで動いている物騒な魔獣《まじゅう》にしたって、私たちを狙っているわけでもない。だからどうでもいいね」

わざわざ騒動に顔を突っ込む馬鹿でもないし、そうするだけの理由もない。そう思って、ドリアードをちらと見る。彼女はその視線ににこりと笑みを返してくるのみだった。

こんな状況だというのに、気にした素振《そぶ》りもない。これほど感性が違う相手に付き合うだけ損だ。リズは自分の意見を正直に言う。

「これ以上助けてやる義理もない上に、精霊には敵とまで宣言されたんだよ？　あれが言った通り、もう気にすることはない。そういうのにわざわざ関わっていらん苦労をするのは、シンゴの悪い癖《くせ》だよ」

「そうだな。リズの言う通りだ。偽善の押し売りをする気力も湧かないな」

「はいはい、そーだね。シンゴならそう言うと――……は？」

それでもできることなら助けたい――そんな言葉が来るかと思いきや、リズの皮肉屋な意見に風見は頷《うなず》いている。リズはありえないものを見たように、ぱちくりと目を瞬《またた》かせた。

「リズの言う通りだって言ったんだ」

リズは、いやそんなはずはない、と耳を疑ったが、やはり風見の言葉は覆《くつがえ》らない。ようやく手を離した彼は、どっしりと構えた様子で見つめ返してきた。

「森とエルフの仲介をしたまではいい。けど、それが終わった後、何の相談もなくこんな危ないことに巻き込まれているし、不本意な後片付けまで期待されているんだぞ。腹が立つだろ？」

「それは……そうだね。割に合わんことだとは思うよ。思うけれどね……？」

まさに正論で、訂正すべき点は見当たらない。見当たらないのだが、風見がそういう言葉を吐いたことが、なによりの大事件に思える。彼の勢いに負けて素直に頷《うなず》いたものの、そのあたりはどうなのか、とリズはおどおどと視線を向けた。

しかし風見はリズから視線を外し、次はクライスを見る。

「クライス。この樹海は帝都とはそんなに離れていない。この土地での問題に絡むことだからって、新しい魔獣《まじゅう》まで目覚める大騒ぎを看過できるか？」

「おい、変態執事。煽《あお》るな……！」

普段とは異なる様子の風見に燃料をくべる真似をするなと、リズは小声で主張する。しかし——

「いいえ。この領域は穏やかで、さしたる問題もありませんでした。それが急変することは不利益以外の何物でもございません」

クライスはさらりと答えてしまい、風見の視線はクイナに移った。

「クイナ。数日お世話になったエルフが、さっきの俺たちみたいにゴーレムに襲われてるそうだ。クイナはどうしたい？」

風見の視線が自分に向いたことでクイナは一瞬びくりとしたが、話を聞いて目を瞬《またた》かせた。そして彼女はキュウビから離れて風見と向き合う。

「期待されていることとか、他の人の事情はわからない。でも、わたしは放って帰るのはやだよ。だって、エルフの人たちは優しくしてくれた。ナトさんも、悪い人には見えなかったもん」

「……そうだな」

そんな彼女が述べた言葉を、風見は少しの間を挟《はさ》んでから認めた。

それを境《さかい》に彼の顔から少し怒《いか》りが薄らぐ。彼は最後に、キュウビを見た。

「ココノビ。千年前のやり残しだからって、お前はナトを焼き殺したいか？」

「……いいえ。責務としてはわかりますが、気持ちのいいことではありませんね。その負い目にシンゴ様を巻き込んでしまったのは、悪く思います」

「ああ、そうだな。プライドのための死なんてものに巻き込まれるのは御免《ごめん》だ。長く生きれば、そういう生き辛さも覚えるのかもしれない。でも、そんな生き様《いざま》が理解できない以上、背伸びをしてわかったフリをするなんて嫌だ。認めたくない」

「それでいいと思います。わたくしたちにもできたはずなのに、できなくなってしまったことですもの。憚《はばか》らずに貫《つらぬ》き通してほしいことですわ」

風見は怒っている。けれど、キュウビへの確認でよくわかった。やはり彼が憤慨《ふんがい》しているのはいつも通り、苦しむ誰かを見捨てられないから、という理由に他ならない。

——そう、そのいつも通りを通すことができればよかったのに。面倒事にため息をつきながらも、そんな思いで単純に協力して解決するなら話は簡単だったが、今回はそうもいかない。彼が望むハッピーエンドを迎えるには、リスクがあるらしい。

心情云々《うんぬん》はどうであれ、リズとしてはそこを見過ごせない。彼の心情は理解していても、ことさら冷たい言葉で問いかける。

「だからって、シンゴが言ったことを実践に移すなら、さっきドリアードが話したことを実行する必要があるんだろう？　そこはどうする？」

ナトを助けるのなら、飢餓《きが》状態にあるヒュージスライムの暴走を防いだ上で、栄養を与えなければいけない。それこそ、風見の体にその欠片《かけら》を寄生させるくらいしか、手段はないのだ。

それがどんな影響を及ぼすかもわからないから、ナトは彼に助けられることを拒《こば》んで、自分の命を使い潰そうとしている。話をこじれさせている原因は、ここにあるのだ。

その回答を求めると、風見は一転して苦しそうな顔をした。きっとリードベルトやナトと同じく、多少の自己犠牲は覚悟の上だったのだろう。実にわかりやすい男である。

「うぐっ……。いや、ちゃんと考えてはいるさ。俺もナトも死ぬような元も子もない案は、ドリアードだって提案しないだろ。それに、欠片《かけら》については、どういうものなのか本人に聞けるだけは聞くつもりで――！」

大丈夫そうだったら試す気満々です。要約するとその一言に収まる主張をたらたらと流す風見に、リズはわかりやすくため息をついてみせる。すると、彼の後ろめたさは一層増したようだ。

汗をかきそうな彼の顔に、両手を添える。ようやく静かになった彼と、リズは向き合った。

「……お前は、長生きできんだろうね」

利口なのに利口に生きられない主《あるじ》だ。これはもう、どうしようもない性分なんだろう。

「まあ、私は止めたりせんよ。私の思うままになれと思っているわけでもなし、好きに生きればいいさ。ただね、その道にはついていくよ。あんまり危険なことをしていると、私あたりから押《お》っ死《ち》んでいくからね」

「いやいやいやっ、何をさらっと――」

「そういう言い方が、シンゴには一番効果的だろう？　だからハイドラでは隷属騎士をはじめとしてかわいそうな人間に囲まれていたんだしね。さて、時間がなさそうだから、お前はさっさとあれと話せ」

事態は今も進行中である。風見の抗議になんて興味のないリズは、ドリアードを指で示した。

時間が限られることは、風見も承知である。言葉を呑み込んだ様子の彼は、今までの怒《いか》りの様相を消してドリアードと向き合った。

「……こういうわけだよ。どうだ。ドリアードの目論見《もくろみ》通りか？」

風見がそう問うと、ドリアードは首を横に振る。

「期待していた通り。でも、私の目論見《もくろみ》はそこではないの。エルフもナトゥレルも、かわいそうなことだけど、森の行く末には影響を及ぼさない些事《さじ》。無理に解決すべき課題ではなかった」

だからここまでの事件は、あくまでよき隣人としての配慮に過ぎない、ということなのだろう。

隠すことでもないと、ドリアードはその真意について語る。

「私の目論見《もくろみ》はその先。リードベルトが目覚めさせたミスリルタイタンにあるわ」

「どういうことだ？」

「リードベルトはあれと心中する気で行動している。あれが私を殺してしまえば、この森の環境は大きく変わり、あなたが関わったエルフたちも生きてはいけなくなる。そういう状況なら、あなたは見捨てられないでしょう？　それを防ぐためには、あの魔獣《まじゅう》を倒さないといけない。ここであなたがあれを倒すことは今後に大きく影響する。あなたにとっても、私にとってもね？　この程度のリスクで済むのなら、手に入れておくべきものがこの先にあるの」

今までのことはあくまでおまけ。この最後の大騒ぎこそがドリアードの望みらしい。

そのことに対し、風見が怒《いか》りを抱《いだ》いた様子はなかった。

なにせドリアードは何も悪いことをしていない。森とエルフの諍《いさか》いに風見が巻き込まれる原因は作ったものの、その事件が彼の望む方向に収束するようにお膳立《ぜんだ》てをしていただけだ。その上、彼女には今後を見据《みす》えた何かがあるとのこと。

苦労があっても、結末がよければそれで満足する風見にとっては、怒る案件ではない。強《し》いて言うなら、そのあたりの事前説明がなかったことに、文句を言うくらいのことだ。

「もういい。わかった。細かい話は全部が終わってからさせてもらう」

事実、風見はこれ以上追及しないで振り返り、パーティの面々を見やった。

「話の通り、リードベルトさんとナトのやろうとしていることを止めたいと思う。そのために俺はエルフの里に向かう。一番の問題はミスリルタイタンのことだよな。あれを止めなきゃ、森全体の危機らしい。どうにか対処しないといけない」

ナトの対処であれば風見でも考えることができるが、ミスリルタイタンの対処となると想定の範囲外だろう。彼はキュウビに目を向ける。しかし、キュウビもこれほどまでの大事は想定していなかったようだ。困った様子で顎《あご》を揉《も》んでいた。

「足止め程度でしたら手段はありますが、倒すとなると、わたくしでも単純に威力不足でどうにもできないかと思いますわ。この件に関してドリアード様が手を貸してくださるにしても――」

ゴーレムはその特性上、この森の生き物の天敵だという話だ。そのことを思い出したのだろう。キュウビは不安げな面持《おもも》ちでドリアードを見つめる。

するとドリアードはあっけらかんと頷《うなず》いた。

「ええ、天敵。元々、私がおかしくなった時に刈り殺すことができる魔獣《まじゅう》として生まれたのだから、あれに私が勝つのは無理。でも、そもそも言ったでしょう？　あれはマレビトさんに倒してもらわなければならない。だから私の力があれに及ぶかなんて、さしたる問題ではないの。大丈夫。あなたにはそれを為《な》すだけの能力がある」

風見に近づいた彼女は、彼の顔に手を添えると、額《ひたい》に軽く口づけをする。

「あなたに迷惑をかけたことは自覚している。だから私はこの森において、あなたに寵愛《ちょうあい》を授《さず》けるわ。だって、魔物にもエルフにも等しく愛をくれたあなただから。力なくとも、善《よ》き道に進もうと歩む者だから。あなたはこの森に祝福を運んでくれる客人《マレビト》」

祝詞《のりと》のようにドリアードが囁《ささや》く。その途端、風見に与えられたグランドオークの腕輪はぼうと白い光を漏《も》らした。

それだけではない。くすりと楽しげに笑ったドリアードは、後退しながら腕を大きく広げる。

「さあさ、私の子供たち。聞いたでしょう？　彼は森の調和のために働いてくれた。彼は森の命のために立ち上がってくれた。あなたたちはこんな時に、ただ黙して見守るばかりでいいの？　とびきりの物語はこの先にあるわ」

彼女の問いかけはまるで魔法だ。それを聞いた森はざわめいた。近くから、遠くまで。至るところで植物が身じろぎ、呼応の声を上げ始める。風見らの目の前でも、地面を突き破って木の根が空へと立ち上がった。根は相互に絡みつき、四つ脚の巨体――クーカ・トレントの体をなす。体から穏やかな青の光を漏《も》らしていたそれは、色を赤へと変じさせると、歓喜の雄叫《おたけ》びを上げた。

それと同時に、ようやくこの場に追いついた八房ともう一頭の飛竜が、地面を削《けず》りながら荒々しく着地する。

「さあ、準備は整ったわね。行ってらっしゃい、マレビトさん。あなたに祝福があらんことを」

森の女神はそう言って風見に微笑みを向けるのだった。

第四章　死にたがりの化《ば》け物《もの》退治

永《なが》い眠りが死を意味するように、眠りが長すぎると死に近づくのかもしれない。

ヒュージスライムの欠片《かけら》と共に暗闇に閉じ込められ、数百年も眠り続けたナトの場合は、心が死んでいた。自分のことも、周りのこともわからない。ナトゥレルという名すら記憶になかった。

欠片《かけら》と植物は、エルフとして生きていた時と変わらぬ体を作ったが、そこにあったのは獣《けもの》と同じ本能だけだ。

そんな中、自我を取り戻したきっかけがある。

姿形が自分に似たエルフに遭遇し、獲物を見つけた猫と同じ好奇心を抱いたのが、その始まり。

化《ば》け物《もの》の体で捕まえるのは、いとも簡単だった。無造作にエルフの首をへし折り、引きずって寝床に持ち帰る。そして自分と似た姿のこれはどんな中身をしているんだろうと興味の赴《おもむ》くままに折り、千切《ちぎ》り、調べた。

その末に、では咀嚼《そしゃく》してみたら新たな発見があるだろうかと、口に含み――ようやく気付いた。

自分は何をしているのだろう。これは〝手塩にかけて育てた後輩〟ではないか、と。

「――っ!?」

叫びにならない叫びと嗚咽《おえつ》が、第二の生の始まりだった。

守るはずのものを守れず、あまつさえそれを忘れて悪戯《いたずら》に殺して弄《もてあそ》んだ。それも一度ではない。庭先で見つけた小鳥を追う猫のように、何度も何度もしていた行為の中で、偶然に自我を取り戻したのだ。

こんな猟奇的《りょうきてき》なこと、魔物だってそうそうするものではない。人型の悍《おぞ》ましい化《ば》け物《もの》が出現した、とエルフは恐れおののいていることだろう。

ここまでこじれた後に自我を取り戻したのでは、もう意味がなかった。

戦士長でなければ、エルフでもない。魔獣《まじゅう》の欠片《かけら》と植物が混じり合ってできた化《ば》け物《もの》。同族を興味本位で何人も殺した、成《な》れの果てなのだ。帰る場所なんてあるはずもない。

ならばいっそ自《みずか》らの手で始末をつけようかと思ったが、それをする勇気も出なかった。

一度体験した死は――数百年と体験した暗闇は、それくらいに恐ろしかったのだ。

罪の意識はあるのに、自分を罰する度胸も意気地もない。その上に、ナトは他人に縋《すが》ろうとした。

エルフと遭遇した際、逃げ果《おお》せた者はいた。同族殺しの魔物を目にして帰ったのだ。それを野放しにするほど、エルフは愚《おろ》かではない。対策を講じ、討《う》てるならば討《う》とうとするだろう。

きっと、次に出会えば殺意を向けられる。エルフの手で、幕を引いてもらえる。そう考えると、同族殺しに苛《さいな》まれるナトの心は楽になった。

だが、現実は思っていたこととは違う道を辿《たど》る。

里のエルフはナトのことを魔物として警戒こそしたが、報復してくることはなかった。

その理由は何故か。植物と会話をする能力を使えるようになってから知ったことだが、あの時遭遇したエルフの戦士たちは、ナトの正体に気付いていながら、里の仲間には話さなかったからだ。

彼らはその死の経緯を知っていた。ナトはエルフを救ったはいいが、安らかに死ぬこともできず、あまつさえ魔物に成り果てたことを察し、涙したのだ。

だから大恩ある先達《せんだつ》の名が貶《おとし》められるのは忍《しの》びないと思い、次の世代には一切真実を伝えなかった。いつか正気を取り戻した時、里に戻れるように、と帰る場所を汚さずに残し続けてくれていた。

そんな彼らを、ナトは面白がって殺してきたのだ。今更その厚意に甘んじられるわけがない。

だから、決意したのだ。私は、エルフの敵でいい。彼らのための悪役となり、命を使い潰せればいいと。

その思いは、ナトの正体を知っている者がいなくなっても、変わることはなかった。

そうしてさらに数百年が経過してから、決意はようやく実《みの》る。

エルフは集団として十分に大きくなった。そのせいで森と折り合いをつけられなくなってしまったが、改めて手を結ぶことができれば、もう心配はいらない。

――その願いも、今代のマレビトのおかげで果たせた。

普通の人ならば見捨てるものも、決して見捨てないマレビトだ、と人と魔物の両方で噂されていた人だった。こんな事件にもかかわらず、彼は役目をこなしてくれた。

彼は今後も誰かを救う。きっと、多くの命に福音《ふくいん》を運ぶことだろう。

だから、彼の力でなら延命が望めるとしても、願うわけにはいかない。これまで生かし続けてくれた同胞のためにも、これから救われるであろう誰かのためにも、最後まで悪者の役目を果たしてていた。

惨《みじ》めに死ぬのがお似合いなのだ。

この命は全て、同胞のために使い潰す。それが世話になったみんなへの償《つぐな》いになるとナトは信じていた。

風見からヒュージスライムの欠片《かけら》を奪ったナトは、森を最大速力で跳躍《ちょうやく》していた。

力を使う度に意識が薄れ、欠片《かけら》の本能に自我を塗り潰されてしまいそうになるが、それでも速度を緩めない。激しい痛みを感じ、体が悲鳴を上げているのがわかっても、無視し続ける。

ようやく森を抜け、エルフの里を囲む平原に踏み入ると、壮絶《そうぜつ》な光景が目に入った。

里の結界はすでに打ち破られており、獣《けもの》の形をしたシルバーゴーレム一体の侵入を許そうとしている。門番がそれぞれの武器を手になんとか押しとどめているが、もはや肉の盾にしかなっていない。前肢による一度の叩きで数人が吹っ飛ばされ、取り残された後続は大顎《おおあご》によって首から胸にかけて噛《か》みつかれていた。身の毛がよだつ光景だ。

「これ以上、させないっ！」

そう叫んだナトは門まで跳躍《ちょうやく》すると、そのシルバーゴーレムの背に飛び乗る。右手を樹の鉤爪《かぎづめ》に変じさせた彼女は、シルバーゴーレムの中心に存在する核を目がけて貫《ぬ》き手を打ち込んだ。

「くっ……、硬い！」

万全の状態であれば、金属の繋ぎ目を強引に割って中心核を砕《くだ》けただろう。しかし鉤爪《かぎづめ》は目的の半分にも届かない。

シルバーゴーレムはもがいてナトを振り払おうとし始めた。彼女は歯を噛《か》み締めてシルバーゴーレムから飛び降りる。そして間《ま》を置かずに再接近すると、風の律法も用《もち》いて里の外へと殴り飛ばした。人外としての力だけでなく、律法の後押しもあったおかげでなんとか成功する。

だが、その反動は大きい。実体はすでにない仮初《かりそ》めの体のはずなのに、神経に直接電気を流されたような激痛が走り、ナトは片膝をついた。

けれど、そんなもので止まってはいられない。

里の外を見やれば、ミスリルタイタンが出現した方向から、土石からなるゴーレムと金属ゴーレムが次々に現れる。今はまだ小型で動きが機敏な獣《けもの》型のゴーレムばかりだが、じきに力も硬さも上回る人型のゴーレムが到達するだろう。

森の魔物のみならずエルフも、風・水・陰・陽属性の律法士ばかりだ。破壊力に乏《とぼ》しいこの属性にとって、ゴーレムの攻防力はまさに天敵。シルバーゴーレムの一体でも止めきれるものではない。この敵、この数では絶望的な戦力差だった。

ナトが苦しげに里の外を睨《にら》む中、後方にいるエルフたちは混迷を極めていた。

「な、なんだ。どうなっている……？　精霊が魔物を連れてきたのか？　それとも守ってくれているのか？」

「それより救護班、急げ！　まだ息のある戦士の手当てをっ」

「リードベルト戦士長は!?　戦士長はどこにいるっ……!?」

リードベルトの行方《ゆくえ》を知らない彼らとしては、誰が指揮をしたものかと迷っているのだろう。それに加えて天敵のゴーレムが相手となると、戦線は瓦解《がかい》寸前だ。

あのゴーレムの群《む》れは一人で捌《さば》きれるものではない。シルバーゴーレムに至っては、ナトですら攻撃力不足なのだ。エルフの戦士たちの奮闘なしには即座に里が滅《ほろ》んでしまうことだろう。

今更言えた義理ではないが、かつての先達《せんだつ》としてナトは声を上げる。

「火や地の属性使いがいるなら、その人を中心に四人一組で対峙《たいじ》して、その人だけは絶対に守って！　風や水の属性使いは、相加術を用《もち》いて核の一点突破を！　弓しか使えない人は、ゴーレムが狙う金属類を集めて川に投げ捨てる人と、住民を大樹へ避難させる人に分かれて……！」

「何を馬鹿なっ。戦士長の姿がないとはいえ、何故精霊にそんな命令をされなければならない!?」

「それはっ……」

幾人かは適切な指示だと納得してくれるものの、つい先日までは敵対関係だった彼女を信用しきれない者は少なからずいた。

そもそも、今ゴーレムが急襲してきている理由も、彼らにとっては定《さだ》かではないのだ。不審がる声が上がれば、たちまち疑惑は広がってしまう。

ゴーレムへの警戒が必要な上、真実を口にできない彼女は、口を噤《つぐ》むしかない。

このような、猜疑心《さいぎしん》と敵対心に染まった視線を受けるのが、最も辛い。体の痛みに耐える彼女の背には、全く別種の痛みを生じさせる視線が次々と刺さった。

「わかった。ならせめて、誰も死なないように自分たちの身を守って」

こうなれば仕方がない。せめてやれることだけやろう――そう思って彼女が動こうとした時、木を強く打ち合わせる音が里から響いた。

見れば、音の発生源には、頭痛を堪《こら》えるように頭を押さえた族長が杖を振り上げて立っていた。

どうやら彼は、近場の建物を杖で叩き、その音で注意を引いたようだ。

「静まれい！　秩序立って行動せずしてなんとする!?　儂《わし》の名で命じる。彼女の指示通り動くのじゃ！」

ナトはしばらく声を失った。

彼女の真実を知る最後の一人として、何も言わずに協力してくれる彼に心底感謝する。

彼女は「……ありがとう」とだけ絞《しぼ》り出すと、里に近付こうとしていたゴーレムに接敵し、頭部を掴んでそのまま地面に叩きつけた。続けて雪崩《なだ》れ込んでくるゴーレムは、腕で打ち払って砕《くだ》く。

しかしシルバーゴーレムだけは、弾《はじ》き飛ばすか、両者吹き飛んで痛み分けに終わる。

そんな繰り返しが、しばらく続いた。

倒し続けているというのに、難敵は続々と増える。時が経《た》つにつれて左腕を蝕《むしば》む黒色の淀《よど》みが増殖する中、戦闘の衝撃で時折淀《よど》みの切れ端が地面に落ちた。

それに触れた草花は一瞬で枯死《こし》し、淀《よど》みに同化吸収される。だが、本体から切り離された断片なのでその淀《よど》みの命は長くない。すぐにもがきは絶《た》え、塵《ちり》となって消えていった。

身を削《けず》りながら敵を払う。その一方で、腕に寄生しているものに命を吸われている――

そんな様《さま》を、族長は涙ぐんだ瞳で見つめていた。彼女の奮闘によって後方のエルフに休息の隙ができるにつれて、族長と同様の眼差《まなざ》しが増えていく。

（駄目。間に合わない……。助けきれないっ……）

傍目《はため》ですら消耗《しょうもう》を見て取れるのだ。本人が感じていないわけがない。

ナトは次第に処理が追いつかなくなるのを自覚していた。体が痛み、意識が薄れ、いつ自分が欠片《かけら》に呑まれてしまうかも定《さだ》かではない。

そうしている間も、ナトの妨害をすり抜けた敵は、里に飛び込みエルフを襲う。時折上がる悲鳴が、その証拠だった。

やめてと願っても止まらない。助けてと願ってもそれに応《こた》えてくれる者がいない。

それも当然だ、とナトは意識のどこかで考える。

――この緩衝《かんしょう》地帯には、今も風見のアースドラゴンが座している。だが、それが動くことはない。自分の身に降りかかる火の粉を払うのみで、助ける素振《そぶ》りなどなかった。これが普通なのだ。そもそも、助けてくれる誰かを期待するのが間違っている。

そんな願ってもない助けをくれた風見は、自分が突き放《はな》してしまった。千年前の因縁を当てにしたキュウビにも、頼める道理があるのは欠片《かけら》の後処理だけだ。

足りない。自分の命を費《つい》やしてなお、守り切ることができない。そんな悔しさに歯噛《はが》みする。

何をどうすれば、一人でも多くエルフを救えるだろう。ナトは必死に思考していた。

と、そんな時、一つの変化が起きた。

アースドラゴンがぴくりと反応して、空を見上げる。その視線が追うのは大きな飛竜だ。荒々しく草原に着地したそれが巻き起こした土煙から、一人の人間が歩み出してくる。

その人物は、たった今脳裏に描いた風見に他ならない。彼は飛竜を振り返り、声をかける。

「――クイナ。タマの牙《きば》から作った短刀、一つ借りるな」

「う、うん……！」

「二人は何かあった時のために備えておいてくれ」

飛竜の背からクイナとクライスが続いて飛び降りたが、二人は風見の言いつけ通り、その場を動こうとしなかった。風見だけが異様な気配の短刀を片手に、歩み寄ってくる。

獣《けもの》型のシルバーゴーレムはそれに反応した。

「……っ！　しまっ――!?」

敵は全て引きつけていたつもりでいたから、隙を突かれて取り逃がした。生身の肉が存在しないナトとは違い、餌《えさ》になる彼に惹《ひ》かれるのは、道理だろう。

風見はその接近にもちろん気付く。しかし彼はそれにも構わず、平然と歩みを進めた。

ただの人間である彼が相手にできるはずがない。逃げて、と言葉にしようとしたのだが、折り悪く激痛が身に走り、ナトは言葉を発することもできなかった。

何の考えがあって彼があゝしているのかも、わからない。

もし、彼が自分に何かを期待しているとしたら？　それに応《こた》えられぬまま、これから多くを救うはずの彼が食い殺されるとしたら？　そう考えて、なんとしても体を動かそうとするが、身は自由にならなかった。ナトはなす術《すべ》もなく、その光景をただ見つめる。

その時、不意にある変化が目についた。風見の左腕にある腕輪の魔石と、右手にある短刀が、それぞれ淡い光を放《はな》ち始めたのだ。直後、ナトはぞっと怖気《おぞけ》を感じた。

巨大な力と、異質な気配。それが風見につきまとっていることに気付き、目を見開く。

シルバーゴーレムの威圧など、及びもつかない――そう思った頃には事が終わっていた。

突進は風見に触れることもなかった。彼に金属の歯牙《しが》が届く寸前、地面を割って出現した極太の根がシルバーゴーレムを絡め取ったのだ。

そして風見はすれ違いざまに短刀でシルバーゴーレムの頭を斬り落とし、続いて手足も削《そ》ぎ落とした。その動作はまるで、熱した刃でバターを切るかのごとく。とんと肩を叩く程度の動作を彼が終えた時には、シルバーゴーレムの頭と四肢はぶつ切りとなって地面に転がっていた。

ゴーレムは、生物の体を忠実に真似て作る。小さな個体だった時に餌《えさ》とした素体《そたい》を再現し、土石で筋肉を模し、腱《けん》や靭帯《じんたい》を模した律法で体を繋ぎ止めて、その形を維持する。

律法を無効化するドラゴンの付加武装を用《もち》い、生物を解体する妙技を振るえば、確かにこんな結果ももたらせるかもしれない。だが、それほど正確に生体を理解しているなんて異常だ。普通はありえない。

しかし二体、三体と向かおうと、結末は同じ。ゴーレムは彼とすれ違っただけで地面に崩れ落ちていく。トドメを刺されていないものは、背後から律法で石を飛ばして彼を狙うが、それも無意味。彼の背後に現れる巨大な植物の根がことごとく打ち払い、受け止めてしまった。

死神が命を刈り取っていくかのような光景だ。ナトはそう感じた。

ただの印象でしかなかったが、あながち間違いでもない。ゴーレムをやすやす縛る根は、ドリアードの力に他ならない。森の支配者の代理人が、敵を排除に来た――言わばそんな光景である。

「あ、ぁぁっ……」

ナトが顔に浮かべるのは、決して安堵《あんど》ではない。森の害悪というなら、ヒュージスライムの欠片《かけら》が本体である自分こそ、紛《まご》うことなき害悪だ。

風見を裏切り、ドリアードの意志にも背《そむ》いた。そして自分の意志だけ貫《つらぬ》き、ヒュージスライムを目覚めさせる危険も押して、力を使い果たそうとしている。風見の手により死をもたらされても、なんら不思議ではない。

ナトは、いやいやと首を振りながら、後ずさった。

「待っ、て……。私はまだ、助けきれていない。まだ頑張れるから……。だから、もう少しだけ。ドリアードの森は汚さないから、あと少しだけ待って……！」

元よりそのつもりだったから、殺されることは別にいい。ただし、まだ早いのだ。

ナトが止められなかったゴーレムは里に侵入し、エルフと争っている。フラムとバルドも奮闘し、傷ついていた。この状況で終わりだなんて、死んでも死にきれない。

今すぐ走れば、彼らを助けられるかもしれない。ナトは走ろうとしたが――突如《とつじょ》として足に絡みついてきた根によって阻《はば》まれる。それをかまいたちで切っても、新しい根が巻きついてくる方が早いだろう。身じろぎする間に、ナトの下半身は根によって地面に縫《ぬ》いつけられてしまった。

そうこうしているうちに、風見は手を伸ばせば届く距離まで来る。

その短刀でいつでも終わりを告げられる風見《しにがみ》は、ナトのやつれた様《さま》を見ながら口を開いた。

「無理だろ、それ。どれだけ頑張っても、ナトにはシルバーゴーレムを殺しきれない。今みたいに取りこぼす方が多くなって、最終的には無念に思いながら力尽きるだけだ」

「でも私はまだ生きているから……！　この命を生かされたから、みんなが守ろうとした子たちを守り切りたくてっ……！」

人の心をなくして人形のように動くばかりだった口は、異様に多くの言葉を口にした。こんなものがまだ自分の中に埋もれていたことに、ナトは驚きが隠せない。

けれどもそんな言葉も死神には響かなかった。

「命を懸《か》けてでも、同族を守る。そういうのがエルフの誇りなんだろうな。リードベルトさんも、その考え方は同じなんだと思う。自分以外の誰かが死ぬのは嫌だよな。それを阻止できる見込みがあるなら、自分の命も懸《か》ける。ナト自身だってそうだったんじゃないのか？　――ほら、見てみろ」

風見がそう言った途端、森から特異な音が上がった。洞《ほら》に風が当たった音をもっと大きくしたような、トレント特有の声だ。見れば、森が蠢《うごめ》いていた。

そこにいるであろうトレントは、何かを掴み上げ、叩き潰している。その中のいくらかはこの草原に現れ出ると、その大きな枝を振り回して、ゴーレムを次々と薙《な》ぎ払っていくではないか。

一般的な植物の魔物だけではない。ドリアードを深く信奉するクーカ・トレント――言わば森の意思そのものと言える最古種の魔物すら、その動きに加わっていた。

それに、森から現れるだけではない。地中で眠っていた植物の魔物は、至るところで目覚めて地面から這《は》い出ると加勢していく。

その時、ナトは気付いた。自分の足を戒《いまし》めているものは、ドリアードの強力無比な力ではない。それとすら気付かないほど弱い植物の魔物が、その身を絡めていたのだ。

森中の魔物もドリアードも助力してくれている――そんな状況にナトが言葉を失っていた時、風見は再び口を開く。

「どうだ。その命を張らなきゃいけないくらいに切羽詰《せっぱつ》まってるか？」

「でも、でも、里は――！」

そう言いながら、ナトは里を見やった。

未だにゴーレムと戦う姿がある。痛みに呻《うめ》く戦士を治療に運ぶ姿がある。この場に飛び込んで加勢しなければ、次々と死人が出て――そう思った時、違和感に気付いた。

難敵だが、彼らはなんとか戦えている。戦士は負傷し、痛みに呻《うめ》いているが、一目で死体とわかる姿は一つもない。そんな程度で済む状況ではなかったはず、と目を疑ってあたりを見渡しているうちに、この状況の功労者が目に留まった。

それは自分の足を戒《いまし》めているのと同じ、矮小《わいしょう》な魔物だ。里の中にさえいた彼らは、里に入り込んだゴーレムに絡みつき、動きを妨《さまた》げている。

エルフと魔物が共闘していた事実に、彼女は気付いた。

「見えただろ。ナトが命を使い潰さなきゃどうにもならない状況は、ここにはない」

風見は穏やかに告げてくる。

だから、ヒュージスライムを目覚めさせる前に死ね――彼が言いたいのはそういうことだろう。

そう理解した途端、張りつめていた気が緩む。すると体から力が抜け、口元まで震えだした。

「……あぁ、そうなんだ。エルフが助かるのなら、もういい。もう、十分」

これでもういい。やるだけのことはやった、と満足しながら、彼を見る。

「拒《こば》んでしまってごめんなさい。ドリアードが望む通り、森を汚す前に私を殺して？」

ナトは心臓を捧《ささ》げるつもりで、欠片《かけら》を握《にぎ》った左腕を差し出す。抑えようとしても欠片《かけら》は徐々に侵食し、黒い触手状の体を作りつつある。痛み以外の感覚はもうない。数刻ももたないことは明白だ。

キュウビに燃やし尽くしてもらう気でいたが、風見と彼が持つドラゴンの素材から成《な》る武器ならば、問題なく処理できるだろう。今までの感謝と謝罪を込めて、精一杯の笑顔を向ける。

それに対して風見は歯噛《はが》みした。

「やっぱりそう言うんだな。だったらはっきりと言わせてもらう。お断りだ、馬鹿野郎っ！」

彼は叫ぶ。もう怒気《どき》を隠そうともしない。

こんな状況なら彼は死神となる。そう思っていたナトは困惑した。

「でも、あなたは、ドリアードの代行者として来たんじゃ……？」

「あいつは関係ない。俺は俺が思うままに来ただけだ。だからはっきり言わせてもらう。ナトの願いを聞いてやる義理はもうない。こんだけ苦労に巻き込まれて、こんだけ誰かのために尽くしている様《さま》を見せつけられて、なんで殺してやらなきゃいけない？　なんでそんな後味の悪さを背負ってやる必要がある⁉　そんな気分の悪いことなんて願い下げだ！」

彼の言い分は、もっともだ。そこはナトとしても気がかりな部分だった。

元のエルフとしての記憶の多くを取り戻したからといって、ナトは人間に戻ったわけではない。とりわけ、感情の起伏は乏《とぼ》しいままだ。だから人が何を感じ、何を望み、何を悲しむのかは実感として捉《とら》えることができなかった。

せめて死ぬまでは彼の傍《そば》にいて、彼が望む全てに応じていれば返せるかと思っていたが、こんな顛末《てんまつ》だ。ナトは項垂《うなだ》れる。

「……ごめんなさい。何をすれば応《こた》えられるのかが、わからない。願ってもらっても、もう応《こた》えられないかもしれない……。ごめん、なさい……」

申し訳ない。何かの形で返したいとは思うが、それ以上は心が動いてくれない。そんなもどかしさが胸を苛《さいな》む。そうしていると、彼は口を噤《つぐ》んだ。これ以上の言葉を躊躇《ためら》っている。

これだけのことをしたのに、恨《うら》んで当然だろうに、彼はまだ優しい人間だった。

「どれだけ俺を苦しめるんだろうな。認めるよ。ここまで来たら敵って言うのがしっくりくる」

「……うん。私はあなたの敵。だからもう、私を殺して楽になってほしい」

ナトは風見の手を取り、欠片《かけら》を握《にぎ》る手の甲に短刀を向けさせる。もう懐《ふところ》には抱え込めないほど大きくなった触手は、淡く光る短刀に触れた途端、崩れて散った。体の主導権のかなりの部分はすでに持っていかれているのだろう、触手が塵《ちり》となる度に、酷い痛みが体を襲う。

しかし、これは自分だけの痛みではない。それと同じくらい風見も心が痛いのだろうと思うと、まだ正気のまま耐えることができた。

さあ、終わらせてくれと彼を見やる。

すると、彼は頷《うなず》いた。だが、不思議なことに苦しげな顔ではなく、強い意志を宿《やど》した瞳で見つめてきた。

「ああ、それだけ言うなら化《ば》け物《もの》退治をやってやる」

そう言って風見が取った行動に、ナトは目を疑った。

彼は短刀で欠片《かけら》を貫きはしなかった。それどころか、欠片《かけら》の切っ先を自分の左親指の付け根に向けると、手のひらを斬ったのだ。わけがわからない。ナトが目を白黒させているうちに、彼は短刀を放り捨て、その左腕を突き出してくる。

「――腕、一本だ。この腕を、宿《やど》り木《ぎ》にすればいい」

「え……？」

「俺は凡人なんだよ。化《ば》け物《もの》に無傷で勝てるような戦士じゃない。どんだけ害があるかもわからない化《ば》け物《もの》と事を構えるからには、腕一本の犠牲くらいは覚悟してきた。だからこの腕一本、勝手に使えばいい。ただし、それ以上は譲《ゆず》ってやれない。どうだ、満足か。死にたがりの化《ば》け物《もの》」

こんな痛みには不慣れなのだろう。彼は痛みに目を潤《うる》ませながら言葉を口にしている。

「俺はな、自分を犠牲にして仲間を助けようとする子を見殺しにして、一人だけ無傷で助かるぐらいなら、腕一本を犠牲にしてでもみんなが助かる道を選ぶって言ってるんだ」

彼はその左手で、ナトが欠片《かけら》を持つ左腕を掴んだ。

傷がどういう意図のものなのかはわかる。この傷口に欠片《かけら》を入れれば、核の寄生先となって飢《う》えを満たしてくれることだろう。

しかし、それでめでたしめでたしとなるかどうかは、わからない。体にヒュージスライムの欠片《かけら》を寄生させることになるのだ。数日は何事もなくとも、長期的にはどうなるかもわからない。化《ば》け物《もの》と、これからも多くを救うであろう英雄。どちらが大切かなんて考えるまでもない。こんな化《ば》け物《もの》のために身を削《けず》ろうとする彼を拒《こば》むため、ナトは掴まれた腕を引き戻そうとする。

だが、できなかった。ただの人間のどこにこんな力があるのか、彼は手を放《はな》そうとしない。ナトが無理に腕を引くと、彼の手のひらの傷が裂け、血が溢《あふ》れた。

彼は手が引き千切《ちぎ》れても、離さないのではないか？　そんな恐れを抱《いだ》き、ナトは抵抗の力を失っていった。

「やめて……。そんなことをしないで！　あなたが傷つく必要なんて――」

「そうだな。最初から全部話してくれていたら、違った解決法も用意できたかもしれない。でも、その可能性を潰したのはナトじゃないか。ナトが仲間を救いたがったように、俺だって救える命は見捨てたくない。だからこうなる。それに、いいのか？　ナトは救い残してる。ミスリルタイタンを放っておけば、この里の存続だってわからないんだぞ？　それを無視して死んでもいいのか？」

「あ、うう……」

いいわけがない。お伽噺《とぎばなし》の大団円《だいだんえん》のように、みんなが救われる最後を望まないわけがない。しかし、それは自分には実現できないことだ。それを実現するための対価なんて考えつかない。魔物でなかったら、もっと違う答えも用意できたのだろうか。そう思って唇を噛《か》んでいた時、風見が腕を引き寄せた。

「同じだよ。俺もそんな結末は嫌だ。それに、そもそもナトが死ぬ時点で大団円《だいだんえん》じゃない。そんなもんは認めたくないんだよ」

優しい声に導かれ、顔を上げる。風見は真っ直ぐに見つめてきた。

「だから、腕一本やる。ナトは真っ直ぐに見つめてきた。ナトは俺に預けた欠片《かけら》の位置もわかっていたし、感覚まで共有してるんだ。なにも、本体の状態が全くわかんないわけじゃないだろ？　だから腕一本分、生き抜け。それを負い目に思うんなら、俺の腕一本くらいじゃ到底及びもつかない恩で返してくれ。もう一回言うぞ、死にたがりの化け物《ばけもの》。そんな約束事で倒されちゃくれないか？」

そんな言葉を武器にして、彼は化け物《ばけもの》退治に――ナトの意志を変えることに挑《いど》むらしい。

優しい言葉に惑《まど》わされてはいけない。そこまでしてもらっても、彼にそれ以上の何かを返しきれるはずがない。まだ救われていない多くの命のことを思えば、拒《こば》むのが正解だろう。

――だが、拒《こば》むだけの力が出なかった。

風見はナトの手から欠片《かけら》を奪うと、そのまま左手のひらの傷口に入れる。

ナトの腕でうねっていた黒い触手はその力の根源を失い、すぐに萎《しお》れて地に落ちていく。それはもう他を同化することもなく、地面に染みとなって消える。

化《ば》け物《もの》は、人に倒されるもの。こんな英雄が相手なのだ、倒されるしかなかったらしい。

もう役割を終えたと判断したらしく、ナトの足を戒《いまし》めていた魔物は拘束を解いた。

「さあて、と」

傷口に異物をねじ込んだ痛みのせいで脂汗《あぶらあせ》を浮かべている風見は、ふと視線を逸《そ》らした。どかどかと走り来る魔物の接近音に気付いたのだ。見れば、金属製の人型ゴーレムが並みいるトレントを撥《は》ね飛ばし、こちらに向かってきている。

ははと苦笑を浮かべた風見は、ナトに向き直ると穏やかな顔になった。

「悪い。武器を手放《てばな》したところなんだ。早速で悪いけど、助けてくれ」

逃げる動作さえ見せずに、彼は言う。それはまるで信頼の裏返しのようだ。

これだけのことをしてもらって、応《こた》えないでいられるものか。

ナトの体は考えるよりも早く動いた。もう痛みは毛ほども感じないし、体は羽よりも軽く感じる。瞬時に彼とゴーレムの間に踏み込んだナトは、突進の勢いをつけて打ち出されたゴーレムの鉄拳に対して、左腕一本で受け止めようと構えた。

身の丈《たけ》三メートルにもなる人型の金属塊《きんぞくかい》と対するのだ。傍目《はため》から見れば無謀《むぼう》の二字しか浮かばないだろう。しかし、自分は化《ば》け物《もの》だ。そんな常識は捻《ね》じ曲げられる。

叩きつけられた鉄拳は、真正面から受け止めた。その威力の凄《すさ》まじさは、衝撃が伝わった地面が破砕《はさい》された事実が悠々と物語る。

しかしナトは、人も魔物も敬《うやま》う英雄の腕を食らって生き延びた化《ば》け物《もの》である。そんな程度でやられてやるわけにはいかなかった。

掴んだ鉄拳を握《にぎ》り潰したナトは、お返しとばかりに右腕を振りかぶり、ゴーレムの腹の中心を貫《つらぬ》いた。引き抜いた手には、このゴーレムの魔石がある。ナトはそれを握《にぎ》り潰すと、残ったゴーレムの体が崩れないうちに、片腕で弾《はじ》き飛ばした。

改めて風見と向き合ったナナトは、未だに血を流す彼の左手を取ると、その場に跪《ひざまず》く。

噂で聞いた人の忠誠の儀礼のように、そこに口づけをした。

「約束、守る。私はあなたからたくさんもらった。……もらいすぎた。だから私はこれからずっと、私の全部をあなたに返していく。あなたは、私のたった一人の宿り木《マスター》」

「いや、そんなこっ恥《ぱ》ずかしいことまでしなくていいから！」

そうは言われるが、この誓いだけは翻《ひるがえ》そうとは思えなかった。

自分を受け入れてくれた彼の全てを脳裏に焼きつけようと、流れる血に口をつける。この体はすでに仮初《かりそ》め。本体の力で作った木偶《でく》でしかないが、彼の血が全身に染み渡るのを感じた。

風見は止めるに止められないのか困り果てている。もっとも、それも長い時間ではない。

そうこうしているうちに、遠くで様子を伺《うかが》っていたアースドラゴンが近付いてきた。風見の様子を気遣うように顔を近づけたその子は、彼に両手で迎えられると大人しくなる。

「ここがドリアードの領域だから、タマは同じ魔獣《まじゅう》として遠慮していたんだな。森を歩かなかった理由はよくわかった。でも、もう我慢しなくていいぞ。ドリアードは俺たちに行動を許した。お前が動いたって、侵略にあたらない。むしろこの事態をどうにかしてくれって、俺にお願いしてきた」

彼がそう語りかけると、アースドラゴンは大きく反応する。お座りをして話を最後まで聞いていたドラゴンは、力強く頷《うなず》いて動き出した。エルフたちが対処に手こずっているゴーレムを叩き潰し、食い千切《ちぎ》り、尾で薙《な》ぎ払う。終《しま》いには律法を発動させると、里の周囲に巨大な岩を無数に迫《せ》り上がらせた。

岩は里をぐるりと囲むように密集しているが、エルフならばなんとか抜けられる隙間がそこかしこにある。ゴーレムがいかに雪崩《なだ》れ込もうと、この岩はそう簡単には突破できないだろう。

それだけのことをして戻ってきたアースドラゴンは、満足げにふんすと鼻を鳴らして風見の傍《そば》に伏せた。

風見の出る幕はない。彼はその間に手の傷を自《みずか》ら縫《ぬ》って、処置を終えていた。

控《ひか》えているように言われたクイナとクライスも、ちょうど駆けつけたところだ。

「待たせて悪かったな、二人とも。ここはもう大丈夫そうだ。ミスリルタイタンの対処に向かおう。クイナ、さっき俺がシルバーゴーレムを倒した動きをちゃんと覚えてくれたか？」

「見たけど、あんなの無理！　さくさくって、ゴーレムがなんであんなので……!?」

「骨と骨を繋ぐのが靭帯《じんたい》、骨と筋肉を繋ぐのが腱《けん》なんだから、それを斬ればバラバラになるだろ。難しいことじゃないって。ほら、ラダーチの銀鉱山でゴーレムと戦った時も、実演したろ？」

「難しいっ！」

クイナは腕を大きく振って無理だと主張する。

確かにあの風見の動きは普通なら真似できない。熟練した剣士や暗殺者にも不可能な、知識のなせる業《わざ》だろう。しかし、そんなものを一体何に活《い》かすのか、ナトは展開が読めない。

ナトは首を傾《かし》げて風見の袖をくいくいと引く。

「どういうこと？」

「ドリアードは俺ならミスリルタイタンを倒せるって言ったんだよ。あれがゴーレムの親玉なら、作りは同じだろうし、攻略法も同じでいいはずだ。素材も能力も伝説級のゴーレムなんだから、火力でぶち抜くなんて無理な話だろ？　だから倒すなら、構造上の欠陥《けっかん》を突くしかないよなって話だ」

「むり。むーりぃっ！」

今度は首をぶんぶんと振って主張するクイナに対し、風見は先ほどの解体、関節技などなどを攻略の一手として真面目に提案している。

人知の及ばない魔獣《まじゅう》に対しても、あくまで自分の土俵で立ち向かうらしい。そんな彼の姿勢が、ナトには愉快に思えた。

ともあれ、時間がない。風見は平行線を辿《たど》るクイナとの議論を切り上げ、短剣を回収する。ぐうぅと唸《うな》るクイナをあやし、短剣を返した彼は、彼女を連れてアースドラゴンのもとに近付く。まだ彼女と交わすべきやりとりがあるようで、共にアースドラゴンに騎乗しようとしていた。

「――待ってください、猊下《げいか》！　あの、あのっ……！」

クライスも飛竜に騎乗して出発する直前、呼び止める声があった。

それはエルフのフラムとバルドだ。大慌てで走ってくると、バルドが風見に向けて声を張る。

「どうか自分たちも連れていってくれませんか!?　この騒ぎ、何があったかなんとなくわかります。ここに姿のない戦士長は、猊下《げいか》がこれから向かう先にいるんじゃないですか!?」

ミスリル鉱山での悶着《もんちゃく》も、ミスリルタイタンも目にしていた二人だ。この成り行《ゆ》きを想像できたのだろう。

「戦士長はもしかしたら大変なことをしたかもしれません。間違ったことをしたかもしれません。

でも、両親を魔物に殺された私たちの親代わりをしてくれた。みんなが大切に思う人なんです！　だから、どうかっ……！」

バルドが喋《しゃべ》った次はフラムが継ぐ。二人は交互に訴《うった》えていた。その必死さを見ればわかる。リードベルトの人望は余程のものなのだろう。

それを目《ま》の当たりにした風見は、しばし悩んだ後、答えを出す。

「そうだな。俺にできるのは騒ぎを止めることまでだ。悪いことをしたんなら、それを叱る人がいないといけない。お説教は二人に任《まか》せよう。クライス、二人の世話をしてくれるか？」

「ご命令とあらば承《うけたまわ》りましょう」

その答えを聞いた途端、フラムとバルドの表情に花が咲く。

彼らは話を終えるとすぐに、ナトの先導でこの場を発《た》つのだった。

†

風見らと別れたリズとキュウビは、飛竜の八房に乗り、山岳樹に到着していた。この地の支配者であるドリアードのひと声のおかげで、魔物たちも黙り込んでくれたため、時間はそうかかっていない。

この場にずっと残っていたクロエと合流した二人は、今までの経緯を簡単に説明し、ミスリルタイタンの足止めに戻ろうとしていた。

だが、そんな展開を一つも知らなかったクロエは愕然《がくぜん》とする。

「え。あの、私がいない間、本当に何があったのですか!? 風見様がエルフやナトさんを助けようとしたのはわかりますが、なんなのですか、二体目の魔獣《まじゅう》って。しかもそれと戦って、さらには勝利しろって!?」

クロエの訴《うった》えはもっともだ。それをぶつけられるリズからしても、一体なんでこうなったのか思い出すのも億劫《おっくう》になってしまう。

まあ、風見だから仕方がない。彼が望む結末に必要な労力だった。短くまとめるとそんなところなのだ。諦めてため息をついた彼女は、思考を放棄する。

「気付いたらこうなっていたね。だからクロエも諦めろ。道連れだよ、道連れ」

「そっ、そうは言っても、魔獣《まじゅう》ですよ!? 一国の総力を挙げても倒せない災害ですよ!? それをどうやって倒すのですかっ!?」

クロエはリズをがっくんがっくんと揺さぶって追及した。しかし、無気力の境地に達したリズは、「その係はあっち」とキュウビを示す。

するとクロエは、リズにしたように揺さぶりはしないものの、キュウビの着物をがしりと掴んで「どうするのですか……!?」と酷く深刻な顔で問《と》うた。

キュウビは気まずそうに頬を掻き、ついには観念して答える。

「ミスリルタイタンを直接的に破壊するのは、在《あ》りし日のお父様とハチでも無理でしょう。無論、わたくしの律法でも無理です。なのでシンゴ様は弱そうなところから順に削《けず》れば、そのうち倒せるんじゃないか、とおっしゃっていました。……こう、だるま落としの発想かもしれませんわね。わたくしは攻撃を逸《そ》らすこと、削《けず》った部位の復元を防ぐために弾《はじ》き飛ばすことを頼まれただけなので、よくわからないのです」

「たった数日離れただけなのに、風見様の思考についていけないのですが……」

どういうことなのと本気で悩むクロエに対し、リズとキュウビができることは何もない。実質、二人が把握していることは、ここで伝え聞かされたクロエと大して変わらないのだ。

そんな三人を、ドリアードは微笑ましげに見つめている。

その気楽さに理由でもあるのかと疑問を抱《いだ》いたクロエは、一縷《いちる》の望みをかけて問いかけた。

「ドリアード様。もしかすると、勝算がおありなのですか？」

「いいえ、何も？　でも、私が単に大きいだけの樹のように、ミスリルタイタンも途方もなく大きいだけのゴーレム。それだけはわかっている。彼はそこで思考を捨てず、腐《くさ》らずにいる。だから不思議な頼もしさがあると思うの」

ドリアードはにこにこして言う。

その言葉はクロエに響いたようだ。ここでああだこうだと悩み、時間を浪費すればするほど、それは実現から遠いものになっていくだろう。無理と思えることでも周到に準備をし、成《な》し遂《と》げる。今まで何度となく見たことではないか。そう思えば、ここで時間を使うのはなんとも惜《お》しい。

ドリアードを除く三人は、八房に乗って山岳樹を後にする。

十分ほど飛行すると、彼方《かなた》から近付いてくるミスリルタイタンを目視できた。眼下は一面の森だが、そこに何メートルもの太さの根が隆起《りゅうき》して、足場を作ってくれる。

まだ姿はないが、ドリアードの力だ。リズらはそこに降り立った。

この場は山岳樹へ続く平野部。見通しもよく、十分に広い。ドリアードとミスリルタイタンという二体の魔獣《まじゅう》が暴れるにしても、周囲への影響は最小限に済むだろう。

舞台を見定《みさだ》めたキュウビは二本の紐《ひも》を取り出し、袖をたすき掛けして縛っていく。咥《くわ》えていたもう一本で髪をまとめた彼女は、「さて」と意識を切り替えた。

「魔獣《まじゅう》の相手ですか。荷は重いですが、気を引き締めないといけませんわね」

「それはそうだが、どうやって時間を稼《かせ》ぐ？　お前はいつもの狐火《きつねび》や縮地でちびちびやればいいだろうが、私たちではどうにも手段がね」

「いいえ、その程度は妨害にもなりません。あれはあくまで小細工。わたくしは人間寄りなので、本領は後衛ですわ。ちゃんと詠唱して律法を放《はな》てば、多少は怯《ひる》ませられるでしょう。なので二人には、前衛を任《まか》せたいと思っています」

「あれで小細工ね。つくづく羨《うらや》ましい限りだよ」

リズはキュウビが人間混じりということをすっかり失念していた。

小細工程度とは到底思えないが、キュウビの主張もリズにはなんとなく理解できる。

元騎士団長のカインがリザードマン狩りで見せた炎の律法は、それは凄《すさ》まじいものだった。キュウビが今まで見せた狐火《きつねび》はその威力に遠く及ばない。ただし、違うところが一点。彼女の用《もち》いる狐火《きつねび》は無詠唱で発動する。

魔物の律法は威力が弱いが、詠唱もいらず、長時間行使できる。その一方で、人の律法は用途が呪文に縛られる代わりに高威力。つまり、今回は後者を用《もち》いる――そういう発言だろう。

戦略は思いついているが、魔獣《まじゅう》を相手にするなんて、リズとクロエとしては未知の領域だ。強敵との戦闘に駆り出された時のクイナの様子を、今はもう笑えないかもしれない。

「わ、私たちが前衛ですか。大丈夫でしょうか？」

クロエは引きつった表情でリズに問いかける。

「さあね？　まあ、私は元々遠距離ではまともに戦えんし、どちらにせよこうなっていたかな」

「うっ、そうですね。よく考えれば、私も近接戦しかできませんでしたっ……！」

元隷属騎士で死地というものにある程度慣れているリズとしては、それほど気にはならない。しかしクロエはやけっぱちの様子だ。そんな彼女の肩に、キュウビはぽんと手を置いた。

「確かに魔獣《まじゅう》は強力です。まともにやり合っても、打ち勝てません。だから、最小の範囲に全力をぶつけることです。人と魔物の律法の性質上、それなら攻撃を凌《しの》げます。そうして煩《わずら》わせるくらいが、ちょうどいいのです。今はあくまで前座。寝ぼけているあの魔獣《まじゅう》に、邪魔だなぁと思わせる程度でいいのですよ。むしろ、本気にさせたら、私たちは一瞬で壊滅《かいめつ》しますからね」

キュウビはそう言うと八房に跨《また》がり、空に上がった。

それを見送った時、そちらの方が安全そうだなと不意に思ってしまったリズは、ぺしぺしと己《おのれ》の頬を叩いて猛省する。どうも気付かない間に臆病風《おくびょうかぜ》に吹かれていたようだ。

「はあ、まったく。そんな風に思うのは私の柄《がら》じゃないと思ったのにね」

これも下手に暇を持て余しているせいだろう。ミスリルタイタンとはまだ二、三キロ離れている。戦闘開始まで、少なくともあと数分はあるはずだ。

ずしんずしんと大森林を歩き、近付いてくる金属製の巨人。真っ当な人生なら、こんな光景を拝《おが》む機会はない。さらには一戦交えることになるなんて、想像もしなかったことだ。

リズはそれを眺《なが》めながら、たった一つの出会いで大きく人生が変わったものだと感慨に浸《ひた》る。

「シンゴはとうとう魔獣《まじゅう》なんかと事を構える英雄様に仕立て上げられたか。ハイドラの集合墓地でクロエが期待していた通りになったね？」

未だに腹を括《くく》れていないのか、身を抱いて、ううと唸《うな》っていたクロエに声をかける。

要らぬことに気を回すよりはいいだろう。そう思ってみれば、効果は覿面《てきめん》だ。クロエは接近しつつあるミスリルタイタンをまともに捉《とら》え直し、頷《うなず》き返してきた。

「そうですね。風見様は本当に眩《まばゆ》く成長されていると思います。この巡《めぐ》り会わせに感謝しなかった日はありません」

今までの日々が思い出されるのだろう。クロエはしみじみと語る。

しかしリズはそれに対してすぐには返事をしなかった。しばらくの間太刀《たち》の鞘《さや》で肩をとんとんと叩き、ようやく答えを返す。

「いや、私は違うと思うね。シンゴ自身は変わってないよ。召喚されたその時から、奴隷《どれい》だろうと魔物だろうと、助けられるなら助けようとしていた。言葉は話せるようになったけれど、それ以外に変わったのは、身の回りの道具くらいだろう？　シンゴは人のままだよ。周りがこうさせている。

身の丈《たけ》に合わない英雄様に仕立て上げられている。今回も無理を重ねての英雄譚《えいゆうたん》だよ」

難題を越えてきた頼もしさの反面、そんなところは不安だ。

その言葉を受けたクロエは、しばし考え、そして頷《うなず》いた。

「今はその言い分もなんとなくわかります。伝説通りを求め続けるのではなくて、それを見た私たちも変わらなければ駄目ですよね。帝都でキュウビ様も言っていました。マレビトは、生贄《いけにえ》として祀《まつ》り上げられるための人ではありません。この世界を訪れてくれた、優しい隣人です」

風見の付き人になってすぐのクロエなら、どういうことかと問い返してきただろう。そんな変化に気付いたリズは笑いをこぼす。

「そんな風に言えるクロエなら、大丈夫じゃないかな？　少なくとも、クロエは変わったと思うよ。クイナも変わったね。最初から変わっていないのは、皮肉屋で嘘つきの私だけだろうさ」

「いいえ、自覚がないだけです。リズこそいろいろと変わったでしょう。私のことは指摘する癖《くせ》に何を言っているんですか」

「私が？　そんなわけないよ。——私は、酷い女だからね」

リズは急に遠くを見つめた。彼女の意味深な言葉に、クロエは不思議そうな顔になる。

その時、リズの耳がぴくりと反応する。ミスリルタイタンに視線を戻した彼女は、鞘《さや》から太刀《たち》を抜いた。

「お喋《しゃべ》りはここまでだね。そろそろ来るよ」

「ちょっと待ってください。一つ言いたいことがあります」

「はあ？　後にしろ、後に——近いよ……」

リズは太刀《たち》を構えようとしたが、クロエは回り込み、ずいと目の前まで踏み込んできた。

彼女はその綺麗な碧眼《へきがん》で力強く見つめてくる。その圧力にリズは気圧《けお》された。

「リズ、どちらが風見様の一番になるかは、競争です。……そうですね、もしかしたら妻と妾《めかけ》という決着もあるかもしれませんが、それはそれ。一番は譲《ゆず》りません」

「………いや、あのね。こんな時に何を言ってる？」

さっきまで身を抱いて唸《うな》っていたのに。お伽噺《とぎばなし》で語られるレベルの存在と戦おうとしているのに。

そんな状況で何故その言葉が出るのか、とリズは動揺する。

しかも、困惑ではなく動揺なんて反応を見せる自分自身に、リズは一番驚いた。

「気にしないでください。私はあなたのことも好きですから、言っておきたかったんです」

言いたいだけ言って、クロエの割り切り方は驚くほど潔《いさぎよ》い。こつんと額《ひたい》が当たる距離で見つめ合った後、天使の笑顔を見せて離れた。そしてすぐにガントレットを装着し、こきこきと指を鳴らす。この話は本当にこれで終わりらしい。

「準備はできたかしら、お二人さん？　まだ距離はあるけれど、もうあれが行動を始めるわ」

リズがとんだ藪蛇《やぶへび》に見舞われたところ、傍《そば》にドリアードが姿を現した。いい具合に肩の力が抜けたところを見計らったのだろう。

その性質《たち》の悪さに、リズは八つ当たりの睨《にら》みをぶつけた。

「あれが近づいてきているのは、私がここにいるからかしら。ああ、でも、彼がこちらに向かい始めたから、焦っているのかもしれないわね」

「風見様はどのくらいで来られるのですか？」

「ドラゴンの足で六分かしら。放っておいても追いつけたらよかったのだけれど、無理そうね。足場や壁として援護するわ。それでも、あれの目の前にいる限り、気を抜いては駄目」

「はい、承知しています。六分の足止めは無理かもしれませんが、せめて数分はやり遂《と》げます」

クロエはドリアードに頷《うなず》き返すと、未だに不完全燃焼中のリズを見つめた。

「私の律法はこういう大物相手には向いていません。リズの補助に徹したいと思います」

クロエはそう言って、リズの手を取る。彼女が詠唱をすると、普段クロエ自身が身体能力強化をおこなっている時に放《はな》つ白い光が、リズにまとわりついた。

「私自身に使う時は、限界まで肉体を使いながら、回復も併用して耐えています。しかし他人の体にはそこまで器用なことはできないので、おまけ程度に思ってください」

「……同程度の強化だったらクロエを置いてけぼりにするだろうし、構わんよ」

リズがせめてもの皮肉で返そうとするも、何故か惨《みじ》めな空気が漂《ただよ》った末に、準備が完了する。

それと同時に、変化が起きた。ミスリルゴーレムを中心に茶色の幻光が溢《あふ》れたかと思えば、無数の岩石が宙に浮いたのである。あまりに距離があってその大きさは定《さだ》かではないが、一つ一つが人間の身の丈《たけ》以上あるのは確かだった。

「じゃあ、道を作るわね。いってらっしゃい、人の子たち」

ドリアードが声を漏《も》らすと同時に、魔獣《まじゅう》の妨害戦が開始される。

浮遊した岩石は、こちらに向かって一斉に放《はな》たれた。これだけの数に、質量だ。軍隊や街が受けたとすれば、これだけでも壊滅的《かいめつてき》な攻撃だろう。

それに対してドリアードも力を行使する。

地響きが轟《とどろ》いたかと思えば、地面を突き破って巨大な根が地面を這《は》い、ミスリルタイタンに迫《せま》った。それも一本や二本ではない。見える限り全域から殺到する根は、もはや大津波だ。元の森林は一瞬にして、土砂と交ぜこぜになりながら根に呑まれていく。

そうして道ができると、リズとクロエは前進を敢行した。

根がミスリルタイタンに届いたのと同じく、岩石がこちらにも到達しようというところだが、臆《おく》さない。何故なら、太陽よりも煌々《こうこう》と輝く炎の光が頭上にあるのを感じていたからだ。

「――Eu escrevo isto Queimo Innumerably!」

キュウビの声が響くと共に、炎の輝きが流星雨《りゅうせいう》のごとく降り注《そそ》いだ。

狙い澄《す》まされているわけではない。ただ単純に数が多く、そして大きな破壊力を持つ火の雨だった。リズたち目がけて迫《せま》っていた岩石はことごとく撃ち抜かれ、爆散する。

「クロエ、突っ切る！」

「はいっ！」

土石が降り砂が煙幕状に広がる中、リズとクロエは根の上を疾走《しっそう》した。

共に陽属性の律法で身体を強化しているため、その動きはまさしく風だ。視界が悪かろうと、リズは音で気配を察知して落ちてくる岩石を避《よ》け、クロエがそれに続く。

根の道は近くに何本も走っている。高さもそれぞれ数メートルずつばらけて並んでいるため、二人にとっては三次元、どの方向でも逃げられる好条件だった。

——ミスリルタイタンまで約七百メートル。まもなく、煙を抜けることだろう。

それを前にして、リズは律法を発動させ、茶色い幻光を太刀《たち》にまとわせた。これは彼女がよく使う斬撃《ざんげき》強化である。何故こんなものを準備したのか。その理由は煙幕を抜けた途端に分かる。

視界が開《ひら》けたと同時に、二人が目にしたのは無数の腕だった。

肘から先の腕だけ——それも、手のひらだけで人ひとり分もある巨腕が、二人に掌底《しょうてい》を叩きつけようとしている。彼我《ひが》の距離は二メートルだが、リズはもう戦う準備ができていた。

「Eu escrevo isto Lagrima Rapidamente Ligacao!」

即座に両断すべし——そんな呪文《スペル》を得た太刀《たち》は、柄《つか》に宿《やど》しているシルバーゴーレムの魔石からも光を放《はな》って応じる。手のひらに対して横真一文字に放《はな》たれた刃《やいば》は、見事にそれを両断。続けて殺到する数多《あまた》の腕を袈裟《けさ》斬《ぎ》り、払い上げで斬り裂いた。

だが、その殺到ぶりが尋常ではない。強い魔物が同じことをしても、この腕一本分にも匹敵しないだろうが、それが止めどなく襲ってくる。

捌《さば》き切れなくなったリズを救うのは、クロエだ。彼女は陽属性の律法を最大強化して飛び出し、リズを後ろから抱えると、その場を離脱する。

腕の強襲がやんだと思ったら、そこにできあがるのは、何重にも折り重なった腕が作るおどろおどろしいアーチだ。あんな圧倒的な質量は、避《よ》けなければどうにもならない。すぐに逃げて正解だったと冷や汗をかく。

「リズ、走れますね⁉　体に身体強化の反動はありませんか？」

「すでに響いてるよ！　酷いトレーニングをした後みたいだ。数分が限度かな。あとでシンゴに看病してもらう！」

「もうっ。無事なのはともかく、あなたは主《あるじ》をなんだと思ってるんですか！」

「ただの飼い主だよ。飼い主」

リズはクロエに下ろしてもらうと、再び走る。軽口が叩けるくらいには、まだ余裕がある。

猛攻《もうこう》がやんだかに思えるこの時間は何故か。見てみれば、ドリアードがまた根を操《あやつ》り、ミスリルタイタン本体を攻撃しようとしていたからのようだ。

けれども、その攻撃は上手くいかない。

ミスリルタイタンは動きが緩慢《かんまん》なため、最初の一、二本は直撃するが、衝撃は響かない。駄目押しで巻きつこうとしても、引き千切《ちぎ》られたり掻き分けられたりして、進行を防ぐことはできなかった。

物量的にはドリアードが勝っている。それは確かだ。

しかし質は明らかに劣《おと》っているというのが、手痛い事実だろう。ガラスでいくら殴っても剣を壊せないのと同じ。ドリアードが天敵と言っていたことは、真実だったようだ。

さらに悪いことに、ミスリルタイタンはまだ力を出し切っていないらしい。

ミスリルタイタンが腕を突き出した場所に土柱が発生したかと思うと、ミスリルタイタンはそこから黒曜石《こくようせき》で作ったかのような剣を取り出す。それにはリズが使う斬撃《ざんげき》強化と同種の力が働いているのか、ドリアードが仕向ける根をたちまち斬り飛ばしていった。

しかも、そんな最中にも次の一撃の準備をしているのか、ミスリルタイタンの周囲にまた茶色の幻光が溢《あふ》れ始めた。リズはそれを酷く警戒しながら走っていたが、まもなくぞくりと身を震わせると、血相を変えて指示を飛ばす。

「クロエ、鎖を女狐《めぎつね》に向かって投げろ！」

「はっ、はいっ！」

届くかどうかはわからないが、クロエは八房の飛行ルートに向けて鎖分銅を投げる。リズはすぐさまクロエに掴まった。

キュウビはその動きにすぐ気付くと、二人が何を欲しているか察したのだろう。彼女は一本釣りのように鎖を引き上げる。そして八房の上になんとか着地した二人は、眼下に目をやった。

直後、眩《まばゆ》い光が発生したかと思えば、地面から無数の岩槍《いわやり》が発生して半径数百メートルを埋めつくす。これもリズが使うのと同種の力だが、その威力と範囲の桁《けた》は大きく異なっていた。

「……はぁ。まったく、あんなものとどうやって戦えと？　近付くことすらできんよ」

「そうですね。多少は足止めできましたが、徐々に攻撃が激しくなっています。これ以上は無理かもしれません」

ため息をついたリズに、クロエも同調する。

「ええ。魔獣《まじゅう》相手なら健闘した方ですわ」

稼《かせ》いだ時間は数分だろうか。

伝説の武器に選ばれた勇者ではないのだから、これだけ粘《ねば》っただけでも及第点だ、とキュウビは頷《うなず》く。

とはいえ、これで妨害をやめれば、風見が来るよりもミスリルタイタンが山岳樹に到達する方が早いかもしれない。それを考えると、また何かしらの策を講じる必要があった。

だがミスリルタイタンは山岳樹ではなく、空に逃げたキュウビたちに目を向ける。先ほどの攻防で、十分に脅威と判断されたのだろう。

黒曜石《こくようせき》の剣の切っ先が向けられる。するとまた地面から無数の土石が浮き、律法の力で変形して槍《やり》の形を成《な》した。

先ほどまでの大雑把な攻撃ではなく、対人間用に殺傷力を高めていることは明白である。

「あらあら、うふふ。これはいけませんわね。クロエは八房の手綱《たづな》を。狼さんは私が落ちないように掴んでおいてください。迎撃しますわ」

そうしてキュウビから手綱《たづな》を受け取りながらも、クロエは戸惑いを隠せない。

「承知しましたが、キュウビ様はいやに楽しそうですね……!?」

「こんな戦闘は滅多《めった》にありません。この恐怖もスリルも得難《えがた》いものだと思いませんか？」

被虐性《ひぎゃくせい》なのか嗜虐性《しぎゃくせい》なのか知らないが、ぞくぞくと大変よろしい顔をするキュウビ。

指示通りに従《したが》ったが、リズはキュウビの様子を見てぽつりとこぼす。

「変態だね。突き落そうか？」

「冗談では済まないのでやめてくれませんか!?」

慣れない御者《ぎょしゃ》をするのに、懸案事項を持ち込まないで、とクロエは叫ぶ。

クロエは八房にそこから離れるように指示しながら、ミスリルタイタンが岩槍《いわやり》を発射する瞬間を捉《とら》えようと後方を振り返った。そして、岩槍《いわやり》が放《はな》たれるや否《いな》や、急降下を指示する。

それだけでも岩槍《いわやり》の多くを躱《かわ》せるが、あくまで密度が少ない位置に避《よ》けることができただけだ。

キュウビは先ほど岩の迎撃に放《はな》ったのと同じく無数の火矢を生み出して迎撃に利用し、打ち漏《も》らしを薙刀《なぎなた》と狐火《きつねび》でなんとか防ぐ。

「ほうら、お返しですわ」

そして、凌《しの》ぎ切ったかと思えば、キュウビは律法で作った大火球を投げ返して反撃した。

火球によって火柱が生じたものの、ミスリルタイタンは平然とそこから歩み出してくる。より一層敵意を持たれたことは確実だ。これ以上の制圧力で二度目三度目を向けられたら堪《たま》らないと、クロエはすぐさま八房に指示し、山岳樹の方向へ飛びながらミスリルタイタンと距離を取った。

とはいえ、もう山岳樹の根が覆《おお》う小山を抜け、水無底《みなぞこ》の上に存在する山岳樹が見えようという位置。距離を取るのはいいが、危機的状況には変わりない。

「あれは……？」

その時、キュウビが何かを見つけた様子だ。彼女は安堵《あんど》の息を吐き、小さく笑う。

「ああ、そうか、ナトゥレルの力は風ですものね。タマちゃんが翼を広げて滑空する時に補助をすれば、より早く来られますか」

キュウビがそう呟《つぶや》いた直後、ドラゴンの咆哮《ほうこう》があたりに轟《とどろ》いた。

†

風見が山岳樹に向かう途中、森であったはずの地は無残に荒れ果てていた。地面はひっくり返り、巨大な根が蔓延《はびこ》り、植物と岩石の残骸《ざんがい》があたりに散っている。森は見る影もない。

二体の魔獣《まじゅう》が争うと、大地はこうなるようだ。それを横目で見ながらタマの足でミスリルタイタンを追っている最中、クロエたちが乗る八房が接近してきた。

「風見様、ご無事ですかぁっ!?」

「遅れて悪かった。俺は大して問題ない。ただその……なんだ。途中でクイナが泣いた」

「……はい？」

「いやっ、いろいろあったんだ。いろいろ！」

クイナは風見の懐《ふところ》にいる。しかしぐすっと鼻をすすり、拗《す》ねている様子だった。

人の腱《けん》や靭帯《じんたい》がどこにあり、どう走っているのかを教えたかったのだが、見本が見せられない。そこで触診で教え始めたら「いーやーっ！」と拒絶されたのだ。それ以降、こんな具合になっているなんて、言えない。風見はクロエと目を合わせようとしなかった。

「クイナ、機嫌を直さないか……？」

風見はこそこそと問いかけてみる。だがクイナは、んーっと口をきつく結び、むくれたままだ。ようやく口を開いたかと思えば、彼女は恨《うら》めしそうに言う。

「だってシンゴ、くすぐったいのにやめなかった。その後にシンゴの足で教えられても、よくわからなかったし……」

「大体の位置さえ覚えればいいんだよ。ゴーレムは律法で体を繋いでいるから、律法の気配がわかるクイナなら、感覚だけが頼りの俺より正確な位置が把握できるはずだ。これだけは覚えてほしい。いいか、外側側副靭帯《がいそくそくふくじんたい》と前十字靭帯《ぜんじゅうじじんたい》って言ってな――」

「ふんっ！」

「あああああ……」

風見は腫《は》れものに触るように、極力控《ひか》えて伝えようとする。けれどもクイナにはあえなく顔を背《そむ》けられる始末だった。

「何をやっているんだろうね。シンゴは本当に……」

クロエは聞こえていない様子だったが、耳のいいリズとキュウビは察しがついている。リズは呆《あき》れ、キュウビはこれまた楽しそうだ。

そんな中、一人落ち込む風見の服の裾を、ナトが引く。

「マスター、仕事をしてきてもいい？」

「頼む。俺じゃこの空気をどうにもできそうにない……」

「わかった」

「にゃっ⁉」

拗《す》ねるクイナの首根っこを掴んだナトは、風をまとって跳躍《ちょうやく》した。キュウビはそれを見ると八房から飛び下り、縮地で追随《ついずい》する。

先ほどまで山岳樹を目指して歩き続けていたミスリルタイタンは、風見たちの方を振り返った。こちらの存在を感じたのだろう。

その間にタマはミスリルタイタンに接近し、踏み込めば即攻撃できる間合いの一歩外で足を止めて睨《にら》み合った。その構図は剣闘士と獅子《しし》が向かい合う姿と重なる。

ナトはその最前線に立ち、キュウビもそこに並んだ。ドリアードもその場に姿を現す。

「姿を見せて、現戦士長。あなたはそこにいるんでしょう？」

ナトが問いかける。すると、ミスリルタイタンの首のあたりから、リードベルトが姿を現した。

彼は重苦しく決意をした顔で、ナトを見つめ返している。

「古き古き、名も知らぬ先達《せんだつ》よ。あなたは救われたか？」

「……うん。私もエルフも、森と彼に救われた。あとは、あなた一人」

「私を考慮する必要はない。これだけのことをした。今は大罪人《たいざいにん》だ。この魔獣諸共《まじゅうもろとも》、滅《ほろ》ぼされよう。この魔獣《まじゅう》が滅《ほろ》ぼされることにも意味があるのだろう？　ならば死後に救われることを期待する。それで初めて、先達《せんだつ》と釣り合う」

恨《うら》みもあるが、同時に尊敬に値《あたい》する先達《せんだつ》だと、リードベルトはナトを認めているのだろう。

恨《うら》むからこそ、その偉業に負けるのが惜《お》しく、尊敬するからこそ同じ道を歩むのに躊躇《ちゅうちょ》がない。

歪《いびつ》な感情から来るおこないだった。

ナトはそれに対して何も言えない。異を唱《とな》えるのは、彼女の役目ではなかった。

「何を言っているんですか、戦士長！　ここで戦士長が死ななきゃいけない理由なんて、ないじゃないですか！」

「そうです！　自分はまだ戦士長から全てを学べていない。親代わりをしてくれたあなたに、恩も返せていない。戻ってきてください！」

クライスが操《あやつ》る飛竜の背で、フラムが涙ながらに叫び、バルドが強く訴《うった》える。

それを目にしたリードベルトは強く歯を食いしばったが、何も答えようとはしなかった。

そんな時、風見がおーいと叫ぶ。

「クイナ、忘れないでくれよ。内側《ないそく》でも、後十字靭帯《こうじゅうじじんたい》でもない。外側側副靭帯《がいそくそくふくじんたい》と前十字靭帯《ぜんじゅうじじんたい》だ」

魔獣《まじゅう》二体と、千年前の物語にも出てくる存在二人が肩を並べる最前線に、放り込まれているのだ。過度な緊張のせいで放心状態だったクイナは、風見の声に牙《きば》を剥《む》いた。

「～～……っ！　シンゴ、後で叩くっ！　絶対叩く！」

何故こんなところでそんな空気を読まない声を出すのか、とリズとクロエに呆《あき》れの視線を向けられる中、風見は悪びれもせずにリードベルトと向かい合う。

互いに睨《にら》み合い、ぴりっとした緊張感に包まれた。

「リードベルトさん。あなたは真剣に考えてるし、いろいろと思い悩んだ結果なんだろうな。それはわかる。だけど俺たちは、この事件に巻き込まれただけの部外者だ。そんなものは知ったこっちゃない。だからただ単に、こんな結末が気に入らないから、叩き潰させてもらう。そう決めた」

「我らの誇りも、覚悟も、思いも無視すると言うのだな、あなたは」

「ああ」

リードベルトは言う。それに対して風見はあまりにもあっさり答えた。

しばらく沈黙が横たわる。けれども長くは続かない。打ち破ったのは、リードベルトの盛大な笑い声だった。

「ははははは！　私はこれに憤《いきどお》るべきなのだろうな。だが、礼を言おう。なんて甘美《かんび》な敗北なのだろうな、それは。なればこそ、私は全力で間違い通せるというものだ！」

リードベルトは律法を詠唱し始める。これまでミスリルタイタンを騙《だま》すために律法を使い続けたせいか、顔は疲労の色が濃い。しかし彼は振り絞るように、灰色の幻光を生じさせる。

「調停の土竜に惑《まど》う灰銀《はいぎん》の巨人よ、気にするな。貴様の使命は、狂った魔獣《まじゅう》を討《う》ち滅《ほろ》ぼすことのみ！　共に力を尽くそう。その末に意味はできる！」

リードベルトが謳《うた》い上げた瞬間、ミスリルタイタンの目に強い光が宿《やど》った。

ミスリルタイタンは黒曜石《こくようせき》の大剣を大きく振りかぶり、地面に叩きつける。風見らはそれと同時に弾《はじ》かれるように散開した。

「どうなってる？　今までだったら律法の一つでも放《はな》っていたところだろう!?」

リズが疑問を叫ぶ。接近している今なら、岩槍《いわやり》を広範囲に生じさせれば効果が大きい。先ほどまでは本能でそれができていたのだから、繰り返さない方がおかしいだろう。

それに答えたのは同じく後退したキュウビだった。

「律法を使えばドラゴンはそれを増幅して叩き返します。使いたくても使えないのですよ。あれが恐れているのはシンゴ様ではなく、タマちゃんですわ」

タマがこの距離に来た以上、気をつけるべきは肉弾戦のみ。だからキュウビは、遠くからちまちまと攻撃するのをやめ、間近《まぢか》から叩きつけることを選んだ。

「さあさ、ナトゥレル。千年前はできなかった共闘ですわね」

「必殺必中《ひっさつひっちゅう》。頑張る」

キュウビが人間ベースで後衛型なら、ナトは魔物ベースで前衛だ。ナトが小脇に抱えていたクイナは、邪魔と判断され、ぺいと捨てられる。それを拾うのは、ドリアードだ。

「行ってらっしゃい、猫さん」

「……っ!?」

綺麗で邪悪な笑みを浮かべる魔獣《まじゅう》。

降ろされたかと思いきや、クイナが踏んだはずの地面——否《いな》、根は動き出した。周囲の根もまとめて動き始める。これは檻《おり》としてミスリルタイタンを囲おうとしているのだろう。

そうはさせまい、とミスリルタイタンは再び大剣を叩きつけてくる。

「ひゃぁっ!?」

それに堪《たま》らず、クイナは縮地の要領で別の根へ避《よ》けた。ウェアキャットとしての平衡感覚なら、縦横無尽《じゅうおうむじん》に囲う全ての根はいい足場。しかもミスリルタイタンの動きの速さは、リズやクロエの足元にも及ばない。ハエを払うように振るわれる大剣を避《よ》けるうちに、クイナは見事に背後を取る。

それを見た風見は声を上げた。

「クイナ、後頭顆《こうとうか》と環椎《かんつい》の間っ！」

哺乳類《ほにゅうるい》の首を落とすならば、すべからくこの部位。全関節でも五本指に入るくらい切り離しやすい部位だと教えられた後頭部と首の間だが、クイナは風見の言葉に顔を引きつらせる。

「踏むっ……。寝てるときに絶対、股間を踏んでやるっ！」

クイナは恨《うら》み言《ごと》を叫びながらも付加武装を発動させ、ミスリルタイタンの首を繋ぐ律法を裂く。短刀の一振りだけでこの巨人の首を断《た》てるわけではないが、大きな綻《ほころ》びができればそれで十分だ。

クイナの奮闘を見届けたキュウビは、次は自分の番だと微笑む。

「――Eu escrevo isto Explode Limite Ligacao」

キュウビが呟《つぶや》くのは『彼女のもとで、盛大に爆《は》ぜなさい』という意味の相加術である。

キュウビが赤い幻光を漏《も》らすのみではない。その隣にいたナトの腕では緑色の幻光が生じていた。その二色は絡み合うと、赤いプラズマの状態としてナトの腕の周囲にまとわりつく。

接近戦を得意とするナトが、それを手にして取る戦術は言うまでもない。即座に駆け、振り回される大剣も掻《か》い潜《くぐ》ってミスリルタイタンの顔を殴り飛ばした。

同時に生じた爆発は、ミスリルタイタンを焼き焦《こ》がすだけに留まらない。綻《ほころ》びが生じていた首はその威力を耐えきることができずに吹き飛んだ。

その代償に攻撃したナトの腕も燃え尽きていたが、彼女の体は本体ではない。近くの植物に触れれば即座に欠損が補充され、完治する。

――これが彼女とゴーレムの最大の違いだ。ゴーレムには、五体に神経のようなものが存在する。

心臓部は胸の奥底にある魔石だとしても、体の一部を奪われて無事なはずはない。一瞬、全身が痺《しび》れたように硬直し、黒曜石《こくようせき》の大剣を落とした。

それを確認した風見は、タマに指示を出す。

「しめたっ。タマ、反撃されるかもしれないけど、膝蓋骨《しつがいこつ》を噛《か》み千切《ちぎ》ってくれ。それで勝負は決められる！」

ミスリルタイタンへの牽制《けんせい》ばかりでうずうずしていたタマは、風見の声と共に走った。

膝に食らいつくと、前脚で体重をかけてなんとか倒そうとする。けれども、相手は全身が金属の塊《かたまり》だ。簡単に倒れることはない。それどころか、気を取り戻したミスリルタイタンは、タマの体を殴りつけ、どうにか振り解こうとする。

共に地を代表する魔獣《まじゅう》だが、その性質の差が響いた。ドラゴンはあくまで生身。律法も含む総合力なら上回るが、攻撃と防御のみに全てを注《そそ》ぐミスリルタイタンに、ぶつかり合いでは勝てない。

だが、アースドラゴンの名に意地があるのだろう。タマは反撃を受けながらも体を捻《ね》じり、どうにか膝蓋骨《しつがいこつ》に当たる部位を食い千切《ちぎ》って離れた。

風見はタマに労《ねぎら》いの声をかける。

「痛かったよな、タマ。我慢してくれてありがとう。おかげであいつの膝はぱっくり開いた。もうこれで詰みだ」

欠損したのは頭部と膝蓋骨《しつがいこつ》のみで、まだぴんぴんしている相手を前に、風見の見解は甘く見える。ロボット物の作品ならば、頭部のメインカメラと一部の装甲を剥《は》いだくらいで勝利を予感するなんて、早計にも程があるかもしれない。――だが、ここでは話が違う。

「タマ、もういいぞ。あとはもう何も我慢しなくていい。本能に任《まか》せて叩き伏せろ！」

タマはもしかするとこんな言葉を待ち望んでいたのかもしれない。

今までの戦いでは、人間や街など潰してしまわないように配慮すべきものが多すぎた。けれどもこの場にはそれがない。背に跨《またが》り、共に歩んでくれる者がいるのみだ。

興奮に獣《けもの》の瞳孔《どうこう》を細めた一頭のアースドラゴンは、存分に咆哮《ほうこう》を上げ、突進した。

ミスリルタイタンは両手でそれを受け止めるが、今度の状況は先ほどとは真逆だ。走ることに秀《ひい》でたアースドラゴンが存分に全身を叩きつけてくる突進を、止めきれるわけがない。足が浮いたと同時に首の力でしゃくられたミスリルタイタンは大きく後退を強《し》いられ、追いつめられた。

その背後には、竜の巣と同様の深さを誇る水無底《みなぞこ》への崖《がけ》が口を広げている。

タマは再びミスリルタイタンに飛びかかり、ライオンの狩りと同じく首元に食らいついて捻《ね》じ伏せようとした。

両者は互角だ。ミスリルタイタンは両手でタマを押さえ、崖際《がけぎわ》で踏ん張っている。

――そう、この状態がすでに王手だった。思惑通りのこの構図に口元を緩めた風見は、仕込みに仕込んでいた合図を上げる。

「クイナ！　外側側副靭帯《がいそくそくふくじんたい》と前十字靭帯《ぜんじゅうじじんたい》！」

「ぐぅぅっ……、シンゴのばかぁーっ!!」

悪態をつきながらも、クイナは即座に膝関節の外側にある繋ぎを切断し、膝蓋骨《しつがいこつ》が消えて完全に露出《ろしゅつ》した膝関節に走る繋ぎを切断する。

たったそれだけでも大きな意味があった。

人でも犬でも、跳ねたり走ったりすれば足に大きな負担がかかる。そんな時、踏ん張っている足の靭帯《じんたい》が切れればどうなるか。真っ当な生物では、皮膚や結合組織なども外側から肉体を繋いでいるが、それがないゴーレムならばどうなるか。

クイナが跳び去った途端、ぐりぃっと嫌な悲鳴を立てたミスリルタイタンの足は、直後、荷重に耐えかねて千切《ちぎ》れた。そして、そのまま地面に叩きつけられる。

その衝撃で崖《がけ》に亀裂が入り、タマはミスリルタイタンもろとも崩落に巻き込まれてしまった。

そんな時、風見はタマの背を撫《な》で、声をかける。

「――タマ。いいか、まだだ。こんな崖《がけ》を落ちたくらいじゃ、多分こいつは倒しきれない。だから奈落《ならく》を落ちた時みたいに、全力を叩きつけるぞ。できるか？」

もしも嫌がる素振《そぶ》りを見せるならば、翼をはためかせ、安全に降りてもらえばいい――そう思っていたが、タマのやる気は大いに満ちていた。無事にやり遂《と》げられる自信があるのだろう。

共に墜落《ついらく》する中、タマの周囲に茶色い幻光が満ちる。それはいつかレッドドラゴンが放《はな》った律法のように複雑な模様を持つ円環となり、幾重《いくえ》にも重なった。

これは危険だと、ミスリルタイタンの生存本能も訴《うった》えるのだろう。空中でもがき、自《みずか》らも律法を行使しようとする。しかしそれは無駄なことだ。なにせドラゴンの律法にはとある特性がある。

ミスリルタイタンの律法は効果を表す前に崩壊し、ドラゴンの律法の養分となるしかない。

「熱っ……!?」

蒼《あお》く淡い光が満ちる底も間近《まぢか》――そう思った時、風見は左手のひらに熱を感じた。

理由は不明だ。深く考えるより、水無底《みなぞこ》への墜落《ついらく》が早い。

その瞬間、タマがミスリルタイタンに叩きつける衝撃は、何倍にも増幅されて広がった。

尋常ではない。その威力は地面を優に粉砕し、耐えかねた大地が悲鳴を上げるように深く亀裂が四方に走る。どうやら、先ほどのタマの律法は、全てのエネルギーを衝撃に変換し、思うがままに叩きつけるものだったらしい。そのため、風見とタマに返ってくる反動すらも一切ない。

これほど痛快な一撃はタマにも経験がなかったようだ。だしだしともう何度か踏みつけたタマは、身震いさせると翼をはためかせる。ミスリルタイタンの残骸《ざんがい》から下りた後もまだ、前脚で何度か踏みつけていた。

間違いなく勝利だ。ミスリルタイタンは微動だにしないどころか、全身があちらこちらに飛散した上に地面に深く埋没している。

「あー……無事終わったんだな。よかった……」

深い安堵《あんど》の息を吐いた時、風見は耳が落下音を拾ったことに気付く。そういえばミスリルタイタンと共にいたリードベルトはどうなったか、と我に返る。

この破壊に呑まれたか、この落下音は瓦礫《がれき》ではなく彼なのか。そんな危惧《きぐ》に身を凍らせた。

「――大丈夫。あなたが望む結果のために力を貸すと言ったでしょう?」

声がした方を振り向くと、そこにいたのはドリアードだ。彼女は焦燥《しょうそう》する風見を穏やかな笑顔で迎える。彼女は案内するように、すたすたと歩き始めた。

タマと共についていくと、突き立った二本の植物に複数のツルが絡んだ構造物を発見する。

「覚えがあるでしょう。ふふ、こんな地の底に落ちる人を受け止めたのは、二度目ね？」

「二度……？　あっ、あの時の――っ!?」

そういえば、レッドドラゴンと共に奈落《ならく》の遊覧飛行をしていた時、風見はぽろりと数百メートルの奈落《ならく》に落ちた。あの時は奈落《ならく》の底に生えていた植物に奇跡的に助けられたと思ったが、ドリアードのおかげだったらしい。そんな恩まであるとは、思いも寄らなかった。

お淑《しと》やかに微笑みを浮かべるドリアードに対し、風見は深々と頭を下げて感謝する。

「あなたがいた方が森にとって有益だもの。感謝されることではないわ。それより、彼のことをお願いね」

そう言って手を振ると、ドリアードは虚空《こくう》に消えるのだった。

エピローグ

風見はリードベルトを見た。彼は千切《ちぎ》れたツルが散乱する地面に仰向《あおむ》けに転がり、目を腕で隠している。

何か声をかけようと思ったが――それはやめておいた。空からはリズたちが乗った八房だけでなく、フラムとバルドを乗せた飛竜も降りてくる。この時のために彼らに来てもらったのだ。役目を取るなんて野暮《やぼ》が過ぎるだろう。

飛竜から降りたフラムとバルドはつかつかと足早に歩き、リードベルトの前で膝を折る。二人がやって来ると、リードベルトはぼろぼろに打ちのめされた上体を、なんとか起こして向き合った。

「えっと……」

「――っ！」

バルドは何を言うべきかと迷っている。その一方、フラムは溢《あふ》れんばかりに涙を溜め、言葉を失っていた。

「お前たち、すま――」

リードベルトは彼らに謝ろうとしたが、フラムが硬く握《にぎ》り締めた右ストレートが、それを遮《さえぎ》って打ち抜く。それがあまりにも見事に決まったようで、リードベルトは再び仰向《あおむ》けに倒れた。

兄のバルドが妹の所業にあわあわとする中、彼女は今にも泣きそうになりながら、思いを言葉にする。

「生きてください！　それだけですっ。それだけで、いいです……」

ぽろぽろと二、三滴の涙をこぼしたが、それ以上は耐えた。

再び体を起こそうとしたリードベルトは、その姿を見ると唇をきつく結んだ。そして体を起こすことを諦め、空を仰《あお》ぐ。

「……完敗だ、従《したが》おう。たとえどれだけの生き恥を晒《さら》そうと、たとえ何年泥に頭をつけて詫《わ》びることになろうと、その言葉を果たそう」

彼らの姿を見た風見は肺に空気を満たし、長い息を吐いた。

これこそ大団円《だいだんえん》。これでこそ体を張った甲斐《かい》があったというものだ。満足した風見は傍《かたわ》らにいたタマに寄りかかり、そのまま地面に座り込む。

「シンゴ、これで満足かな？」

ゆっくりと歩いてきたリズが問いかけてくる。風見は「ああ」と小さく返した。

ナトも生き延び、誰の被害もない。何の文句がつけられよう。そんな気でいると、むくれて口を噤《つぐ》んだ様子のクイナが、足早に歩いてきた。

彼の真正面に正座をした彼女は、割と本気で頭を叩いてくる。それも、何回もだ。

「ごめん。ごめんってクイナ。痛っ……。ごめっ……。……あの、何回やったら止まるんだ⁉」

謝っても何度となく叩いてくるクイナ。これはしばらく止まりそうにない。先ほどの言葉どおりと考えるなら、寝ている時こそ心配した方がよさそうだ。

風見は完全に降参した様子で耐える。そんな時、ドリアードが再び姿を現した。

彼女はその両手に一振りの剣を持っていた。一体何かと疑問に思っていると、その剣はひとりでに宙に浮く。そして風見の目の前までやってきて、手に取ってくれとでも言うように止まった。

「それがあなたに手にしてほしかった物。ミスリルタイタンの力の源《みなもと》。霊核武装《れいかくぶそう》と呼ばれるものね」

「……なるほど、これが？」

おかげでクイナの攻撃が止まってくれた。そのことに感謝して立ち上がった風見は、その剣を手に取り――

「とうっ！」

できるだけ遠くに投げ捨てる。

これだけの人外魔境の、さらに特殊な場所なのだ。物騒なものは永久に眠ってくれ、と願いをかけた。その願いが叶ったのか、それとも霊核武装《れいかくぶそう》的には相当ショックだったのか。薄氷のようにぴしゃっと亀裂が入ると、地面に吸い込まれて消えていった。

そんな様《さま》をリズは呆《あき》れて眺《なが》めた。クロエは、風見が伝説級の武器に選ばれたのだと目を輝かせていたのに、裏切られたと金魚のように口を開閉させている。

「よし、レッドドラゴンのところに寄って、早くハイドラに帰らないとな」

一人だけ満足した表情の風見は、前に進もうと足を踏み出す。そんな彼の下腹部に、こつりと触れるものがあった。――あの霊核武装《れいかくぶそう》の再出現である。

「ぬっ⁉　こいつ、強情なっ……⁉」

どうも、地面から生《は》えてきたらしい。それならばもう一度土に還《かえ》れと押し込むのだが、今度は別の場所から出現し、風見のもとまで寄ってくるではないか。

しばらく無言でそれと睨《にら》み合っていた彼は、くわっとドリアードを睨《にら》みつける。

「呪《のろ》われてるのか、これっ⁉」

「あなたそのものに根付いたのと同じ。それはあなたが死ぬまで離れることはないわ。でも、必要に応じて土に還《かえ》るから、安心して？」

「いや、こんなもの、どこにでも出現する漬物石《つけものいし》くらいにしか活用法はないからな⁉　俺には！」

「あなたの意思通りで、形も大きさも変える武器よ？」

ドリアードがそう言うと、それまで嫌がっていた風見が急に真剣な表情となる。

「それはつまり、解剖刀にもメスにもノコギリにもなる、と……？」

「もちろん」

「便利かもしれない……」

「おいシンゴ。クロエがさめざめと泣いているから、そこまでにしろ」

輝かしく描けるはずの伝説が、見る間《ま》に貶《おとし》められていくのが耐えきれないのだろう。クロエはリズの胸を借りて俯《うつむ》いている。

こうなってはこれ以上この物体を否定することも、活用法を考えることも無理そうだった。

しかし、気がかりが一つある。ずっと説明されていなかったが、何故ミスリルタイタンなんて化《ば》け物《もの》を倒し、こんなものを手に入れる必要があったかだ。

ドリアードさえ殺す化《ば》け物《もの》なのだから、下手をすれば全滅《ぜんめつ》の恐れもあっただろう。数千年もこの魔境を統治し続けたという穏やかな魔獣《まじゅう》なら、そんなリスクを冒《おか》すとは思えない。

理由を求める目を向けていると、彼女はそれを予期していたように喋《しゃべ》り出す。

「北に人間の大国があるでしょう？　あの西端が陥落《かんらく》したの。自国の魔獣《まじゅう》殺しでしばらく静かだった西が動き始めた。今回、その戦火がどれだけ拡大するのか。この地もどれだけの猶予《ゆうよ》が残されているか、わからなかったから」

その話に、風見は言葉を失う。不穏な話はちらほらと聞いていたが、それがより一層、明確な脅威として感じられ始めたからだ。

ひたひたと歩いてきたドリアードは、風見の頬に手を添える。

「そうね、あなたにはまだ関係のないこと。でも、無関係でいられるとは限らないこと。それを考えればあなたがここで過ごした時は無駄ではなかったと思うの」

「……それは、嫌な話だな」

ドリアードの話に風見は苦い表情を浮かべる。

それもそうだ。死がつきまとう戦争話を喜ぶなんて、金や領土に目が眩《くら》んでいる者くらいだろう。

何かしらの影響は避けられないことは、戦争を身近に感じたことがない風見でもわかる。しかしそんな専門外のことを足りない頭で考えても話は進まないだろう。彼は沈鬱《ちんうつ》な気分を振り払うように強く頭を掻いた。

「忠告ありがとう。それなら俺は一層、俺にできることを頑張るよ。そういう物騒なことは専門外だけど、できることは全力でやる。その成果を見たユーリスやカインみたいな人間が、俺を上手く使ってくれるさ。下手なことをするより、それが賢明だと思う」

「そうね。それもいいかもしれないわ。あなたにこの森以外でも祝福があらんことを祈っている」

ドリアードも万能ではない。見通せないことはある。

彼女は風見の回答に微笑むと、ナトに視線を向けた。

「ナトゥレル。あなたは今後、どうするつもりなのかしら？」

「私はもうマスターの左手。マスターのために尽くすだけ。それに、エルフはもう私がいなくても大丈夫だから。あとはあの子たちが決めていく」

ようやく森と和解する契機が訪れたのだ。これ以上の世話は蛇足《だそく》と思っているのだろう。リードベルトとフラム、バルドの三人を見たナトは風見のもとまで歩き、左腕に寄り添った。

それを見るリードベルトたちの表情には陰《かげ》りがない。こうして一緒にいればナトは報《むく》われる。エルフから離れても辛い思いはしない——そんな風に期待されているのだろう。

どうやらドリアードにしても同じようだ。彼女は子を見送る母のようにナトの頭を撫《な》でると、風見を見つめる。

「マレビトさん、彼女をよろしく頼むわね」

「うーん、リズたちと同じく普通にやっていくだけだ。変な期待をされても困るぞ？」

「それで十分。穏やかな土壌《どじょう》が一番の宝だもの。それでこそのびのびと生きられるわ」

ドリアードはリズとクイナ、それにキュウビを順に見つめる。彼女らの今の表情こそが保証書みたいなものとでも言いたいのか、心配は微塵《みじん》も感じられない顔だ。

ドリアードはそんな顔もそこそこに、次の話題を切り出してくる。

「ところで、あなたはこれからどうするの？」

「レッドドラゴンの皮膚病の経過観察には行く予定だけど、他には決めてないな。今後の予定はハイドラに帰ってから決めると思う」

「それなら、一つ助言ね。さっき言ったとおり、波乱の兆候はすでにあるの。西から遠い土地だからといって、何もないとは思わないで。あちらの戦火は届かなくとも、それを見越して動く者はきっといるから。その土地に大切な人がいるなら、早めに戻った方がいいわ」

「近隣国で戦争があったら加勢とか同盟とかいろいろありそうだもんな。わかった」

風見はドリアードの言葉に頷《うなず》く。

そんな時、彼はふとリズの様子が目についた。こんな話は退屈と普段ならそっぽを向いているくらいだろうに、ドリアードの言葉がやたらと響いているようだ。

疑問に思った風見は声をかける。

「リズ、何かあったか？」

「いや、何でもないよ。それよりさっさと帰った方がいいんだろう？　それなら、ここでぐずぐずしていると出発が明日になるよ」

「そうだな。それは確かに」

不自然なものを感じたのはほんのわずかな間だ。ひょっとして気のせいだったのかと思うほどで、リズの促《うなが》しによって出発の準備が始まる。

エルフの里を救った英雄として、せめて二、三泊はしていってほしいと惜《お》しまれながらも、風見らは樹海を後にするのだった。

蒼空チョコ（あおぞら ちょこ）
平成生まれ。国公立大学の獣医学科で獣医学を学ぶ。趣味が高じて小説の執筆を始め、2012年に執筆した「獣医さんのお仕事 in 異世界」にて出版デビューに至る。

イラスト：オンダカツキ

本書は、「小説家になろう」(http://syosetu.com/) に掲載されていたものを、加筆、改稿のうえ書籍化したものです。

獣医《じゅうい》さんのお仕事《しごと》 in《イン》 異世界《いせかい》 9

蒼空チョコ（あおぞら ちょこ）

2017年2月28日初版発行

編集－見原汐音・宮田可南子
編集長－塙綾子
発行者－梶本雄介
発行所－株式会社アルファポリス
〒150-6005 東京都渋谷区恵比寿4-20-3 恵比寿ｶﾞｰﾃﾞﾝﾌﾟﾚｲｽﾀﾜｰ5F
TEL 03-6277-1601（営業） 03-6277-1602（編集）
URL http://www.alphapolis.co.jp/
発売元－株式会社星雲社
〒112-0005 東京都文京区水道1-3-30
TEL 03-3868-3275
装丁・本文イラスト－オンダカツキ
装丁デザイン－ansyyqdesign
印刷－中央精版印刷株式会社

価格はカバーに表示されてあります。
落丁乱丁の場合はアルファポリスまでご連絡ください。
送料は小社負担でお取り替えします。

ISBN 978-4-434-23019-6 C0093